JN176755

白蓮の阿修羅

篠綾子

出版芸術社

目次

装画　水口かよこ
装幀　アルビレオ

白蓮の阿修羅

序章

天平六（七三四）年正月十一日、興福寺西金堂の落慶供養が行われた。

春日山の麓にある興福寺の参道を、輿から降りた皇后光明子は、ゆったりとした足取りで進んでゆく。ふと足を止めて西の方を見やれば、ここよりずっと下方に、皇宮周辺の建物群の屋根が小さく見えた。

皇宮の南を守る朱雀門から、朱雀大路がまっすぐ南に延びており、都城の最南端は羅城門によって守られている。

唐の都長安の都城制に倣った、かつてない大規模な都であった。

皇宮をはじめ、貴族たちの邸宅は黒い瓦葺きの屋根で覆われ、周囲を築地塀で囲われた重厚な造りである。羅城門と朱雀門は二層の高層建築で、丹塗りの大柱と白塗りの壁が目にも鮮やかだった。

奈良に遷都して、二十年余り――。

平城京はいまだに清新さを失っていない。甍の黒光りも丹のまばゆさも、まだ色褪せてはいなかった。

（されど、失ったものもある……）

父藤原不比等（ふひと）を見送ったのも、待望の末授かった皇子を喪（うしな）ったのも、この美しく新しい都での出来事だった。

そして――。

（母上さま……）

この世の誰よりも尊敬し、自身もそうありたいと仰ぎ見ていた母 橘 三千代（たちばなのみちよ）までもが、昨年の春、逝ってしまった。

光明子は目を細めながら、晴れ上がった都の空を眺め続けた。

澄んだ青空のところどころに、白い雲が泳いでいる。暦は春になっていたが、時折吹きつける風はまだ冷たい。だが、それがかえって心を引き締めてくれるようで、心地よかった。

西金堂の落慶供養を今日の日に定めたのは、光明子である。

（母上さまの一周忌に合わせたてまつるように――）

この命令に誰よりも焦ったのは、堂を建立する大匠（おおきたくみ）らではなく、仏師たちの方（ほう）であった。

だが、彼らは光明子の求めに見事に応えてくれた。

この仏像群を拝むため、光明子は午（うま）の刻（正午頃）に始まる式典より一刻（二時間）以上も前に興福寺へやって来たのであった。

「これは、皇后さま。お早いご臨御（りんぎょ）にて……」

皇后を出迎えるための法師や仏師たちが数名、奥から駆け出してきた。

光明子は一度目を伏せると、ゆっくりと出迎えの人々に向き直った。慈母の微笑と言われる柔らかな笑みが、皇后の顔に広がってゆく。

一人一人に軽やかにうなずき返していた光明子は、やがてその中に、法体でない謹厳そうな初老の男を見出して声をかけた。

「そなたの作り上げた仏像を、いちはやく拝みとうての」

「おそれ多いことでございます」

この西金堂の仏像群制作を一手に任された仏師将軍万福は、丁重に頭を下げた。

中背で痩せ型の体軀に、平板な造作の顔立ちをしている。その中で、わずかに白いものの交じった見事な顎鬚だけが目立っていた。

仏像に向けられる時の鋭い眼差しも、今は穏やかに凪いで、わずかに伏せられている。

「どうぞ、こちらへ――。ご案内つかまつりまする」

万福が先導して、光明子を西金堂の中へと招き入れた。

中はかぐわしい香が薫かれ、美しく荘厳されている。安置された仏像群は、目にまばゆいほどの朱や緑青、黄金で装飾されていた。

光明子の眼差しが居並ぶ仏像群の上を、すうっと流れた。切れ長の目が満足げに細められる。

万福に向かって軽くうなずいた光明子は、仏像を一体、一体、見つめながら、ゆっくりと歩き出した。

西金堂に納められた像は、全部で三十体近くにもなる。

丈六の釈迦如来像一体を中心に、脇侍の菩薩像二体、羅漢像十体、梵天および帝釈天像それぞれ一体、四天王像、八部衆像がその脇に安置されている。

これらはすべて、初めに塑土で作った原型部の上から麻布を漆で貼り固め、乾いてから原型部の土を取り除き、さらに表面を漆で覆うという「脱活乾漆」という製法が用いられた。これには二十石以上もの漆を使用したという。

　貧しい民を保護することに熱心な皇后が、西金堂造営のための費用は少しも惜しまなかった。いずれも、御仏の御心に適う行いだと、深く信じるからであった。

　黄金に輝く釈迦如来像は、光明子の希望通り、母橘三千代の生前の面影を映した優しげな面差しである。華やかでありながら落ち着きも備えている。そして、この世の深淵をじっと見据えるような眼差しは、見る者をたじろがせるほどであった。

　光明子はまず釈迦如来像を拝み、その荘厳さに満足を覚えた。

　それからゆっくりと脇侍の菩薩像や四天王像へと目を転じていった。

　中でも目を引くのは、いかにも異邦の神という佇まいの八部衆像であった。八部衆はもともと天竺（インド）の神で、釈迦に従ってから仏法の庇護者となった。

　神の姿で表されるため、五部浄像は猪の頭を持ち、迦楼羅像は鳥の頭、沙羯羅像が頭に蛇を乗せ、緊那羅像は額に三つ目、角が一本という異形である。

　それらの八部衆像に目をやっていた光明子の足取りが、ある一体の前で止まった。

「これは、いったい……」

　皇后の背後に付き従っていた仏師万福とその弟子たちも、一様に歩みを止める。

「神というより、人のようではないか」

　光明子の呟きを耳に留めた万福が、前に進み出ようとした時、

「いや、人らしいのは顔だけか。三面六臂のお姿は確かに阿修羅像じゃ」

光明子は続けて言った。

「仰せの通りにございます、皇后さま」

万福が恭しく答えた。

「それにしても、昔、絵に見た阿修羅像とは何と違っていることか。優しげな若子のようにも見え、頼りなげな乙女子のようにも見える。万福よ、そもそも阿修羅は戦いの神だったのであろう」

「さようにございます」

万福は慎ましい様子で答えると、後ろに控える仏師たちの中から、一人の若者に目配せした。するると、若い男が静かに進み出てきた。

「この者が、阿修羅像を作る上で、中心となった者にございまする」

光明子はようやく阿修羅像から目をそらし、進み出た若い仏師の方へ顔を向けた。

その仏師は思っていたよりもずっと若かった。彼自身が作った阿修羅像と同年代の、二十歳前後にしか見えない。

太い眉に切れ長の目、薄い唇の整った顔立ちをしている。ただ少し翳があり、若者らしい溌剌さには欠けていた。肌が浅黒く、痩せぎすだが骨は太く頑丈そうで、背も高い。武官の格好でもさせたら、さぞや栄えて見えることであろう。

光明子が名を尋ねると、

「それがしの養子にして、造仏所に籍を置く福麻呂と申しまする」

将軍万福が横から答えた。

「おお、そういえば、そなたには会うたことがある」

光明子は顔をほころばせて、福麻呂を見つめた。

「皇后宮の施薬院に、薬師如来像を納めてくれた者じゃな」

福麻呂は無言のまま頭を下げた。

「万福が養子に迎えたとは、よほど才に恵まれているのであろう」

光明子の穏やかな眼差しが、福麻呂から万福へと順に向けられた。

二人の仏師は血はつながらなくとも、信頼で結ばれていることが一目で分かる。

「いえ、わたくしめに親がいなかったためでございます」

今度は福麻呂が低い声で答えた。

「そうであったか。見たところまだ若いが、万福の養子になるまではいかように暮らしていたのか」

光明子はさらに尋ねた。口の重そうな若い仏師は、一刻も早くその場から下がりたいように見えたが、

「その、皇后さまのご温情をもちまして……」

と、訥々と答えた。

「わたくしの……」

光明子が首をかしげる。

「この者は興福寺の悲田院にて、人と成ったのでございます。それも、皇后さまのご慈悲の賜物にて――」

万福の説明に、光明子は晴れやかな笑顔になった。

悲田院は光明子が皇后になる以前、興福寺に設けた、身寄りのない子供や老人のための養護施設である。

「さようか。悲田院にて成人した者が、この興福寺西金堂の造仏を手がけることになるとは……。これも、御仏の与えたもうた機縁であろうか」

光明子は再び、福麻呂の作った阿修羅像に目を向けた。そして、しばらくの間、無言でじっと見入っていた。

「福麻呂よ」

ややあってから、光明子がようやく口を開いた。なおも、阿修羅像から目をそらすことなく、

「何ゆえ戦いの神である阿修羅を、かように優しげな面差しとしたのか」

と、光明子は尋ねた。

「皇后さまのお気に召さぬのであれば、申し訳ございませぬ。ただ――」

福麻呂は最後の「ただ」に力をこめた。そして、何かを決意したかのように、一度大きく深呼吸すると、再び話し出した。

「修羅とは人の胸の内にあるもの――わたくしめはそう思っております。それゆえに、人の世はつらいのだ、と――」

そう言い終えた時、福麻呂の睫（まつげ）はかすかに震えていた。光明子は身分の低い若き仏師の語る言葉に、ただじっと耳を傾け続けた。

「それでも、わたくしめは修羅を抱く人の悲しみ、愁いをこそ表したかったのです」

それだけ語ると、福麻呂は口を閉ざした。

堂内は誰一人いないような静寂(しじま)に包まれた。

「なるほど、万福はよき弟子、いや、息子を持ったようじゃな」

静寂を最初に破ったのは、光明子の声であった。

「初めは奇をてらったものとしか見えなんだが……。この者の話を聞くうち、阿修羅像に崇高な光の射すのが見えた。すると、人の心までもが崇高なもののように思えてまいった……」

光明子はその思いを胸に刻むかのように、口を閉ざし、目も閉ざした。万福も福麻呂もじっと無言を通しており、光明子の瞑想を邪魔する者はいない。

その時――。

西金堂の扉が、ぎいっというかすかな音を立てて、控えめに開かれた。

薄暗かった堂の内に、外の光が射し込む。すると、扉の前に立つ人物に、まるで後光が射したように見えた。

「あっ……」

目を開け、そちらを見やった光明子は、思わずはっと息を呑んだ。

最初の驚きは、その情景の思いがけぬ神々しさに圧倒されたせいであった。が、外の光のまぶしさに目が慣れ、現れた者の姿がくっきりと見出されるに従って、二度目の驚きが光明子を襲った。

「そなたは……」

言うなり、光明子は絶句した。同時に、その顔にかすかな狼狽(ろうばい)が走った。

その人物は合掌し、光明子をはじめとするその場の人々に向かって、丁重に一礼した。華奢な体つきの若い尼僧であった。剃髪して薄い鈍色の尼衣をまとっている。

「佐保殿ではないか。その姿はいったい……」

ようやく言葉が出せるようになっても、光明子はまだ夢から覚めぬような表情をしている。

「この度、出家を果たしました。名も教勝と改めましてございます」

若い尼僧は合掌したまま、透明感のある澄んだ声で答えた。

「そなたは、我が姉長娥子殿にとっては唯一の娘御。まして――」

光明子は少し言葉を探すように躊躇った後、

「亡きお父上にとっても、ご鍾愛の媛であられたというに……」

と言った。光明子の口から、尼僧の父の名は出てこなかった。

光明子の異母姉長娥子は、五年前に横死した左大臣長屋親王の妻の一人であった。嫁して四人の子を生したが、そのうち娘は末子の佐保だけであった。

「無論、母も承知の上のこと。亡き父とて、わたしの出家を喜んでおりましょう」

佐保は静かに言った。

「確かに、出家得度は尊き行いじゃ。佐保殿がさような心持ちになったのは、皇室にとっても喜ばしきこと。されど、そなたがここ藤原氏の氏寺、興福寺へ参るとは……」

光明子はまたしても口をつぐんだ。

長屋の死後、朝廷を動かしてきたのは、藤原四卿と呼ばれる光明子の兄たちであった。

長兄武智麻呂を中心に、彼らは結束して聖武天皇を動かし、光明子を皇后に押し上げた。藤原氏に対立する長屋親王が生きていれば、光明子の立后は決して実現しなかったであろう。

「そなたはお父上のことで、わたくしと藤原の家を怨んでいたはず。なればこそ、お父上の死後はただの一度たりとも、興福寺へは参らなかった。それが何ゆえ――」

「わたしにはもう、興福寺を避ける必要がなくなったのです」

尼僧の穏やかな顔は、出家とはそういうものだと語っている。

「興福寺に安置されているというだけで、どうして尊い御仏の像を拝さないでいられましょうか。わたしはこの西金堂に祀られた数多の像を、まことに尊いものと思うております」

佐保の眼差しは流れるように、仏像群の上を通り過ぎ、やがて、一体の像の上で止まった。光明子が目を留めたのと同じ阿修羅像であった。

佐保はもう何も語ろうとせず、周囲に人のいることさえ忘れたように、数歩近付くと、その阿修羅像にじっと見入った。誰に何を問いかけるでもなく、佐保はただひたすら阿修羅像との み対話しているようであった。

やがて、光明子は、佐保の瞑想の邪魔となるのを恐れるかのように、阿修羅像の前から静かに移動していった。

人々がそれに従って、阿修羅像の前から立ち去った後も、その場に残って、やや離れた位置から、佐保の背に目を向け続ける者がただ一人いた。

阿修羅像を作り上げた、若き仏師福麻呂であった。

一章　腕釧（わんせん）

一

風が吹くと、瑞々（みずみず）しい若草の香（か）と土の匂いが交じり合って、鼻をくすぐる。開花を控えた藤の緑葉が、陽光にきらきらと輝きながら揺れている。

平城宮の庭は春の息吹に包まれていた。

佐保は大きく息を吸い込んだ。小さな池に自生した芹の若葉が、ひときわ香り高く匂い立つ。

神亀（じんき）五（七二八）年春、左大臣長屋親王の娘佐保は今、母の長娥子（ながこ）と共に、聖武天皇の夫人（ぶにん）安宿媛（あすかべひめ）の殿舎（でんしゃ）を目指していた。

長娥子と安宿媛は共に、故右大臣藤原不比等の娘である。

長娥子にとって異母妹に当たる安宿媛が昨年の秋、待望の皇子を出産した。皇子は基（もとい）と名づけられ、その年のうちに皇太子に立てられたが、ひ弱な性質（たち）で、よく発熱したり、乳を吐いたりした。

長娥子の訪問は、見舞いを兼ねてのことである。

「皇太子さまは大きくおなりかしら――」

十二歳になる佐保の表情は、屈託がない。

佐保には兄が大勢いるが、弟妹はいなかった。だから、安宿媛が出産した時には、

「お母さまはどうして、佐保の弟を産んでくださらないの」

と、大真面目に訊いた。

「そなたが男子だったなら、娘が欲しいと思ったでしょうけれど……」

佐保が娘だったから、もう子供は要らないのだというように、母の言葉は聞こえる。

長屋親王家では、正妃である吉備内親王が三人の王子を産んだが、女子には恵まれなかった。

その後、第二夫人というべき長娥子が続けて産んだ三人の子も、すべて男子ばかりであった。

他の夫人との間には女子もあったが、長屋は特にこの二人の妻との間に、娘を欲していたのだろう。

それゆえ、長娥子が王女を産んだ時には、手放しの喜びようで、

「我が家に、春の女神佐保姫がやって来たようだな」

と、目を細めて言い、女神の名をそのまま採って佐保と名付けた。

後にその話を聞いた佐保は、

「佐保の名前は、お父さまの別邸がある佐保の地名から、付けられたのでしょう？」

と、首をかしげたものだ。

長屋は平城京の左京北東辺、佐保の地に別邸を築き、唐風に「佐保楼」と呼ばせていた。

皇族や貴人の名は、所縁の地名から採られることが多く、現に長屋や安宿などもそうである。

それに対して、長娥子は、

「それも、もちろんあるけれど……」

と、うなずきつつも、

「お父さまは初めてできた女の子に、一生、春の陽射しに包まれて暮らしていってほしい。そう思って、佐保とお付けになったのよ」

と、教えてくれた。

確かに、父も母も念願の娘を得たことが、よほど嬉しかったのだろうし、それで満足したのだろう。

だが、佐保は弟か妹が欲しい。

だから、叔母安宿媛の長女で、この度、弟を得た阿倍内親王がうらやましくてならなかった。

阿倍内親王は佐保より一歳年下の従妹である。が、齢も近く血筋も近い阿倍が、佐保はあまり好きではなかった。というよりも、苦手だった。

今上の娘であり、しかも母の実家である藤原氏の人々がちやほやしているせいか、わがままな少女なのだ。長娥子や佐保のことでさえ、まるで臣下の者でも見るような目つきで見ることがある。

皇宮へ行くのに、気の重くなる原因があるとすれば、阿倍と顔を合わせることだけだった。

だが、避けたいと思うことほど起こりやすいのか、この日、佐保は、安宿媛の居室から出てきた阿倍とばったり出くわしてしまった。

「これは、阿倍さま。夫人さまと皇太子さまは、中においでていらっしゃいますか」

長娥子がそつなく挨拶した。長娥子はたとえ妹であっても、安宿媛のことを夫人さまと呼ぶ。帝の後宮に入り、皇太子の母となった妹に、気を遣っているのだった。

阿倍は長娥子を不躾とも言える眼差しで、じろりと見つめた。が、何も言わない。

その態度を見ているうち、佐保はむかっ腹が立ってきた。いくら内親王でも、伯母に対して無礼ではないか。ましてや、長娥子は左大臣の妻なのだ。

一言言い返してやろうと、佐保が右足を踏み出しかけた時であった。

「これはこれは、左大臣家の御方さまに女王さまでいらっしゃいますな」

阿倍の後ろに付き従っていた若い男が、長娥子と佐保に向かって話しかけてきた。

白皙の顔に艶やかな微笑を湛えている。慇懃な物腰だが、目にも声にも敬意がこもっていないので、軽々しい人柄に見えた。

齢は二十代の半ばくらいであろう。相手はこちらを知っているようだが、佐保はその男を知らなかった。

「南家の兄上のご子息ですよ」

長娥子が佐保に教えてくれた。

長娥子の兄弟は四人いる。藤原不比等の息子たちで、藤原四卿と呼ばれていた。

四人の家はそれぞれ邸の場所や官職名から、長男武智麻呂が南家、次男房前が北家、三男宇合が式家、四男麻呂が京家と呼び習わされている。

それぞれの子供たちは皆、阿倍や佐保の従兄弟に当たるが、数も多いので顔を知らない者もいた。

「仲麻呂と申します」

仲麻呂はうわべだけは恭しく頭を下げた。

阿倍に付き従っているところを見れば、阿倍の気に入りなのだろう。顔がいいから気に入られたのではないかと、佐保は疑った。

「仲麻呂殿は、大学でも優秀な学生と評判なのですよ」

佐保に聞かせるともなく、長娥子が言う。

「われは急いでおる！」

阿倍がその時、駄々っ子のように口を挟んだ。

「これは、ご無礼を――」

長娥子が遠慮がちに目を伏せて言った。

「わたしたちも急ぎましょう、お母さま」

佐保が長娥子を庇うように、その腕に手をかけた。その時、佐保の袖口が少しだけめくれた。

「それは、何じゃ」

阿倍がめざとく佐保の左の手首を飾っている腕釧（ブレスレット）を見つけた。佐保は慌てて袖を戻した。

「われに、よく見せてみよ」

阿倍が遠慮なく、佐保の腕をぐいとつかむ。袖はやすやすとまくり上げられ、佐保の手首が露になった。細い手首に嵌めているのは、木彫りに一部だけ彩色を施した素朴な腕釧である。

「ほう、悪くない」

宝石も付いておらず、黄金や銀が貼られているわけでもないが、木彫りの細工だけは見事であった。蓮の花が意匠されており、花弁は純白に、葉は緑青（ろくしょう）に彩色されていた。色はその二種類だけだが、かえって清楚で斬新に見える。

「どこの工房で作らせたのじゃ」

阿倍の目が初めて佐保をまともに見つめた。

「工房ではありません。ある人が作ってくれたのです」

佐保は硬い声で応じた。

「われはそれが欲しいぞ」

阿倍が佐保の顔をのぞき込むようにして言う。つんけんした調子が消えて、甘く媚びるような声になっていた。

欲しいと言えば、何でも手に入ると思っているのか。

佐保の心に反撥が湧いた。

「いやです」

にべもなく、佐保は言った。

「これは、差し上げられません」

阿倍の顔色がにわかに強張（こわば）った。

「内親王（ひめみこ）さまのお頼みですよ。差し上げてもよろしいでしょう」

長娥子が慌てて執（と）り成（な）すように言う。

「家にある他の腕釧なら、いくらでも差し上げます。唐渡り（からわた）の高価な品でも、赤い貴石の付いた西域の品でも――。でも、この腕釧だけはいや」

佐保はうつむいていたが、きっぱりと言った。

「もうよいわっ！」

阿倍はいらいらとした調子で吐き出すように言った。

「そんなみすぼらしい腕釧なんぞ、要らぬ！」

阿倍は言い放つなり、

「参るぞ」

と、尖った頸を突き出して、当然のように仲麻呂に命じた。

「はっ――」

仲麻呂は逆らう術（すべ）など知らぬという様子でうなずき、長娥子と佐保には目配せだけして、先に行く阿倍の背を追っていった。

「阿倍さまは従妹とはいっても、ご身分の違う方なのですよ」

長娥子が佐保をたしなめるように言ったが、阿倍のわがままぶりをよく知っているせいか、佐保を叱ろうとはしなかった。

佐保はそれが癖の下唇を嚙み締めた表情で、憮然としたまま、顔を上げた。

「夫人さまにお会いするのに、その顔はおやめなさい」

再び長娥子にたしなめられた後、ようやく二人は安宿媛の居室に入った。

安宿媛の居室からは、ほのかに甘い香りがする。

乳飲み子がいるせいだろう。玉簾（ぎょくれん）で仕切られた奥の居室からは、赤子のしゃくりあげる声が聞こえてくる。癇の強そうな、だが、力強さとは無縁のか細い泣き声であった。ときどき咳が交じっている。

長娥子らを出迎えてくれた安宿媛も、その侍女たちも、赤子の泣き声に気を取られている様子であった。

「皇太子さまのお具合は……」

長娥子が気がかりそうに問いかけると、

「さよう、よろしくないのじゃ。お体があまり丈夫でないのか……」

安宿媛が余裕のない声で先を続けた。

彫りの深い安宿媛の容貌は、長娥子よりも一段まさっている。父の不比等が后妃にせんと、期待をかけただけの美貌であった。

だが、ふっくらとしていた頬はやや削（そ）がれ、慈母観音のようだと言われる微笑も、この日は一度も浮かばなかった。

侍女たちも迷惑そうな顔を隠そうとしない。

「今日はご遠慮いたしましょう」

長娥子が自分から言い出した時、安宿媛は引き止めなかった。それでも、

「せっかくおいでくだされたものを……」

と、さすがに済まなそうに、長い睫（まつげ）を伏せた。そして、気まずさを払いのけようと思い立っ

たのか、

「これをお持ちなされ」

と、漆塗りの棚から、両手に余るくらいの包みを一つ取って、佐保に渡した。

「これは……」

ずしりと重い包みを手にしながら、顔を上げた佐保に、

「蘇じゃ」

安宿媛は無造作に答えた。

蘇とは、牛の乳を固めたもので、上流の貴人の口にしか入らない貴重な食べ物である。

「そんな貴重なものを……」

長娥子は慌てて口を挟んだ。

「左大臣殿のお邸では珍しくもありますまい。されど、あまり日保ちせぬものゆえ……」

「何をおっしゃいますか。我が家では、宴席でしか出されぬもの。それに、これは夫人さまのお体のため、宮中で特別に用意されたものなのでは……」

昨年、出産した安宿媛を気遣ってのものなのだろう。安宿媛はその言葉にうなずきも否定もしなかったが、今は皇太子の身が案じられて、食事が喉を通らないのだと言った。

結局、蘇を土産にもらっただけで、長娥子と佐保は引き返すことになった。

「ねえ、お母さま」

帰りがけ、佐保は母の袖にすがり付いた。

「叔母さまにいただいた蘇を、少し分けてほしいの」

「悲田院へ持ってゆくのですね」

長娥子は察しがいい。悲田院は藤原氏の氏寺興福寺内にある、養老院と孤児院を兼ねた施設であった。薬剤を扱う施薬院も隣接している。

慈善事業として、長娥子の実家藤原氏がその経営を助けていた。

御仏への信仰厚き安宿媛が、この悲田院と施薬院を保護しているので、長娥子もその手伝いをすることがあった。佐保も悲田院には自在に出入りしている。

「されど、悲田院の子供たちすべてに、分けてあげるのは難しいでしょう」

長娥子は眉を曇らせた。せっかくの計らいも不平等であれば、争いの種を生むだけとなる。

「ええ。でも、佐保はこの腕釧を作ってくれた子に、お礼がしたいの」

佐保の言葉に、長娥子は目を大きく瞠った。

「それは、悲田院の子が作ってくれたものだったのですか」

「ええ。巧みでしょう？　工房などで修業したわけでもないのに……」

佐保は自慢するように、長娥子にはその腕釧を惜しみなく見せびらかした。

「そう。ならば、そなたの気の済むようになさいな」

ただし、蘇の半分は吉備内親王に差し上げねばならないと、長娥子は続けて言った。

吉備とは長屋の正妃である。長娥子より十五歳ばかりも年長で、誰よりも早く長屋の妻となった。

慎ましい人柄の長娥子が、常に正妃である吉備を立てているせいか、二人の仲は悪くない。娘を持たないせいか、吉備は佐保のこともかわいがってくれた。

吉備に気遣いをする母の姿を、佐保は見慣れている。

「そうおっしゃるだろうと思ったわ」

安宿媛からもらった蘇は、もともと四つの包みを一緒にして、紐で包んであった。佐保は外側の紐をほどいて、包みを一つ取ると、半分を長娥子の手に渡した。

「それじゃあ、お母さま。佐保は悲田院へ参ります」

佐保は包みを一つ胸に抱え、今にも駆け出しそうにして言う。

「お待ちなさい。一度、邸(やしき)へ戻るのでしょう」

皇宮まで二人は輿(こし)に乗ってきた。だが、三条二坊にある長屋親王邸は皇宮の東南隅に接しており、すぐそこである。

「ええ。でも、輿に乗るより走った方が早いもの」

ちょうど殿舎の出入り口に来ていた。

足下に、外からの光が射し込んでいる。

佐保は若草色の裙(くん)の裾(すそ)を翻(ひるがえ)しながら、皇宮の庭へ走り出していった。

二

虫麻呂(むしまろ)は飛火野(とぶひの)に寝そべり、青空を見上げた。淡い水色の空に、細長い雲がたなびいている。

(媛さまは今日も来ないのか……)

ぼんやりと思いながら、虫麻呂は目を閉じた。

虫麻呂は春日山の麓にある興福寺に暮らしている。僧侶や沙弥（出家した少年僧）として修行するのではなく、そこに付属する悲田院で養われているのであった。

興福寺は藤原氏の氏寺である。

都が藤原京だった頃は、厩坂寺といったが、平城京に移転して興福寺と改称された。

移転に尽力したのは、右大臣藤原不比等で、元明、元正両女帝の時代を通して、政界の第一人者であった。

その実力は、興福寺の創建にも発揮された。藤原氏の私の寺でありながら、公の官寺である大官大寺や薬師寺よりも広大な興福寺は、今のところ平城京最大の規模を誇っている。

不比等が建立したのは、厩坂寺以来の本尊釈迦三尊像を安置する中金堂だけだが、その死後も、外孫の聖武天皇によって、薬師三尊像を祀る東金堂が建てられるなど、十分な庇護を加えられている。

興福寺の広大な寺領の西側の一帯は、こうした中金堂や東金堂の聖域となっていたが、東側の一帯には寺務所や僧坊があり、悲田院と施薬院もその近くに隣接して置かれていた。世話をするのは主に僧や尼僧であるが、藤原氏から遣わされた在俗の者もいる。

虫麻呂は三年前に母を亡くした後、この悲田院に引き取られた。

生き別れた父親の顔は知らない。名も知らぬのでは捜しようもなかった。

虫麻呂は悲田院にはうまく馴染めなかった。もともと口数が少なかったが、悲田院へ来てからは輪をかけて寡黙になった。

一人で地面に絵を描いたり、拾ってきた木切れに彫り物をしたりしていることが多い。

虫麻呂に絵を教えてくれたのは、昔、遊び女をしていた母であった。宴席の座興に、貴人の客から勧められたのがきっかけで、母は絵を描くようになったという。客の中には、母の絵を譲ってほしいと頼む者もいたらしい。

花や生き物の絵を好んで描いた母を真似て、ある時、虫麻呂は地面に鹿の絵を描いた。飛火野には鹿がたくさんいる。

最後に、角の部分を描き終えたちょうどその時、

「まあ、見事だこと！」

明るく澄んだ声がして、虫麻呂の目の端に、鮮やかな若草色がひらりと動いた。はっとなって顔を上げると、若草色の裙をまとった少女が一人、瞳を輝かせながら、熱心に虫麻呂の絵に見入っていた。

一目で高貴な媛と分かるその少女は、見たこともないくらい愛らしく、そして生き生きとしていた。虫麻呂は息も止まりそうなほど驚いた。

「まるで今にも走り出しそうね」

少女が弾んだ声で感心したように呟いた時も、虫麻呂はうつむくばかりで、ろくに返事もできなかった。

その少女が佐保であった。

若草色の裙を穿いた少女は、虫麻呂にとって灰色だった悲田院での毎日に、明るく鮮やかな色合いをもたらしてくれたのだ。

佐保はその後、虫麻呂を見かければ、親しげに話しかけてくるようになった。人見知りの激しい虫麻呂は、佐保のように屈託なく振舞うことはできなかったが、いつしか、内心では佐保の訪れを待ちわびるようになっていた。

そのうち、佐保は虫麻呂が描いていた蓮の花が気に入ったのか、

「この花を模った木彫りの腕釧を、そなたに作ってほしいの」

と、言い出した。

佐保にとって、腕釧などは珍しくもないのだろうが、悲田院の子供ならば目にしたこともない品物である。幸い、虫麻呂は亡き母が生活の足しにするため、少しずつ売りさばいていた飾り物の中に、腕釧を見たことがあった。

色とりどりの貴石を連ねたそれは、虫麻呂の目にも美しかったが、母もまた、格別気に入っていたのか、最後まで手許に置いていた。それも、母の死の間際には、薬代として手放さねばならなかったが……。

「花の色は白にしてね。白蓮は佐保のいちばん好きな花なの」

訊きもしないのに、そう言って、佐保は花のように笑った。その笑顔を見ていると、つい願いを聞いてやりたくなる。

だが、蓮の花を彫るのはともかく、木片をどう細工したら腕釧の形にできるのだろう。小さな木片を、貴石を連ねるようにつなげるとしても、金具がない。金具を使わずに真ん中を丸くくりぬいた木を使うとしても、虫麻呂には木をくりぬくことができない。

途方に暮れていた時、手を差し伸べてくれた人がいた。

将軍万福（まんぷく）という、興福寺に出入りしている仏師であった。

額の辺りに温かな息がかかった。生臭いにおいがする。

虫麻呂はゆっくりと目を開けた。真昼の太陽が目に刺さるようにまぶしい。だが、目に入る景色の半分は、大きな影に覆われていた。

「何だ、鹿丸（しかまる）か」

虫麻呂は歯を見せて笑った。

角（つの）の片方が折れたこの牡鹿を、虫麻呂は鹿丸と名付けた。佐保以外に虫麻呂が唯一、笑顔を向ける相手でもあった。

「鹿に、鹿丸なんて当たり前すぎるわ。もっと特別な名前にすればいいのに……」

と、佐保は以前、虫麻呂の平凡な命名をからかったことがある。が、虫麻呂にとっては、この鹿丸こそ、かけがえのない一頭の鹿であった。

角の折れた鹿丸は、いつも仲間から外れている。そこが、虫麻呂には自分と同じように思えたのだ。

興福寺を抱える春日山の山麓一帯の平地は、春日野（かすがの）と呼ばれている。

その中にぽつんと位置するこの飛火野は、興福寺と春日大社の参道の南側、猿沢池（さるさわのいけ）や荒池（あらいけ）をさらに南に下った所にある。野生の鹿が棲（す）みついていて、野守（のもり）も置かれていた。

春日野の飛火の野守出でて見よ　今幾日（いくか）ありて若菜つみてむ

誰かが詠んだものか、あるいは古い伝誦歌なのか。興福寺の悲田院に引き取られてから、僧侶の一人が虫麻呂に教えてくれた。

「鹿丸にだけは笑顔を見せるのね」

その時、少女の澄んだ声が、ぼんやりしていた虫麻呂をはっと我に返らせた。

「媛さま！」

虫麻呂は跳ね上がるような勢いで、慌てて身を起こした。

「今日は、このお礼に来たのよ」

佐保は腕に嵌めた腕釧を見せ、虫麻呂に微笑みかけた。

馬は興福寺に置いてきたのか、佐保は徒歩であった。他に、侍女や従者の姿もない。佐保が一人であることを知って、虫麻呂はほっとした。

「これ、そなたに食べてもらおうと思って……」

断りもせず、虫麻呂の隣に腰を下ろすと、佐保は手にした包みを膝の上でほどき始めた。目ざとく見つけた鹿丸が、包みに鼻を近付けようとしている。

「鹿丸に食べられないうちに、さあ、早く！」

佐保は虫麻呂の手の中に、乳白色の塊をすばやく押し込んだ。

「蘇というのよ」

虫麻呂には、見たことも聞いたこともないものだった。

牛の乳を固めて作ったという説明を聞きながら、虫麻呂は恐るおそるその乳白色の塊を口に入れた。少しひんやりとしたその食べ物は、淡い甘味のある、もったりした食感だった。貴重な品らしいが、虫麻呂にはおいしいのかどうかはよく分からない。鹿丸に少し分けてやってもよいと思うが、佐保の心遣いを思うと気が咎めた。

「そなたの腕はほんとに見事だわ」

左の手首に嵌まった腕釧を見つめながら、佐保はうっとりした声で言った。春の陽光に、白い画料をほどこした蓮がきらきらと輝いている。

「本当にきれいな蓮の花！　花弁がこんなに細かく刻まれている……」

佐保は、帝の娘からこの腕釧を欲しいと言われたのだが、自分は頑として聞き入れなかったのだと、得意げに話した。

「唐渡りの腕釧ならあげてもいいけれど、これだけは一生誰にも渡さない」

佐保は右手で腕釧をしっかりと包み込むようにしながら言った。

「どうして――？　か、唐渡りの腕釧なんて、すごく立派なものなのに……」

「顔も知らない唐の名工が作ったものより、そなたが作ったものの方が大事に決まっているでしょう？」

佐保は虫麻呂の目をじっとのぞき込みながら言った。

「これは、そなたが佐保のことを思って、佐保のためだけに作ってくれた、この世に一つだけの腕釧だもの」

佐保の目は、虫麻呂が思わずどきりとしてしまうほど熱く、真剣そのものだった。

「でも、そなたが一人前の職人になったら、阿倍さまが自分だけの職人にすると言い出すかもしれない」

そう言って、佐保は下唇をぎゅっと噛み締めたが、再び口を開くと、

「でも、駄目。そなたは佐保だけの職人よ。そなたは一生、佐保の傍にいるの」

決めつけるように言った。唐突すぎて、虫麻呂は返事もできない。

「嫌なの？」

佐保が不審な眼差しを向ける。

「お、おれ……父さん、捜さなきゃいけないし……」

虫麻呂は慌てて言った。

「子供は親の仕事を継ぐものだって、聞いたこと、あるから……」

だが、ぼそぼそ言う虫麻呂の言葉を、佐保はもう聞いていなかった。

「じゃあ、一緒に捜してあげる」

佐保は迷いもせず、きっぱりと言った。

「そして、父君にお願いすればいい。自分は飾り職人になりたいって——」

「はあ……」

自分が何になるのかなどと、虫麻呂は考えたこともなかった。

「父君を捜すための手がかりはないの」

その言葉に、虫麻呂ははっとして、腰に結わえつけてある短剣の鞘に手をやった。

「これ、父さんからもらったものだって、母さんが……」

「鞘だけなのね」

青銅製の、これといった特徴のない鞘である。出目をうかがわせる印でもないかとひっくり返してみても、何も付いてはいなかった。

「きっと、短剣の方は父君が持っているのよ」

佐保はぱっとひらめいた様子で、早口に言った。

「男の子が生まれた時に、剣を贈るのはよくあることだわ。でも、そなたの父君は鞘だけを渡した。つまり、離れ離れになったとしても、子供と再会しようというつもりなのよ」

鞘を持つ虫麻呂の手を、佐保の両手が励ますように包み込んだ。

一緒に捜すのよ――と、佐保はくり返した。

「あら、まだ食べていなかったの」

虫麻呂の手に、まだ蘇が残っているのに気づいた佐保が、あきれた顔をした。

虫麻呂は慌てて、すでに温まってしまった蘇を口に放り込んだ。

舌の上で噛みくだいていると、しきりに唾液がたまってくる。思いきってごくりと飲み込んでしまうと、後にはかすかな甘味が残った。

虫麻呂はふと亡くなった母鈴虫（すずむし）の、色白の顔を思い浮かべた。女手一つで息子を育てていた母は、いつも毅然としていた。だが、その凜々しい横顔に、どこか寂しげな翳りがあったのを、虫麻呂は覚えている。

舌に残った蘇の甘みはいつしか、懐かしい味に変わっていた。

三

佐保が帰ってからも、虫麻呂は一人、飛火野に残った。

飛火野の東には、この辺りに多い楢(なら)の木の鬱蒼(うっそう)とした林がある。その向こうには、神の宿る山として知られる御笠山(みかさやま)の山容が見えた。

ほの暗い緑の山は神事が行われる山として、人々の崇敬を集めている。神事の時以外は、神主でさえ立ち入らない神聖な山は、虫麻呂にはどこか恐ろしげに見えた。

ふと寒さを覚えて、虫麻呂は我に返った。いつの間にか、春の陽は西の空へ大きく傾いている。鹿丸もどこかへ行ってしまった。

楮(こうぞ)で作った着物一枚では、震えがくるほど肌寒い。虫麻呂の腕も足も先の方は剝き出しだった。

そろそろ帰った方がいいか――虫麻呂はのそのそと起き上がった。

「あっ――」

体を起こした時、人影がぬうっと目の中に入ってきた。

「ここにおったのか」

一瞬どきりとさせられたものの、野太い声には聞き覚えがある。

「将軍……万福さま」

四十前後の痩せた男が、すぐそこまで近付いていた。

「悲田院の者に聞いたら、おぬしはここだろうと言うのでな」

黒々とした長い顎鬚を生やし、有能な文官か学者といった風貌の男である。

「ところで、左大臣家の媛君もここを訪ねたと聞いてきたが……」

「もう……帰った」

虫麻呂は身を硬くして答えた。

「さようか」

とだけ、万福は言った。それ以上、佐保の話にはこだわる様子を見せず、

「前に、考えてくれと申したこと、覚えていような。そろそろ返事を聞かせてもらおうと思うて、今日は参ったのだ」

いきなり本題に入った。

「あれ、本気だったの……ですか」

虫麻呂は困惑ぎみに言った。

「わしは仕事に関することで、戯言なんぞ口にはせぬ」

万福の声が急に高くなり、眉間に不快そうな縦皺が寄る。虫麻呂ははっと身を強張らせた。

「おぬしを責めているのではない」

万福は声を和らげて言い直した。

将軍万福が官位も有する仏師であることは、虫麻呂も知っている。官営の造仏所に所属し、太上天皇や天皇、皇后らの要請に応えて、発願の御寺に納める仏像を制作していた。

万福は今上聖武の信頼も厚く、造仏所ではすでに何人もの弟子を抱える身であった。

ある日、仏像修繕のため興福寺を訪れた万福は、たまたま悲田院で地面に絵を描いている虫麻呂を見かけた。

虫麻呂はその時、佐保の腕釧に彫る蓮の図柄を考案していた。腕釧の幅は細い。ゆえに、形は簡素でありながら、蓮であるとただちに分かるような工夫を凝らさねばならなかった。

虫麻呂はそれを見つけ出すべく、いろいろな蓮を描き分けていた。写実的な蓮から、一筆で描いたような斬新なものまであった。

万福は虫麻呂の絵を、飽きもせずに、一つ一つじっくり見つめ続けた。

やがて、虫麻呂になぜ蓮の絵を描くのか聞き出すと、

「ならば、仏像の蓮台を見るといい」

と、無愛想な声で言った。

万福は別の日、虫麻呂を悲田院から連れ出してくれた。平城京に造営されつつあったあちこちの寺の仏像を、虫麻呂が見るのは初めてだった。

木肌が剝き出しになったものもあれば、塗金されたもの、彩色されたものもある。

（これが、天界から運ばれたものではなくて、人が作ったものだなんて……）

虫麻呂には夢を見ているように思われた。

蓮台も美しかった。天上界では、御仏たちが蓮の花の上をこのように歩いているのだろうと、本気で信じられた。

その後、万福は虫麻呂のため、腕釧に使う木片を丸く削り、さらに、その真ん中をくりぬい

てくれた。牡蠣(かき)や蛤(はまぐり)の貝殻を砕いて作る白の画料や、鉱石を砕いて作る緑青の画料を、分けてくれたのも万福であった。

腕釧の曲面に彫り物をするというのは、平板に彫ったことしかない虫麻呂には難事である。それでも、どうにかそれを仕上げ、万福から譲ってもらった画料で彩色を終えた時、

「おぬし、造仏所で働いてみないか」

完成品を見た万福は、急にそう言い出した。

大輪の蓮が絡み合うようにして描かれた図案は、虫麻呂が独自に考え出したものである。清楚な中に、華やかさと豊かさが混在していた。緑青色に塗られた蓮の葉は、花を引き立て、生命の瑞々しさを感じさせる。水面に立つ小波(さざなみ)の意匠は、ただのなだらかな線の連続でしかないのに、水の動きであることが明らかだった。

「おぬしは、必ずや一人前の仏師になれる」

万福は強い語調で熱心に勧めた。その時、虫麻呂は返事ができなかった。仏師になるなど、あまりに思いがけない話であった。

だが、今はあの時とは事情が異なる。佐保が言ったのだ。自分のためだけの飾り職人になれ、と——。

「おぬしの才能はわしが請(う)け合う。孤児(みなしご)であることが気になるのなら、わしの養子にしてもよい」

この日、万福はそんなことまで言い出した。

「そんな……」

虫麻呂は慌てて首を横に振った。

「おぬしがそれほど頑（かたく）なに拒むのは、左大臣家の媛君のせいか」

万福は声の調子を落として訊いた。

「おぬし、悲田院を出て造仏所に入れば、媛君に会えなくなると思うて……」

それも、ある。だが、佐保から飾り職人になれと言われたことは口にしなかった。

「確かに、仏師を目指すのならば、一日も早くここを出て造仏所へ入らねばなるまい。だが、ここを出るのを先延ばしにしたところで、何になろう。おぬしがつらくなるだけなのだぞ」

左大臣長屋親王と申せば、ただの皇族ではない。その父君高市皇子（たけちのみこ）は太政大臣であった。早逝なさらなければ、皇位を継承していたかもしれぬお方――。それゆえ、長屋親王も聖武天皇に皇子が生まれるまでは、皇位を継承する見込みがあった。いや、今だとて、皇太子に何事かあれば――。

虫麻呂には容易には理解できないことを、万福は噛んで含めるように語り続けた。

先ほど、帝の娘に対抗意識でも燃やすかのように、下唇を噛み締めていた佐保の横顔が、虫麻呂の胸にふっと浮かんだ。

「わしはあきらめぬ」

万福はそう言って、座り込んだままの虫麻呂の肩に、そっと筋張った手を置いた。

「いま一度、よう考えてみてくれ」

虫麻呂の肩をつかんだ大きな手に、一瞬力がこもった。

「わしは、造仏所の栄えだけを考えているのではない。それが、おぬし自身を生かす道だと思うて、言うておるのじゃ」

それだけ言い置くと、万福は再び飛火野を突っ切って、興福寺の方へと戻っていった。

西の方角には、すでに半円になった日輪が、生駒山(いこまやま)の山際(やまぎわ)へ落ちこもうとしている。

山裾の黒々とした大地の暗さと対照的に、山の端(やまのは)の空は燃え上がるような茜色に染まってまぶしいほどであった。

だが、夕焼けの空が美しければ美しいほど、虫麻呂はいたたまれないような気持ちに駆られる。

どうしてか、夕映えの空を一人で見るのは、たとえようもなく侘しかった。

二章　陰謀

一

長娥子は窓際の椅子にもたれかかりながら、ぼんやりと庭先を見つめていた。

春まだ早い季節、長屋親王邸の庭では、辛夷（こぶし）に先駆けて白梅がまず咲き始める。正妃の吉備内親王は高雅な白梅、親王夫人の長娥子は可憐な辛夷――二人の妻をたとえて、長屋がよく戯（たわむ）れに口にする言葉であった。

長娥子と子供たちが暮らす殿舎には、もちろん辛夷の木が多く植えられている。白梅の木はむしろ少ない。だが、長娥子の座る位置からは、辛夷の木々の奥に凛として立つ、白梅の一木がはっきりと見えた。

「御方（おかた）さま」

侍女から声をかけられて、長娥子ははっと我に返った。

「吉備内親王さまがお渡りにございます」

「何ですって」

長娥子は慌てて立ち上がった。来意も告げずにお越しになるとはどういうことか。思わず心が身構えたようになる。

ともかくお迎えする支度をしなければ――と、長娥子は侍女に、行茶（喫茶）の用意をするよう申しつけた。そして、自ら出迎えに行こうとしたが、その時にはもう、吉備の姿が部屋の外までせまっていた。

「これは、内親王さま」

長娥子は横へ退き、吉備を迎え入れながら、恭しく一礼した。

「急に参るのは、迷惑かとも思ったのですけれど……」

吉備は気品のある顔立ちに、優しい微笑を浮かべて言う。

「この通り、何のおもてなしもできませず……」

長娥子が恐縮してうつむくと、

「わたくしとあなたはもう、そのように遠慮し合う仲ではありませんでしょう？」

吉備はにっこりと微笑んで、長娥子の手を取った。そして、連れてきた侍女に目配せをすると、侍女が心得た様子で、袋に入った包みを小卓の上に置いた。

「これは、この間、蘇をいただいたお返しです」

「まあ、さようにお気を遣われずとも……」

「気を遣っているのは、あなたの方ですよ」

吉備は袋の包みを自らほどきながら、

「帝の夫人となった妹君に気を遣い、わたくしにまで気を遣っていては、疲れておしまいになるでしょうに……」

と、長娥子をいたわるように言う。

「お返しなどと言ったのは、ただの言い訳です。本当は、あなたとお子たちにも食べていただきたかったから、持ってきたのですよ」

気をそそるような吉備の物言いにつられ、袋の中をのぞき込むと、中には黄金色をした拳大の果実がぎっしりと詰まっていた。その鮮やかな色合いにも目を奪われたが、袋の中からふわっと香り立つ匂いの爽（さわ）やかさはまた、格別である。

「これは……」

「柑子（こうじ）の実だそうです。神亀（じんき）二（七二五）年の冬、播磨某（はりまのなにがし）と佐味某（さみのなにがし）とかいう者が、唐より柑子を持ち帰った功績により、褒賞にあずかったのを覚えておられますか」

「そういえば……」

三年前、確か、我が国で初めて柑子を実らせることができたとかで、平城京でも話題になった。

「これは、親王（みこ）さまが職田（しきでん）（官人への支給地）で栽培させたものなのです。季節としては遅い方なので、小さなものしかありませんが……」

味はあまりよくないが、薬として食せば、風邪引きを抑えられるなどの効果があるのだと、吉備は続けた。

「もったいのうございますわ。貴重なお品を——」

どこまでも慎ましく遠慮がちな長娥子を、吉備は好ましげに見つめつつ、

「遠慮は要らぬと申したではありませんか」

と、優しく言った。

長屋の最初の妃であり、高貴な身分の吉備にとって、藤原氏からやって来た長娥子は、本来ならば目の敵（かたき）である。だが、長娥子は若く、長屋とは二十歳ほど、吉備とも十五歳ばかり離れていた。そうした齢の差がいわゆる嫉妬を抱かせなかったのか、吉備は長娥子を妹のように扱ってくれた。

長娥子もまた、親王邸に入って以来、出産や子育ての面も含め、どれほど吉備に助けられたことか。

そのことで、吉備を姉のように敬い、かつ慕っていた。一方で、相手が元明女帝の娘であることを忘れず、分（ぶ）をわきまえない狎（な）れを見せてはならぬと、己を戒め続けてきた。

「行茶のご用意がととのいましてございます」

ちょうどその時、侍女が器に入った茶を持って戻ってきた。これもまた、茶葉を固めて持ち運べるようにした餅茶（びんちゃ）（団茶）を、遣唐使が持ち帰ってきたという貴重な品である。

「それでは、いただきましょうか」

吉備が言い、長娥子は椅子を勧めた。

侍女が下がってゆくと、長娥子と吉備は二人きりになった。

「皇太子さまのご容態はいかがですか」

茶碗を両手で持ち上げながら、世間話のように吉備が切り出した。長娥子は思わずどきりと

するのを、顔に出すまいと必死にこらえた。

「あまり、およろしくないようで……」

長娥子は先日も見舞いに行ったが、皇太子には会わせてもらえなかったと告げた。

「そうですか。藤原夫人も気がもめていることでしょう」

吉備は他人事(ひとごと)のように言い、相変わらずの優雅な仕草で、茶を口に運んだ。その穏やかな表情に、これといった感情の起伏は見られなかった。だが、基皇太子と吉備を同時に思う時、長娥子の心は我知らず波立ってしまう。

(内親王さまは……いえ、親王さまとて、基皇太子さまのことを、本心ではおそらく——)

決して快くは思っていないだろう。

なぜならば、今上聖武天皇は長娥子の姉宮子(みやこ)——つまり、藤原氏を生母としている。その聖武に続けて、安宿媛を生母とする基皇太子が即位すれば、二代にわたって、藤原氏の血を享(う)けた帝が誕生することになるからだ。

(そのことを、王家の血筋の親王さまや内親王さまが、心からお許しになるはずはない)

藤原氏の増長は僭越だと、口に出して言うわけではない。それどころか、長屋も吉備も、長娥子を十分にいたわってくれる。だが、そうされればされるほど、自分が二人の世界から疎外されているように感じるのを、長娥子にはどうすることもできなかった。

長屋の父高市(たけち)皇子は、天武天皇の第一皇子、母の御名部(みなべ)皇女は天智天皇の娘である。

一方、吉備の父草壁(くさかべ)皇子は天武と持統女帝の一粒種で、母は御名部の同母妹阿閉(あへ)皇女であった。吉備の兄は文武(もんむ)天皇、姉は元正女帝である。

そして、若死にした文武が、藤原不比等の娘宮子に産ませたのが、首皇子——すなわち、今上聖武天皇であった。

もとより、帝の生母の血筋は皇族か、そうでなくとも蘇我氏の血を引く女性——。それが、これまでの習いだった。

文武の死後、何としても首（聖武）を即位させたいと粘る不比等と、それを阻もうとする阿閉や御名部ら皇室の女たち——。藤原氏と天皇家のせめぎ合いが始まった。

阿閉は自ら即位して、元明女帝となる。

その上で、長屋と吉備を夫婦と為し、皇統の結束を強めた。二人の間に生まれた王子たち——膳夫、葛木、鉤取の三王子はそろって皇孫待遇とされた。

首を担ぐ藤原氏から見れば、長屋親王家ほどの脅威はない。

だが、抜かりのない不比等はその頃、次女の長娥子を長屋の夫人とした。長屋もまた、難色を示すことなく、それを受け容れている。

その後も、元明は首への譲位を頑として許さず、霊亀元（七一五）年九月二日、娘の元正を後継者に据えた。

だが、六年のうちに、御名部皇女と元明が続いて亡くなると、元正女帝一人では藤原氏の力に抗し切れなくなった。

そして、神亀元（七二四）年二月四日、ついに首が聖武帝として即位した。

一方で、左大臣に昇った長屋は、帝の外戚である藤原四卿の横暴を防ぐ要となった。

それでも、聖武が生後ひと月の基皇子を皇太子に据えると言い出した時、それを阻止することはできなかった。

(どれほど、苦々しく思っていらっしゃるか)

基皇太子の体には、皇室の血よりも藤原氏の血の方が濃く流れている。一方、長屋と吉備の王子たちは、純然たる皇族の血筋である。

基皇太子ごときに、皇位を継承させてなるものか――それが、長屋や吉備の本心ではないだろうか。

「長娥子殿――」

かたりと茶碗を卓上に置く音と共に、吉備が言った。我に返った長娥子は、

「はい。何でございましょう」

吉備の方へ顔を向けながらも、その強張った表情を和らげるだけのゆとりは持てなかった。

「つい先だって、親王さまが御父高市皇子さま、御母御名部皇女さまの法要を行われたのを、お聞きおよびですか」

「はい。存じております」

「その折、ちょっとした騒ぎのあったことは――」

吉備が優美に首をかしげて問う。

「騒ぎ……?」

長娥子は知らなかった。

「法要の後には、必ず施行(せぎょう)がございますでしょう? その施行の粥を頂戴しようと集まった貧民の中に、不心得者の私度(しど)僧がいたのです。何でも、順番を待たずに食堂(じきどう)へ押しかけ、分け前

にあずかろうとしたとか。親王さまはその僧侶の額を牙笏（げしゃく）で打ち懲（こ）らしめたのです」

「まあ」

　長娥子はどう言葉を返すべきか分からずに、目を落とした。吉備がどう考えているか分からぬ以上、余計なことは言わないに限る。だが、長娥子自身はどんな事情であれ、暴力沙汰は好きではない。

「その僧の額からは、血もおびただしく流れたのだとか」

　吉備の声は淡々と続いた。その声には、僧への哀れみは少しもうかがえなかった。

「その僧は親王さまを逆怨みして、見ておれ、今に仏罰（ぶつばち）がくだるであろう——と、ご面前で罵（ののし）ったそうです」

「まあ、悪いのは自分でしょうに……」

　この時ばかりは、長娥子にも僧侶への怒りが生まれて、思わず口を挟んでしまった。

「その通りです」

　押し被せるように、吉備は言った。

「親王さまの行いを、ゆき過ぎだと非難する者もおりましょう。されど、親王さまは誰よりも道理を重んじ、正義を貫くお方。間違ったことは決してなさいません」

「……はい」

　断ずるように言う吉備の言葉に、長娥子は弱々しく同意した。確かに、長屋の行いは正しく、それを信じる吉備も正しい。だが、

（今に仏罰がくだる……）

その僧侶の呪いの言葉が、長娥子の心には重くのしかかっていた。誰かの怨みを買うということを、もっと深く受け止めるべきではないのか。その怨みの念は、長屋ばかりでなく、吉備や長娥子の子供たちの上に、降りかからないとは限らないのだ。

だが、長娥子にはそれを吉備に言うことはできなかった。進言しようなどとは思いもしなかった。

口をつぐんだ長娥子を前に、吉備は話を続けた。

「今の帝が母君の皇太夫人（宮子）を大夫人と呼ぶよう詔勅をくだされた時も、律令では皇太夫人と呼ぶ原則だと、親王さまは直言なさいました。帝は過ちを指摘されて、ご気色を損じられたかもしれませんし、長娥子殿も他ならぬ姉君のことですから、つらい思いをなさったでしょう」

それは、神亀元年、聖武が即位した年の出来事であった。

聖武が母に大夫人の尊称を与えたのは、気鬱の病にかかって部屋にこもりきりの生母に対する、純粋な孝心でしかなかったろう。それを、長屋は手厳しく非難したのだ。

聖武は結局、文書では「皇太夫人」としつつ、呼称としては「おおみおや」を用いるように──という、新たな詔勅をくださねばならなくなった。若い聖武は即位早々、長屋によって面目を丸つぶれにされたのである。

「されど、親王さまは正しいのです。たとえ、それがご実家につらく当たるような仕打ちであっても、長娥子殿はあの方を心から信じてください。あの方が信念を貫かれるのを、わたくしたちはお支えしなければなりませぬ。そうですわね、長娥子殿」

「もちろんでございます、内親王さま」

長娥子は逆らうことを知らぬ様子で、即座にうなずいていた。

「何が起ころうとも、長娥子殿とお子たちのことは、親王さまが守ってくださいます」

吉備が続けて言った。

（何が起ころうとも……？）

その言葉が長娥子の心に引っかかった。他意はないのかもしれない。が、基皇太子をめぐって、長屋と藤原四卿の間が緊迫している今、その言葉には含みがあるように感じられる。

（親王さまと我が兄弟（はらから）の間で、政争が始まるという意味でおっしゃったのかしら）

宮子の呼称問題で、聖武を後押しし、というより、半ばそそのかしていたのは藤原四卿であった。その時、噴出しかけた長屋と藤原四卿の対立は、ひとまず沈静したものの、今に至るまでくすぶり続けている。

そして、今、基皇太子という駒を得て勢いづこうとしている藤原四卿を、長屋は政界から追い払うべく決断をくだしたというのだろうか。

（親王さまはそれを内親王さまにはお話しになったとしても、決してわたくしにはお打ち明けくださらない……）

もちろん、藤原家の兄弟たちとて、安宿媛には本心を語っても、長娥子には語らないだろう。

（わたくしだけが、どっちつかずの……）

長娥子の苦悩はそのまま、成長した我が子たちの苦悩になる。

長娥子はふと、先日の佐保と阿倍内親王とのやり取りを思い出した。二人が腕釧のことで言い争っていた時、自分は阿倍を立てるよう、娘に言うことしかできなかった。我が子を守るため、楯になることさえしなかったではないか。

長娥子の脳裡に、腕釧に彫られた白蓮のすっくと立つ姿が浮かんだ。

（どうして、わたくしは強く生きられないのか）

政敵同士である父と夫との間で、物のようにやり取りされた自分――それが惨めだからか。帝の夫人となった姉妹たちより、劣った扱いを受けていると感じるからか。あるいは、正妃である吉備内親王に決して及ばぬ身分の低さが、心をいじけさせているのか。

「何やら、顔色が悪いようですよ。今日、初めてお顔を見た時から、そう思っておりましたが……」

吉備が心から心配そうに、長娥子を見つめて言った。

「この柑子を食して、元気を出してください」

吉備はそれを機に、立ち上がった。

「かたじけのう存じます」

吉備を見送るため、慌てて立ち上がった長娥子の鼻腔に、爽やかな柑子の香が流れ込んできた。

二

正殿へ戻る吉備を見送った長娥子は、すぐに部屋へ戻る気になれず、しばらく庭先に佇んでいた。それから辛夷の木に寄り添うようにして立ち、ふと空を見上げた。

先ほどまでよく晴れていたはずの空は、いつの間にか曇っている。

（雨などが降らなければいいけれど……）

せっかく咲いた白梅の花や辛夷の蕾を案じて、少し憂鬱になりながら、長娥子は踵を返そうとした。その時、

「御方さま」

と、声をかけて近付いてきた者がいた。

「おや、そなたは中臣東人ではありませぬか」

「ご無沙汰しておりました」

男は長娥子の前まで駆け寄ると、その背の高さをまるで恥じ入るように、その場に跪いて、小さく背を丸めた。

中臣は藤原氏の昔の氏である。

長娥子の祖父に当たる鎌足が、天智帝から藤原の氏を頂戴し、その子不比等が藤原氏を継いでから、藤原を名乗るのは不比等の子孫のみに限られることになった。

以来、藤原氏は別系の中臣氏とは一線を画している。とはいえ、血のつながっていることは間違いなく、中臣氏の中には本来の職掌である神祇に携わる者たちと、下級官人として出仕し実務に携わる者たちがいた。

　東人はその後者である。

　まだ無位で官職にも就いていなかったが、その血筋を頼りに、藤原氏の有力者の間を駆けずり回っており、長娥子や安宿媛の許にも出入りしていた。

「ぜひとも、左大臣さまにそれがしの叙位を進言してくださいますよう――」

　長娥子に頼むのはそればかりだが、なかなか長屋に引き合わせてやることができない。一応、長屋に話してみると、いずれ会ってみようとは言ってくれるものの、長娥子は、夫が官職をねだるような男を決して好かないのを知っていた。

　だから、長娥子としては東人に申し訳ないのだが、相手は律儀にも挨拶を欠かさない。それが何となく哀れになって、長娥子は安宿媛の許へ届け物がある時など、東人に使いを頼むようになった。安宿媛ならば、東人の願いを叶えてやれるかもしれないという思惑もあった。

　そうするうち、東人の妹東子が安宿媛の殿舎で、端女として雇われることになったと聞いた。宮中につながりができたことで、東人は長娥子にたいそう感謝し、その後もちょくちょく挨拶に来る。

「ちょうどよいところに来てくれました。宮中の藤原夫人に届けてほしいものがあるのです」

　長娥子は吉備からもらった柑子を思い出して言った。

「さようでございますか」

うっそりと暗い声で、東人は言う。長い無位の生活がたたったのか、陰気な気性の男である。

「まずは、中へ入っておくれ。内親王さまより頂戴した柑子があるのです。薬の効能もあるゆえ、皇太子さまのお体にもよいことでしょう」

長娥子はそう言い置いて、殿舎の自室へ戻ると、さっそく安宿媛への献上品とする柑子を、自ら選り分け始めた。長娥子が余念なくその作業に取り組んでいると、やや遅れて、侍女に案内された東人が長娥子の部屋へ入ってきた。

「その柑子の実は、内親王さまがくださったお品とおっしゃいましたか」

東人は入ってくるなり、立ったまま、そう尋ねた。長娥子は手を止めて、東人を振り返ると、

「ええ、そうです。唐から持ち帰った柑子の種を、親王さまの職田で栽培させたのだとか」

と、正直に答えた。

「さすがは天下の左大臣家でございますな。柑子の実など、宮中の方々でも滅多にお口にはされますまいに……」

「ですから、藤原夫人にも差し上げて、皇太子さまにも召し上がっていただきたいのです」

そう言って、長娥子は再び柑子の選り分けを続けるべく、卓上に目を戻そうとした。その時、

「御方さま」

長娥子を呼び止めた東人は、一歩前へ進み出るなり、その場に跪いて長娥子を見上げた。落ち窪んだ眼窩（がんか）の奥に、何か強いものを秘めた陰鬱（いんうつ）な光が宿っている。

「差し出がましいことを申し上げるようでございますが、その柑子の実、御方さまからではなく、左大臣さまと内親王さまの御名（おんな）で、皇太子さまへ献上されるのがよいかと存じますが……」

「どういう意味ですか」

長娥子はわずかに眉をひそめて問いただした。

「左大臣さまと藤原四卿の御仲よろしからざること、それがしのような者でも存じております。よもや、皇太子さまのご病気の悪化を、左大臣さまがお望みになるはずはございませぬが、ご病状が篤くなりますと、よからぬお疑いがかかる恐れもまた、これあり……」

「親王さまは、さようなことをお考えになるお方ではありませぬ！」

長娥子は鋭い声で、東人の言葉を遮って言った。

「もちろん、存じております。どうぞ、お怒りをお静めくださいますよう。それがしが申したいのは、世の中には不届きな輩もいるということでございます。それゆえ、左大臣さまと内親王さまの御名で、柑子を献上するようにと申し上げました」

「お二方の御名で柑子を献上することに、どんな意味があると申すのです」

「それは、お二方が皇太子さまのお体を案じておられたという証になりますでしょう。さらに、貴重な柑子のお薬まで差し上げたとなれば、無論、藤原夫人さまも感謝なさいますでしょうし、いずれ怪しからぬことを申す者がおりましても、お耳を傾けられぬことと存じます」

ふっと、長娥子は不安に駆られた。

(この男は……もしや、兄上たちが帝や安宿媛に、親王さまのよからぬ話を申し上げていると、暗に教えてくれているのかしら……)

実家の四人の兄弟たちの顔が、次々に浮かんできた。親王家に入ってからは、挨拶程度の言葉しか交わさぬ仲となっていたが、彼らが亡き父不比等の野心を受け継ぎ、朝廷における藤原氏の権勢を少しでも拡げようと考えていることは、言われないでも分かる。

四人の兄弟たちは、いずれも父不比等の偉大な血を受け継ぎ、一人で不比等を上回るほどの大物ではないが、四人が結束すれば、父を超える力を持ち得る見込みはあった。その力の矛先が、長屋に向けられたなら……。

長娥子の胸の奥の方がすうっと冷えていった。

長娥子は息苦しくなって、東人から目をそらした。吉備が来る前に、ぼんやりと眺めていた窓の外に目をやると、西の方角に見える生駒山の頂きあたりに灰色の雲がかかっているのが見えた。やはり雨になるのかもしれない。

「いかがいたしましょうか、御方さま。もちろん御方さまの御名で届けよと仰せならば、そういたしますが……」

東人が返事を促すように声をかけた。

「そなたの申す通りにいたしましょう」

長娥子は東人に目を戻して、そう言っていた。

「せっかくでございますから、皇太子さまにお届けする柑子は、内親王さまがお持ちになった袋にお入れするのがよいかと存じまする」

さりげなく付け加えて言った時、東人は鈍く光る目を、もう長娥子に向けてはいなかった。

「そういたしましょう」

長娥子は言い、自分と子供たちが食す分だけを取り除くと、他の柑子をすべて元の袋に入れ直して、東人に手渡した。

「卑しき身の言葉を、深く受け止めていただきまして、まことにかたじけのう存じまする」

東人は跪いたまま深々と頭を下げて、袋を押しいただくようにする。

「いいえ、そなたの助言がいずれ親王さまを、お救いするかもしれないのですから――」

そう答えてから、長娥子は再び、窓の外に目をやった。

生駒山の辺りはすでに厚い黒雲に覆われていた。

（内親王さまがいらっしゃる前は、あれほど晴れていた空が……）

胸の中でそう呟いた時、西の方角で雷光がきらめき、少し遅れて雷鳴が鳴り響いた。


それから半年後の神亀五（七二八）年九月十三日、基皇太子が薨じた。

もとより弱々しい、ともすればかき消されてしまいそうな命の灯火であった。それは、朝廷に関わる多くの人々の心を揺り動かし、やきもきさせ、対立の火種まで生み出し、そして消えた――。

三

神亀六（七二九）年二月十日――基皇太子の薨去から、半年と経たぬ春の日のこと。

未の刻（午後二時）頃、藤原四卿の一人である式部卿藤原宇合が皇宮から邸へ戻ると、それを待ちかねていたように、訪ねてきた者たちがいた。

いかにも下級官人という風体の二人の男たちを、門番はそのまま通しはしなかった。

「式部卿さまは、先約のないような者とお会いする暇はない」

と言って取り合わない門番に、男たちは必死に取りすがった。

「お約束を取りつけている暇がないために、あえて参ったのです。一刻を争う事態でござりますゆえ、ぜひとも式部卿さまに取り次いでいただかねばなりませぬ」

二人の男たちは退く気配がない。それどころか、

「中へ通してもらうまでは、ここから動きませぬ」

とばかり、強情な構えを見せる。

結局、門番の方が折れて、邸内にいる宇合の許へ報告に赴いた。

一刻を争うなどと大袈裟な言葉を信じたわけではなかったが、貴人の邸に推参するというこわいもの知らずの剛毅さが宇合の心を動かした。

ともかく中に通せと、宇合は命じた。

「何者じゃ」

すでに官服を脱ぎ、唐渡りの高価な餅茶(びんちゃ)を飲みつつ寛いでいた宇合は、そのままの格好で、初対面の男たちに会った。

「漆部造(うるしべのみやつこ)君足(きみたり)と、それがし中臣宮処連(なかとみのみやこのむらじ)東人より、式部卿さまに申し上げる儀がございます」

「さようか」

宇合は横柄な態度で受け流した。

「一刻を争う事態と申したそうな。その言葉に偽りなき話題であろうの」

「はっ、天下をとどろかす大事にござりまする」

東人と名乗った男が、細い目をまっすぐに見据えて言った。

「天下をとどろかす、だと――。おぬしらのような者が、天下を動かす大事を知っておると申すのか」

宇合は、じろじろと遠慮のない眼差しで、男たちを睨み据えながら言い返した。

四兄弟の中で最も大胆不敵、年長の者には生意気にさえ見える態度で常に臨んでいる。だが、そういうところが若い者の人気を呼ぶのか、温厚でおおらかな総領武智麻呂（むちまろ）や、一時は兄武智麻呂を超えて出世した切れ者の房前より、下の者たちから慕われていた。

東人らが一大事の告発をするのに、宇合を選んだのもそれゆえだった。

「左大臣長屋親王さまに関する御事（おんこと）なればこそにござりまする」

ようやく核心に触れる内容を、東人は口にした。

その間、漆部造君足はずっと黙り込んでいる。どうやら、話の事情にくわしいのは東人の方で、君足はその信憑性を高めるため、連れてこられただけのようだ。

「何だと、左大臣の……」

宇合の目も東人にだけ向けられていた。

「さようにございます。皇太子さまがお亡くなりになり、一度は立ち消えになった左大臣さま及びご子息の皇位継承の見込みが出てまいりました」

「むむっ……」

「皇太子さまがお亡くなりになって、誰が最も得をすることになるか、お考えになっていただければ――」

「おぬし、何が言いたい」

「左大臣さまが皇太子さまを呪い殺したということを、どうしてお考えにならないのですか」

東人は刃を突きつけるように鋭く言った。

宇合の表情に鋭い緊張が走った。が、それはたちまち冷淡な無表情に取って代わった。

「さようなことは思っていても、口にはせぬものだ」

目に蔑（さげす）みの色を浮かべて、宇合は言った。

「つまり、思ってはいても、証がない限り、お口には出されぬということでございますな」

宇合は答えなかった。すると、東人は先を続けた。

「証ならばございまする」

「何だと！」

この時初めて、宇合は驚愕を見せた。

だが、東人は得意げな顔つきをすることもなく、淡々とした声で先を続けた。

「左大臣長屋親王はひそかに左道（さどう）（呪術）を学び、国家を傾けんとしておりまする。左道によって皇太子さまを呪い殺した上、自らが皇位に就かんという企みでございましょう。証の品は藤原夫人さまの御許（おんもと）にございますれば、一刻も早くお確かめになるべきかと――」

「安宿媛の許にあるだと！　それはどういうことか」

宇合の声は次第に高くなってゆく。

「去年の春ごろ、長屋親王と吉備内親王の御名で、皇太子さまのお薬として、柑子の実が献上されました。それがし中臣東人が藤原夫人さまへお届けしましたゆえ、間違いござりませぬ。藤原夫人さまにお仕えする端女中臣東子なる者にしかと渡しましたゆえ、その者をお取り調べくだされば……」

「一年も前の柑子の実が、証になるというのか」

東人の言葉を奪い取るように、せかせかと宇合は訊いた。

「いいえ、柑子の実ではありませぬ。その入っていた袋こそ、逆心の証なのでございます」

「ふう……む」

宇合はすでに冷静さを取り戻していた。そして、今耳にした話の内容を整理するために、しばらくの間、じっと黙り込んでいた。

「おぬし、よもや藤原夫人に差し上げる前から、左道のことに気づいていたのではあるまいな。ならば、おぬしこそ、皇太子を害したてまつった張本人になる」

宇合は東人の話のほころびについて問うた。が、東人は動じることなく語り出した。

「とんでもなきお話にござりまする。皇太子さまのご逝去からややあって、ふと献上した柑子の実を思い出しました次第。そこで、先日、東子を訪ね、その袋を確認してみましたところ……」

滑らかな弁明である。

宇合はもうそれ以上、聞こうとはせず、東人の言葉を遮って、

「左道の疑いがあったのだな」

と、簡潔に問うた。

「はいっ　袋には髪が縫い込まれておりました。その上、蠱物の呪文が書かれた小さなお札も共に――」

「それがまことなら、動かぬ証。謀叛と言われても、もはやいたし方あるまい」

宇合は大声で決めつけると、傍らの卓上を勢いよく掌で打った。その勢いで茶碗が倒れ、内裏でさえ滅多に飲むことのない餅茶がこぼれたが、気にもかけない。

それから、宇合は椅子が後ろへ倒れるほどの勢いで立ち上がった。

「ただ今ご報告申し上げた中臣東人、及び漆部造君足の名を、どうぞお忘れなきよう――」

「後ほど沙汰があろう。それまでは自宅でおとなしくしておれ」

宇合はもう東人らを見もせず、せかせかと言う。が、ふと思い出したというように、二人に目を戻すと、

「ところで、縫い込まれた髪は皇太子のものに違いないが、それを手に入れて左大臣夫妻に渡したのは、我が妹の長娥子ではない。この意味は分かるな」

と、凄みのある声を出した。

「無論でございます」

東人は従順に頭を下げた。

「では、沙汰を待つがよい」

東人と君足がそろって頭を下げた時にはもう、宇合は床板を踏み鳴らして、皇宮へ向かう支度をするため、奥の間に歩き出していた。

四

それから一刻後の申の刻（午後四時）を過ぎた頃、にわかに西の方角から春の嵐のような強風が吹きつけ、あっという間に黒雲を運んできた。

天空に金色の稲妻が走ったかと思うと、時ならぬ春雷が都の空に鳴り響いた。凄まじい雷鳴は西の方――生駒山の辺りで轟いた模様である。

雷神と競うように、風神も荒れ狂った。

間もなく、地を打つような大粒の雨がいっせいに降り始めた。

そして、ちょうどその頃、藤原四兄弟は誰一人欠けることなく、皇宮の藤原夫人安宿媛の殿舎の離れに顔をそろえていた。

外は雷鳴と豪雨による激しい嵐だったが、窓を閉め切った小暗い部屋の中で、それを気にする者は誰もいない。

「密談には、ふさわしくない場所ではございませんか」

末弟麻呂がいかにも気楽な調子で言いかけたのへ、

「一刻を争うのだ。それには、ここより他によい場所がない」

場所を指定した宇合が、荒々しく言い返した。

「安宿媛も近付けず、ですか」

「妹に知られてはならぬ。間違いなく反対するであろうからな」

と、苦々しさを隠さずに言う宇合へ、

「まあ、今の夫人は我が子を亡くした悲しみに暮れておりますれば、我らの為すことに口は挟まぬでしょう」

と、房前がもの柔らかく応じた。

「それで、何事があったのか」

長兄の武智麻呂が頃合を見計らって、宇合を促す。

「実は、驚くべき密告があったのです」

と、宇合は鋭い眼差しを、武智麻呂、房前、麻呂へと順に送りながら、先ほど中臣東人から聞かされた密告の要点を語り出した。

「とんでもない話だな」

眉をひそめたのは武智麻呂である。

「されど、我らにとっては天の恵み」

という房前の言葉を混ぜ返すように、

「何の、恩賞狙いのいじましい根性ですよ」

と言ったのは、末弟の麻呂だった。

「では、麻呂よ。お前は東人の話は誣告だというのか」

年下の麻呂から突っかかられると、宇合はついむきになってしまう。

「兄上こそ、少しも信じておられないくせに……」

麻呂はなおも兄をからかうような口調をやめなかった。だが、これ以上続ければ、兄弟の中で最も気性の烈しい宇合の怒りを買う頃合もわきまえており、

「されど、使えますな。その男——」

と、麻呂は表情を改めて、先を続けた。

「仮に誣告だとしても、その罪を負うのは我らではなく、その男なれば——」

「そういうことだ」

宇合もまた、にやりと麻呂に笑いかけた。

「では、いよいよ安宿媛にお出ましを願うことといたしましょうか」

「いや、呼ぶのはその東子とやらいう端女だけでよかろう」

房前が麻呂を制して言った。

「おお、そうでした」

麻呂は歯を見せて笑い、

「では、その者はわたくしが呼んでまいりましょう。証の品も忘れずに持たせてまいりますれば——」

と、最年少の気軽さで立ち上がった。いい加減なように見えて、侍女を使って呼んでこさせるような愚は犯さない。

「武智麻呂兄上は、帝への奏上のお言葉でも考えておいてください」

立ち去り際に言い置いてから、麻呂は出ていった。それに触発されたのか、宇合は、

「房前兄上は、中衛府(ちゅうえふ)を率いていただかねばならぬ。ならば、安宿媛の説得はこの宇合が

……」

　と、立ち上がりかけた。その宇合を制したのは、次兄の房前であった。

「妹とはいえ、そなたのようなむくつけき男に、女心の機微が分かるものか。わたしが中衛府に命（めい）をくだすゆえ、宇合よ、そなた、官兵を率いて左大臣邸へ向かえ」

「えっ、よろしいのですか。そんな目立つお役目を――」

「兵を率いるのは、そなたが一番似合っているよ。その代わり、女人（にょにん）の心をなだめるのはわたしに任せてくれ」

　と自信ありげに言うだけあって、房前は女性関係も多く、子供の数も誰より多い。

「よさぬか。安宿媛は妹ではないか。それに、長娥子のことも忘れるな」

　その時、それまで黙り込んでいた武智麻呂が、口を挟んだ。

「そうでございましたな」

　長兄の言葉に、房前と宇合はやや沈んだ声で応じた。

　才ある兄弟がそろう中、長兄の武智麻呂は誰よりも平凡であった。政事では房前に、軍事では宇合に、人当たりのよさと人脈では麻呂に、それぞれ引けを取っているように見える。

　だが、その実、誰よりも釣り合いの取れた兄として、弟たちからは立てられていた。彼らが対立することなく一枚岩でいられるのも、武智麻呂がいればこそであり、弟たちもそのことをよく分かっていた。

「そういえば、仲麻呂が以前、申していた。阿倍さまが、長娥子の娘の……何といったかな」

　武智麻呂の言葉を受けて、

「佐保媛でしょう」

と、房前が応じた。

「そうそう、その佐保媛の持っていた手作りの腕釧を欲しがったそうだ。佐保媛は嫌だと断ったとかで、阿倍さまがひどくご機嫌を損ねていた、と――」

「ほう。それはまた、左大臣の権勢をうかがわせるお話ですな。帝の娘が左大臣の娘から、宝を取り上げようとして失敗したか」

宇合がちゃかすような口調で、口を挟んだ。

「阿倍さまがそれで引き下がったのは、左大臣の媛だったからだろう。それがもし、我らの娘であれば、阿倍さまからひっぱたかれていたに違いあるまい」

房前が言い、まさにその通りだと、他の兄弟たちが笑い合った。

阿倍のわがままぶりは、四卿の間でも評判である。それを唯一、御(ぎょ)しきれるのが武智麻呂の次男仲麻呂だと言われていた。

「しかし、これからはそうはいかなくなる。阿倍さまはやがて皇后所生唯一の皇女となり、佐保媛は謀叛人の娘となり下がるのだからな」

房前の言葉に、今度は誰も笑わなかった。

現在、聖武天皇に皇后はいない。房前は自分たちの妹安宿媛を、勝手に皇后と見なしたのである。

基皇太子の死去後、後宮の県犬養広刀自(あがたのいぬかいのひろとじ)夫人が安積(あさか)皇子を出産したことにより、藤原氏は窮地に追い込まれた。

安積の立太子を阻むためには、もはや安宿媛を皇后と為すより他にない。そうすれば、皇后所生でないことを理由に、安積の立太子に反対できる。場合によっては、阿倍を女帝として即位させることもできなくない。

だが、安宿媛の立后を持ち出した時、誰が異を唱えるか――それも四卿には分かり切っていた。

「まあ、長娥子のことはこの宇合にお任せを――。お子たちも含め、無事に救い出してみせますれば――」

最後に、宇合が自信に満ちた表情で、兄たちに誓った。

藤原四卿がそろって、長屋親王謀叛の一件を正式に奏上した頃には、すでに戌一つ（午後七時）を回っていた。先ほどの激しい嵐はすでに過ぎ去り、雨も上がってる。

だが、この奏上により、朝廷は平城京遷都以来の大騒動に見舞われた。

式部卿宇合は官軍を動かして、長屋親王邸を封鎖することを強く主張し、中衛府の大将である房前も、これに同意した。

若い聖武帝は、事の次第に驚愕と動揺を隠せぬようであったが、安宿媛の許にあったという左道の証の品を突きつけられて、ついに心を決した。

「高貴なお方に対したてまつり、捕縛の上、拷問というような事態は避けるべきでござりましょう。有間皇子は斬首されましたが、大津皇子は自害しておられまする。この度も、大津皇子の先例に倣っていただくのが穏当かと思われます」

宇合は、長屋親王にも自害を要求するのが筋だと言ったのであった。

帝は静かにうなずいた。

「御意のままに――」

宇合は大げさとも言える仕草で、恭しく一礼した。

それから、中衛府大将房前の進言により、帝から指揮権を委託された宇合は、御前を退出した。

そして、赤みを帯びた月が上空へ昇り始めた亥（い）一つ（午後九時）頃、宇合は出撃を待つ中衛府の兵士たちの前に現れた。すでに、ものものしい鎧に身を固めている。

「勅命により、これより出陣する」

宇合の野太い声が兵士たちの頭上を、駆けめぐってゆく。集まった兵士たちは、さすがに官兵だけあって、夜の出陣に対しても動揺は見せなかった。

そこへ馬が引いてこられた。宇合は愛用の黒馬にひらりとまたがると、

「目指すは三条二坊、左大臣邸。逆賊長屋親王ぞっ！」

と、太刀（たち）を振り上げるなり、天に向かって咆哮した。引きずられるように、空を仰いだ兵士たちの眼に、赤い月が飛び込んできた。

魔に魅入られたかのように、兵士たちの間に、みるみる異様な昂奮の渦が広がっていった。

「うおーっ！」

兵士たちは一斉に拳を振り上げ、鬨（とき）の声を上げた。

「いざ、出撃！」

宇合の合図に応じて、先発隊から粛々と動き出す。兵士の数はおよそ百名、隊列の真ん中あたりに、輿が二つ、それを守るように馬上の宇合が従った。

輿に乗るのは、皇族の長老たる舎人親王と新田部親王である。いずれも天武天皇の皇子で、武官ではなかったが、朝廷側の権威を高めるため、宇合がご出陣を願った。

宇合に指揮された中衛府の官兵は、平城宮の東南に接した長屋親王邸を目指して進んだ。

ものものしい剣戟のこすれ合う音や、馬の嘶きなどが、本来静かなはずの都の夜を、不穏に脅かしている。深夜であるにもかかわらず、官兵たちは緊張と昂奮ゆえか、夜行性の獣のように眼をぎらぎらさせていた。

長屋親王邸の完全包囲が成ったのは、亥三つ（午後十時）を過ぎた頃であった。

その時、ちょうど中天に宿った月は、血のような色を帯びて、平城京を見下ろしていた。

三章　王家滅亡

一

舎人親王と新田部親王、藤原宇合は勅命を伝えるべく、長屋親王への対面を要求した。

皇宮と長屋親王邸はごく近いので、官兵出陣のことはすでに親王家には伝わっていたのだろう。対面の要求は、何の抵抗もなくすぐに受け入れられた。

両親王と宇合は客殿の一室へ通された。宇合は武装したまま、数名の兵士らを従えて、客殿へ入った。

客殿にはすでに長屋がおり、平常と変わらぬ落ち着いた様子で、一行を出迎えた。

「左大臣謀叛の事実が明らかとなった。帝は左大臣邸へ兵を動かすことをお許しになり、左大臣には自ら処置をくだされるように――との勅命である」

長屋の叔父に当たる舎人親王の口から、自害せよ――との言葉が伝えられた。

「謀叛ですと！」

長屋は驚きと共に、大声を発した。太い眉が大きく顰められてはいたが、ひどく取り乱すようなことはなかった。

「いったい、どういうことですか。我には何の覚えもないことでございますぞ」

「告発があったと聞いている。動かぬ証の品もあったとか――」

舎人親王が淡々と答えた。甥である長屋に対し、哀れみを抱くこともない様子である。傍らに無表情で立っている新田部親王も同様であった。

いや、むしろ同じ皇族でありながら、天武・持統天皇直系の吉備内親王を娶り、左大臣として権力をほしいままにしてきた長屋のことを、忌々しいとさえ思っていたのかもしれない。

「ならば、その証の品を見せていただきたい」

長屋は親王らを前に一歩も退くことなく、正々堂々と要求した。

「その証の品については、帝が握っておられる。臣下がそれを知る必要はござらぬ」

新田部親王が傍らから低い声で告げた。

実際、舎人親王も新田部親王も、謀叛の証が何なのかを知らない。

この場で宇合ただ一人が、その正体を知っていたが、交渉は親王たちに任せ、自分が表に出ようとはしなかった。

「ならば、叔父上方も式部卿も、我が罪の何たるかをご存じでなく、こうして我を罪に問うとおっしゃるのか！」

長屋が火を噴くような勢いで言った。

くわしい事情を知らぬ二人の親王たちの表情が、かすかに怯んだ。

「我らはただ、帝の命に従っているまでだ」

言い返す舎人親王の声も、やや勢いをなくしている。

長屋は無言で両親王をじっと見返した。この件をどの程度まで知った上で関わっているのか、それを見極めようとするかのように——。

長屋の目の力に抗し切れず、目をそらしてしまった二人の親王に、長屋は見切りをつけた。

二人はほとんど何も知らず、ただ聖武天皇の命令を遂行しているだけだ。

長屋の眼差しは最後に、親王らの後ろに影のごとく立つ宇合の方へ注がれた。

ここへ入ってきてから、宇合は一言も口を利いていない。

(おぬしが帝をそそのかしたのだな)

射抜くような長屋の眼差しには、揺るぎない確信がこもっていた。だが、宇合はたじろがない。

(そうだとしたら、何なのです?)

宇合はふてぶてしい眼差しで、長屋を見返した。

(あなたはもはや敗者なのです。それも、今宵はじめてそうなったのではない。もうずっと前から、今宵のようなことになるのはお分かりだったはずだ)

(そうか。おぬしは中衛府のことを言っているのだな)

長屋の双眸が燃え上がった。

宇合は目をそらすのを必死にこらえた。怯んでどうする。自分は——自分たち兄弟は勝者であり、相手は敗者なのだ。そのことを分からせてやるために、ここにわざわざ中衛府の兵を率いてきたのだ。

中衛府――それは、昨年八月、基皇太子の死の間際、慌ただしく軍制の再編が行われ、新たに設置された帝の親衛隊のことである。

長官である中衛大将の座には、藤原房前が就いた。

平城京の治安を守る左右衛士府、左右兵衛府の軍隊は、太政官の詮議なしには動かせない。これでは有事の際に官兵の出動が遅れ、取り返しのつかぬ事態が出来しかねない。

それが、帝の勅令一つで動かせる中衛府の設立意義であった。

(中衛府は今宵のために設立されたのか。我を倒すというただその目的のためだけに――)

(やっとお分かりになられたか。中衛府をご自身の配下にできなかった時から、あなたの敗北は決まっていたのだ)

宇合は両眼に、勝ち誇った色を浮かべた。

これで長屋を屈服させることができる、と信じて――。

だが、長屋の両眼に、そのような弱気なものは浮かばなかった。それどころか、長屋は宇合を嘲笑うような目で睨みつけてきたのだ。

(いいだろう。それがおぬしらのやり方ならば受けて立つ)

長屋の眼差しはそう告げていた。

(囲みたければ、我が邸を中衛府の兵で囲めばいい。謀叛の証とやらも、どうせおぬしらのでっち上げだろう。帝は我を殺せとは言わなかったはずだ。そうとも、あの方にさような命令は下せない。なぜならば、我が妻は帝の叔母であり、我もまた、帝の血縁だからだ。中衛府の兵が何

百いようとも、我に刃を向けられぬのならば、一兵もいないのと同じ)

所詮、おぬしらはそのような陰謀を企むのが関の山――そう言われたような気がして、宇合はぎりぎりと奥歯を噛んだ。

「勅命とあらば従わねばなりますまいが、それは納得した上でのこと。我に罪があり、その証が上がったのであれば、無論、この命でもって償いましょうぞ。されど、身に覚えのない罪を被せられ、故なくして死するは承服できませぬ。とにかく、帝の御前にて、正しく弁明をさせていただきたい」

長屋は堂々と、そう言い切った。

その物言いは、帝の御前に赴くことさえ叶えば、そこで無実の罪を晴らし、逆に藤原氏の陰謀を暴いてみせるという自信に満ちたものであった。

「この言い分を聞き届けてもらえぬ限り、我は自害などいたさぬ。そのことを、しかと帝のお耳に伝えられたい」

「何という不遜な……。勅命に逆らえば、さらなる帝のお怒りを買うだけだぞ」

新田部親王が長屋を見据えながら言ったが、長屋は動じなかった。

「けっこうでございます。たとえ、一時はどれほどお怒りになりましょうとも、疑いが晴れれば、帝はさらなる信頼を我に寄せてくださるはず」

長屋はまるで自分の方が優位にあるとでもいうような言い方をした。

「いずれにしても、我は帝にお会いするまでは自決などせぬ。お三方が我を死なせたいなら、それこそ我を殺害せよとの勅命をいただいてくることですな」

これで話は終わりだというように、長屋は会見を一方的に打ち切ると、三人を残したまま、さっさと客殿を出ていった。

その足取りは、一歩一歩床を踏みしめるように、揺るぎのないものである。その背中を見やりながら、宇合は舌打ちしたい気持ちであった。

時を稼ごうとしているのは見え透いている。帝が長屋を殺せと言えないことも承知の上だ。このまま時が経てば、帝の気持ちが変わることも十分にあり得る。今は、初めて授かった皇子が呪詛によって殺されたと聞き、気も動転しているだけなのだ。

(帝のお気持ちが変わる前に、事の始末を終えてしまわなければ——)

長屋および、正妃吉備とその王子たちを、死に追い込まねばならない。

(最終的には、長娥子らを救うことが切り札になるだろう)

それを口にするのはまだ早い。だが、夜明けまでには長屋を自害に追い込んでみせる。

宇合は先ほどの屈辱を思い出し、奥歯を再び噛み締めながら、心にそう誓った。

二

邸の周辺が数多くの兵に囲まれている。その殺気立つ緊張感をひしひしと感じながら、

(望むところだ)

と、長屋に仕える大伴子虫(こむし)は気強く思った。

子虫は、朝廷から高位の皇族や貴人に支給される資人（しじん）の一人である。親王に支給される資人のことを、正式には帳内（ちょうない）という。帳内は親王と私（わたくし）の主従関係を結ぶわけではないが、仕えて二十年も経てば、忠誠心も厚くなる。

長屋親王は、子虫が忠節を捧げるのにふさわしい人柄であり、曲がったことを嫌う誠実さも信頼できた。

（こうなった上は、左大臣さまの御（おん）ために、この命、投げ出すまで）

子虫は剣も弓矢も使えたし、大柄の体格に見合って力も強く、動きも敏捷だと言われている。来（きた）るべき時に備えて、子虫は剣の手入れをしながら、長屋からの命令が届くのを待ち続けていた。

だが、待つ時が長くなると、余計な想念も浮かんでくる。

（御方さま……）

死をも厭わぬ子虫にとって、気がかりなことがあるとすれば、それは長娥子の行く末であった。

子虫が長屋に仕えるようになって間もない春、長娥子が長屋の夫人として邸に入った。

まだ二十歳前の長娥子は、邸の庭に咲く辛夷の花の精のように可憐に見えた。

長屋もよく、長娥子を辛夷の花にたとえた。

正妃吉備内親王は高雅な白梅の花、娘の佐保媛は清楚な白蓮の花――。

よほど白い花がお好きなのだろうと、子虫は他の帳内たちと酒の席で笑い合ったこともある。

潔癖な長屋にとって、純白こそが何より好ましい色だったのだろう。女性の好みもそうだったようだ。

吉備内親王は子虫の目には、見つめることさえ憚(はばか)られる高貴な女性だった。それに対して、長娥子は少し違う。

居住まいを正さずには見ることも叶わぬ白梅と異なり、心も惚(ほう)けたように飽かず見つめていたい辛夷の花――。

それを恋と呼んでよいのかどうか、子虫には分からない。

長屋に対して、嫉妬は無論、罪悪感すら覚えたこともないのは、長娥子への想いが欲望とは無縁の純真な物だったからだろう。子虫にとって、長屋のために命を惜しまないのは、長娥子のために死ぬことと同じであった。

「子虫っ！　左大臣さまが正殿(せいでん)の間へ来るように――と、仰せであるぞ」

邸が兵で囲まれて半刻もした頃、ようやく待ちかねた呼び出しがあった。

「よしっ！」

子虫は磨いていた剣をすばやく腰に佩(は)き、放たれた矢のように飛び出していった。

（いよいよだ。いよいよ戦いが始まるのだ）

廊下を走りながら、子虫の士気は高揚してゆく。

何人の敵を斬り倒してやろうか。十人、二十人――いや、五十人でも百人でも、今ならば斬り倒せそうな気がする。

正殿の広間に通じる大きな杉の板戸は、堅く閉ざされていた。

取次ぎらしい者もいない。子虫は大声を張り上げて、名乗ろうとした。

「その者は……」

その時、中から震えるような甲高い声がして、子虫を凍りつかせた。聞き覚えのある吉備内親王の声に違いなかった。

「わたくしの王子たちの命を狙っているのです！」

吉備の声にはもう、日頃の優雅さはない。誰かを詰(なじ)っているようであった。

邸の外を取り囲む官兵の将が、この広間に来ているのだろうか。

「そうですね、長娥子殿。あなたの兄の宇合殿は、わたくしの王子たちを殺しにきたのでしょう」

子虫は首筋を冷たい手で撫でられたような気がした。吉備に詰られているのは、長娥子であった。

「内親王(ひめみこ)さま……」

長娥子の声は震え、かすれている。

「ええ、分かっておりましたとも。わたくしの母上（元明女帝）が膳夫(かしわで)らを皇孫待遇になさったことが、藤原氏は気に入らないのでしょう。皇太子が亡くなった今、親王さまや膳夫に皇位が渡るのを恐れた藤原四卿が、このような恥知らずの偽り言(ごと)を！」

「よしなさい、長娥子は知らぬことだ」

間に割って入る長屋の声が、ようやく聞こえてきた。

「いいえ、今、外で邸を取り囲んでいるのは、長娥子殿の兄上。妹のあなたが何も知らぬということはありますまい。いいえ、長娥子殿は初めから、藤原氏が親王さまのご身辺を探らせようと遣(つか)わした窺見(うかみ)（間諜）だったのではありませんか」

「う、窺見とは、あまりなお言葉にございます！」

長娥子の叫び声が、眼前の重い扉さえも揺るがせるように、子虫には感じられた。

「わたくしは、親王さまにお仕えして二十年――。お子までお産み申し上げたこのわたくしを窺見とは！　内親王さまはこれまで至らぬわたくしを、姉のようにお導きくださったではありませぬか」

「このわたくしが、あなたを心から妹のように受け容れたとでも――」

吉備の甲高い笑い声が、それに続いた。

「悪心を起こすのは上に立つ者の恥。そう思い、嫉妬は押し殺して、耐え忍んでまいったのです。されど、その恩を仇で返されることになろうとは、今の今まで思うてもみなかった……」

「内親王さま――！」

長娥子の絶叫が響き渡る。その後、絹を切り裂くような悲鳴が続いたが、それが吉備のものか長娥子のものか、子虫には判別できなかった。

「そなたは少し動転しているようだ。奥の方で休んでいなさい」

吉備に言うのか、長娥子に言うのか、長屋のいたわりのこもった声が板戸を通して聞こえてくる。

子虫はこれを機ととらえ、外から大声を張り上げた。

「失礼いたします。大伴子虫が参上いたしました」

「おお、子虫か。これに参れ」

ほっと救われたような長屋の声が中から響き、子虫は板戸を押し開けて入った。

中では、吉備内親王が膳夫王の腕に抱えられるようにして、玉簾（ぎょくれん）で仕切られた奥の間へ引き上げてゆくところだった。

一方、長娥子は床にぺたりと膝をついたまま茫然としている。その周囲を四人の子供たちが不安げに取り巻いていた。

長屋は長娥子と子供たちに、隣室へ移るように命じた。所生の王子らに両脇を支えられながら、虚（うつ）ろな目をした長娥子は広間を出ていった。

膳夫以外の王子たち——葛木（かつらぎ）王と鉤取（かぎとり）王、それに異腹の桑田（くわた）王も、吉備に従って奥の間へと引き上げてゆく。

広間の中央には、長屋と子虫だけが取り残される形となった。

「とんでもない疑惑をかけられている」

長屋は頭が痛むのか、こめかみを指で揉みながら言った。

「謀叛の証の品をつかんだと言われた。されど、思い当たらぬばかりか、何を根拠に謀叛と申しているのか分からぬ」

押し問答していても埒（らち）が明かないので、それを何とか探ってきてほしいと、長屋は続けた。

「かしこまりました」

子虫はそう応じて平伏した。

難しいことではない。客殿の前に陣取っている官軍にまぎれ込み、ちょっと噂話を聞き込んでくればよいだけだ。事の真相はただちに割れるだろう。

「必ずや探り出して御覧に入れます。しばしご辛抱を――」

血のにじむほど、ぎりぎりと唇を噛み締めて、子虫はいきり立つように飛び出していった。

誰一人寝入っていないはずだが、不気味なほどひっそりと静まり返った邸の中に、子虫の足音だけが妙に高く響き渡ってゆく。

（左大臣さまは必ずやお守りしてみせる。お守りせねばならぬ！）

子虫は血走った目を前方の暗がりに据えて、叫ぶように心に誓った。

三

半刻の後、子虫は焦燥に駆られながら、急ぎ足で正殿の広間へと舞い戻った。

長屋は椅子に腰かけ、目を閉じたまま、こめかみの辺りを押さえている。

吉備内親王と四人の王子たちは、玉簾で仕切られた広間の奥の方にいるらしく、その姿は子虫からはもう見えない。

「おお、子虫よ。戻ったか」

長屋は目を開けると、たった一晩で急にやつれた顔を子虫に向けた。

「おそれながら……」

あまりの痛ましさから、子虫は思わず目を伏せるしかない。

「呪詛により、皇太子さまを殺したてまつった疑いがかけられておりまする」

口にするのも忌まわしい報告を、奥の吉備らに聞こえぬよう、さらに声を低くして子虫は告げた。

「そうであったか」

長屋の声は意外にも冷静だった。

子虫は、恐るおそる顔を上げた。長屋の顔に驚きや激情は浮かんでいなかった。ただ、そこには、拭い去りようもない濃い疲労が覆い被さっていた。

「何でも、左大臣さまより、皇太子さまに献上なさった柑子の袋に、左道が仕込まれていたと判明したのだとか。帝はその証の品をご覧になられて、官兵を動かすご決断をくだされたそうにございまする」

「なに、柑子だと！」

長屋は初めて顔を強張らせ、険しい眼差しを子虫に送った。子虫は息を呑んでうなずいた。

「覚えのないことでございますな？」

子虫はそこに一縷（いちる）の望みをつなぐ思いで、必死に尋ねた。

だが、長屋はその問いには、すぐに答えようとしなかった。しばらく無言で考えるようにしていたが、ちらりと奥の玉簾の方へ目をやってから、

「このことは、吉備らの耳に入れてはならぬ」

声をひそめて、子虫に厳しく口止めをした。その上で、

「我には覚えなどない。されど、藤原夫人には、長娥子があれこれ届け物をしていたようだ。それは、長娥子が贈ったものなのではないか」

と、念を押すように訊き返した。

「それが……」

子虫は困惑したふうに顔をしかめて言う。

「長娥子夫人ではなく、吉備内親王さまより届けられたものなのだとか」

「それはあるまい」

長屋は即座に否定した。

「吉備は、藤原夫人を快く思うていなかった。特に、基皇子が皇太子となってからはなおのことだ。夫人や皇太子に届け物などするはずはない」

「さようで……」

それ以上、子虫との会話を続ける気はないという様子で、長屋は目を閉じてしまった。その顔が苦悶に歪み、鬼神のごとく険しく変じたような気がして、子虫は思わず目を伏せてしまった。

鼓動がどくんどくんと速くなる。

長屋はいよいよ言い出すのではないか。官兵は敵だ、邸を取り囲んでいる兵を殲滅せよ、と
——。

子虫は恐れと昂奮とに突き上げられて、長屋の顔を盗み見るようにした。だが、先ほど見た鬼神の顔は幻だったのか、長屋の表情に変化はない。

「それは……長娥子が贈ったのであろうな」

ややあってから、長屋が呟くように言った。その声には、怒りも悔いも感じられなかった。

「……かわいそうに」

長娥子のことを言うのか。長屋の言葉はそこで、ぽつりと途切れた。

左道を仕込んだ柑子の袋が証とされたのならば、それは事実でないと言い張っても無駄であろう。

もはや、帝に対面して無実を主張することに、意味はなくなってしまった。

長屋が選べる道は、無実を訴えながら官軍と戦い、逆賊として殺されるか、あるいは無実の罪を被(き)せられたまま自決するか――そのいずれかである。そのどちらを選ぼうと、無実の罪を晴らすことはできないのだ。

「左大臣さま……」

子虫は肩を震わせて、ついに嗚咽を漏らしてしまった。長屋が泣いてもおらぬのに、自分が泣いてはならぬ――そう思い、気を強くしていたが、もうそれ以上はこらえられなかった。

「妻と子らの命を助けたい」

続けて長屋が口にしたのは、官軍と戦えなどという悲壮な決意ではなかった。

「だが、今の話ではおそらく、吉備らは難しいのであろうな」

長娥子とその子供たちは皇位継承に関わらないが、吉備とその王子たちは聖武の皇統を脅かすことがあり得る。

「そなたにはもう一度、嫌な役目を果たしてもらわねばならぬ」

やがて、長屋は静かな声で言った。

「何なりと仰せつけくださりませ」

子虫はあふれる涙を手の甲で拭い、姿勢を正して言葉を待った。

「客殿にいる舎人、新田部両親王と式部卿の許へ参り、我が妻子の助命を願い出るのだ。そして、その返答を預かって、こちらへ持ち帰ってほしい」

「かしこまりましてござります」

子虫は床に頭をこすりつけるようにして言った。

しかし、それが虚しい使いになるという予感は、すでに子虫の胸中に根ざしていた。

長娥子夫人とその王子たち、および佐保女王の命は助けよう――それが、宇合の返答であった。

「吉備内親王さまとその王子さまたちのお命については、いかが相なりましょう。あの方々には何の罪もござりませぬ」

子虫は必死になって訴えた。

「とは申せ、左大臣が左道を行ったは、吉備内親王のお子膳夫王のご即位を願ってのことと報告されている。さらに、昨年の九月、奉納された『大般若経(だいはんにゃきょう)』においては、左大臣の御父高市皇子と御母御名部皇女の正統性が述べらされているとか。それはすなわち、皇位継承が高市皇子の系統に引き継がれるべきだという左大臣の意志に他ならぬ。それを、吉備内親王と膳夫王がご存じなかったということはよもやあるまい」

ほとんど木偶(でく)のような舎人、新田部両親王になり代わって、宇合は饒舌だった。

結局、はっきりとは言わないものの、吉備とその王子たちには死んでもらうしかない――ということである。ただ、その宇合でさえ、長娥子らは助けると確約した。それが、子虫にはまだしも救いであった。

（御方さま、お別れにござりまする）

子虫は長屋に殉じて、死ぬつもりであった。

だから、これから先、生き続けてゆく長娥子の人生を見守ることはできない。

子虫は虚しい思いを抱いて、正殿へ戻り、長屋に報告した。

「そうか……」

長屋の声は、相変わらず落ち着いていた。すでに予期して覚悟を決めていたのだろう。

長屋は、玉簾の向こうで身を寄せ合っている吉備たちに、目をやった。その目が痛ましげに細められ、一瞬、何かをこらえるように瞬かれたのを見て、子虫は慌てて目をそらした。

だが、長屋はそれ以上、情に流されはせず、冷静な態度で子虫に向き直った。

「子虫よ。式部卿は確かに、長娥子とその子らを助けると申したのだな」

「確かに、そうおっしゃいました」

自らの胸に短剣を突きつけるほどの覚悟を持って、子虫は答えた。

万が一にも、宇合があの言葉を違えるようならば、宇合を殺して自分も死ぬ——そう決心している。

（だが、左大臣さまに殉死してしまえば、それを確かめることも叶わないのか）

子虫がそう思った時、

「子虫よ。もう一つ、そなたに頼みたいことができた」

と、長屋が急に静かな声で切り出した。

「何なりと、お申しつけくださりませ」

子虫は再び床に頭をこすりつけて応じた。

「長娥子と王子ら、それに佐保を、藤原中納言の邸へ送り届けてほしいのだ」

「藤原中納言というと、武智麻呂卿でございますな」

「うむ。亡き右大臣の嫡男でもあり、温厚なお人柄から申しても、長娥子を庇護してくれるであろう。式部卿に預けようかとも思うたが……」

宇合は確かに長娥子の兄だが、同時に、長娥子の夫を死に至らしめる張本人にもなった。その宇合に身柄を託されるつらさと屈辱は、想像に余りある。

そうした配慮から、長屋は長娥子らを託す相手に、武智麻呂を選んだに違いなかった。

子虫はそれを適切な判断と思い、うなずいた。

だが、どうして長娥子を送ってゆくのが、自分なのか。その間に、長屋が自刃などしてしまえば、自分は後の世までお供をすることが叶わなくなる。

子虫はその役目を別の者にしてくれるよう、願い出るべく口を開きかけた。

「そなたには長娥子を送り届けた後も、彼らを見守り続けてほしい」

「何と……」

「たとえ実家に戻っても、長娥子には頼れる者がおらぬ。兄弟とは申せ、母の違う者たちだ。若い頃から、馴染(なじ)めなかったらしい。ましてや、こうして我を追いつめたのが、兄の一人であってみれば、長娥子の心境は……」

長屋はあまりの痛ましさからか、言葉をつまらせた。

「おそれながら、死ぬよりも苦しい思いでいらせられましょう」

長屋はそれには応じなかった。ただ、その眼差しは子虫から離れ、広間の奥にいる吉備たちの方へ、ゆっくりと動いていった。

共に死ぬ者と、生き残る者と——。長屋は二人の妻に、別々の道を用意しようとしている。

(藤原の御方さまたちも共に——とは、お考えにならなかったのだろうか)

ふと子虫が思いを馳せた時、

「最後は、あの者たちの傍にいてやりたい」

長屋は吉備たちを見つめながら、昂(たかぶ)りを抑えた声で言った。だが、それは隠そうとしても隠し切れぬ慈しみに満ちていた。

「吉備は、長娥子と共に逝(ゆ)くことを嫌うであろう」

長屋はぽつりと呟くように続けた。

「それゆえでございますか。内親王さまの御ために、御方さまをお捨てになるとおっしゃいますか」

その問いかけにも、長屋はしかとは答えなかった。その代わり、

「子虫よ。生き延びよ」

と、再び目を子虫に戻して、長屋は言った。

「さすれば、いつか我が思いの分かる日も来よう」

「左大臣さま!」

「子虫よ、これは最後の命令だ」

拒むことは決して許さぬ——鋭く冷たい眼差しが、刃のように子虫の胸に突き刺さった。

「ははっ——」

子虫はその場にひれ伏した。

（左大臣さま……）

あなたさまが生きよと仰せになるのならば、それがしは生き続けまする。されど、これより先の人生はあなたさまにお捧げいたす——あふれ出る思いを、子虫は呑み込んだ。

（わしは必ずや！　必ずやあなたさまの仇を討ってみせまする！）

両拳を床板にぐいぐいと押しつけながら、子虫は胸に固く誓った。手の皮が擦り剝けて血がにじんできても、痛みなど少しも感じられなかった。

「我は、これより隣室へ行く。供をするには及ばない」

長屋は淡々と言った。

（御方さまとお子たちに、お別れをなさりにゆくのだ……）

子虫は顔を上げられなかった。

「そなたは、長娥子らを送り出す支度にかかってくれ」

「……かしこまりまして、ござりまする」

声をつまらせながら、子虫は叫ぶように返事をしていた。

四

長屋の命により移された正殿の一室で、長娥子は茫然と床に座り込んでいた。その傍らには、娘の佐保が寄り添っている。室内には唐風の椅子が置かれていたが、誰も座っていない。母に遠慮しているのか、三人の王子たちは皆、立ったままであった。

中には、小さな灯りが一つだけ点されていたが、重苦しい闇を払いのけるほどの明るさはない。

――長娥子殿は初めから、藤原氏が親王さまのご身辺を探らせようと遣わした窺見だったのではありませんか。

先ほど吉備内親王から罵られた言葉が、ぎりぎりと長娥子の胸をえぐる。

（お優しく、慈しみ深かった内親王さまの、あれがご本心だったのだ……）

そんな内親王を姉のように慕い続けてきた自分こそ、裏切られたのだと思えばつらい。

だが、他ならぬ長娥子の兄が兵を率いて、親王家を取り巻いている以上、吉備の怒りはもっともだった。

（たとえ、内親王さまが御仏のようなお心を持っておられたとて――）

自分と夫、そして息子たちの命を危険にさらした藤原氏を、許すことなどできるはずがないのだ。

その怒りの矛先が、同じ藤原氏の血を引く長娥子に向けられたのも、当たり前である。

（でも、わたくしはもう、藤原氏の次女――藤二娘(とうじじょう)ではない）

正妻でなくとも、親王家の夫人なのだと、長娥子は思う。いや、これまでの自分はどっちつかずの、定まらぬ生き方をしてきたかもしれない。だが、追いつめられた時、長娥子にも分かった。

（わたくしは、親王さまの妻――）

それ以外の何者でもないのだ、と――。

長屋や我が子たちのためならば、藤原氏の娘であることなど、捨ててしまえる。いや、いっそ、藤原氏の血が流れていなければ、今のこの煮えたぎるような憤怒と苦痛を、長屋や吉備と共に分かち合えただろうに……。

思いは、長屋や吉備と同じでありながら、藤原氏の血を引くというだけで受け容れてもらえないのは理不尽ではないか。せめて、長屋にだけはこの思いを分かってほしい。

長娥子は祈るような思いで、長屋を待ち続けた。

不安と焦燥が募るだけの、長く嫌な時が流れてゆく。

「お母さま」

佐保に腕を揺すぶられて、長娥子ははっと我に返った。

長屋が戸を開けて入ってくるところであった。

「父上っ！」

三人の息子たちがはじかれたように、長屋に駆け寄る。佐保もそうしたかったようだが、長娥子が気がかりなのか、その傍から離れようとはしなかった。

長屋は息子たちの肩に手を置いてうなずきながら、まっすぐに長娥子の許へ向かってきた。

「もはや、弁明は許されぬ状況のようだ」

くわしい説明はいっさいせず、長屋は告げた。

「そなたの兄式部卿は、そなたと子供たちの命は助けると、確かに誓った。よもや偽りは申すまい。供をつけるゆえ、そなたは子供たちと共にこの邸を出よ」

「親王さまと内親王さまは……」

長娥子はすがるような眼差しを、長屋に向けて問うた。

「式部卿は……我々を助けるとは申されなかった」

長屋は長娥子から目をそらし、低い声で呻くように告げた。

「ああっ！」

悲鳴のような鋭い声が、長娥子の口からほとばしり出る。だが、長娥子は蒼ざめた顔にふだんは見せたこともない気丈さを漂わせ、衝撃に耐えた。そして、

「わたくしも、お供させてくださいませ」

きっぱりと夫を見据えて言った。

「わたしどももお供いたします、父上！」

「わたしも父上と共に！」

息子たちが口々に続いて叫んだ。

(何と哀れな我が子たちよ。されど、それが王子たるものの宿命なのです)

長娥子はあふれそうになる涙をこらえ、息子たちの悲壮な言葉にうなずいていた。

吉備内親王の王子たちが死ぬという時に、自分の息子たちだけを生き長らえさせるわけには
いかない。だが、

「佐保も、お父さまのお供をします！」

いちばん幼い娘が兄たちに負けぬ激しさで、父の袖にすがり付きながらそう言った時だけ、
長娥子の表情は変わった。せめて佐保だけは助けられないものか。

母として娘を思う気持ちが、張りつめた心を弱くさせる。

（されど、父母もなく、兄たちもいないこの世で、幼い娘がたった一人、どうやって生きてい
けるというのか……）

それならば、いっそ共に逝く方が幸せなのではないか。

長娥子の心が迷い始めたその時、

「我はそなたたちに、供をしてもらおうというつもりはない」

長屋の態度ががらりと変わった。

冷たい声で言い放った長屋は、同時にすがり付く娘を荒々しく振り払った。体の重心を失っ
て倒れそうになる娘を、長娥子は必死に抱き留めていた。

長屋はそんな二人に一瞥（いちべつ）もくれなかった。

長い間、待ち望んで得た娘を、長屋がどれほど慈しんできたか、長娥子はよく知っている。

その長屋が愛娘を道端の小石のように扱うさまなど、これまで想像してみたこともなかった。

佐保は佐保で、かつて受けたことのない扱いをされたことが、いまだに信じられない様子で、

ただ茫然と父の背中を見つめている。

その時、やっと長娥子は気づいた。長屋はもう用は済んだとでもいうかのように、長娥子と子供たちを置き去りにして立ち去ろうとしていたのだ。

「どちらへ行かれるのですか！」

長娥子は我を忘れて立ち上がると、夫の背にすがり付いていった。振り払おうとする長屋に、意地でも離れまいと取りすがったため、結い上げた黒髪がほつれて頰の辺りにまつわりついた。

長娥子の必死さが分かったのか、長屋は取りあえず、振り払おうとするのをやめた。だが、振り返ろうとはせずに、

「吉備の許へ参るのだ」

と、相変わらず冷淡な口ぶりで告げた。その言葉は長娥子を逆上させた。

「あなたさまは、内親王さまとそのお子たちだけをお供になさって、わたくしたち母子はお見捨てになるとおっしゃるのですか！」

これまで吉備への嫉妬など感じたこともない。相手は高貴な内親王で、そのような気持ちを向けるべき相手ではないと思い込んできた。

だが、死を目前にした長屋から、吉備だけを連れてゆくと言われた時、長娥子の堅い縛めは一気にほどけた。

「たとえわたくしが取るに足らぬ女でも、お子たちまで差別なさるとは怨めしゅうございます」

半ば乱心した鬼女のような形相で、長娥子は泣き叫ぶように言った。

「あなたさまはわたくしの子供たちに、死ぬよりもつらい世に生きよと仰せですか」

長娥子の心にはもう、死しか浮かばなかった。長屋と共に死ぬこと——それが、長屋の妻である証であり、長屋の子として認められることだという思いに突き動かされている。

だが、それでも長屋は振り返らなかった。

「そなたらは藤原氏の血を引く。藤原氏は今の帝の外戚だ。たとえ謀叛人の一族であっても、藤原氏の血を引く者を誰も粗略には扱うまい」

ほとんど感情のこもらない、淡々とした暗い声で言う。

「藤原、藤原と、藤原氏をお憎みですか。だから、藤原の血を引くこのわたくしや、子供たちまで憎い、と——」

「……そうだ！」

長屋は切りつけるように言った。

その時、それまで長屋の袍(ほう)（上衣）にすがり付いていた長娥子の指が、急に力を失った。みるみるうちに、一本一本、それはがれ落ちてゆく。

聞き違いではなかった。長屋の声には確かに、抑え切れぬ藤原氏への憎しみがそなわっている。そして、これまで共に暮らしてきた二十年に及ぶ歳月の中で、長娥子は夫のそのような声を聞いたことがなかった。

「もはや我に付きまとうな。藤原の血を引く者はもはや、我が敵なのだ！」

長屋は冷たく言い放つと、最後までしがみ付いていた長娥子の手を振り切り、二度と子供たちの方を見ることもなく、そのまま部屋の戸を開けて出て行ってしまった。

「あなたさまは！」

長娥子はまだ閉め切っていない戸に向かって、叩きつけるように叫び返した。

「あなたさまは最後まで、わたくしを藤原氏の女としか、ご覧になっていなかったのですね！」

どうしてこうなるのか。こんな終焉を迎えるために、親王家に入ったわけではない。

——これは、辛夷の可憐な花が我が家に咲いたようだ。藤原右大臣に感謝しなければな。

初めてこの邸へ来た長娥子に、そう言って微笑んでくれた長屋ではなかったのか。

それが、仮に当時権力者であった父不比等への追従(ついしょう)めいたものだったとしても、少なくとも、あの頃の長屋は藤原氏のことを憎んではいなかった。そして、

——我が家にやっと、愛らしい花が咲いた。白蓮のごとき清らかで誇り高い娘に育てようぞ。

佐保が生まれた時に、長屋の見せた手放しの喜びようは、決して偽りではなかったろうに……。

それがどうして、こんなことになったのか。

「王家にお生まれのあなたさまは、結局、同じ皇族の内親王さまだけが大事だった。藤原氏から押しつけられたわたくしなぞは、たとえ何十年連れ添おうとも、真実のお心を分けてはくださらなかったのです」

「ちがうわ、お母さま！」

呪いのような長娥子の言葉に、押し被せるように佐保が叫んだ。

「あんなことおっしゃるのは、お父さまじゃない。佐保のお父さまはあんなふうではないわ」

「佐保……」

長娥子は憑きものが落ちたように、静まっていった。父親に見捨てられ、泣きじゃくる幼い娘がどうしようもなく哀れであった。

「お父さまを元に戻してください、お母さま。お父さまを助けて！」

（助ける……？）

思いもしない考えであった。

いや、どうして思いつかなかったのか不思議なくらいだ。これまでずっと、人の言いなりになり、遠慮しながら生きてきたいじましさが、長娥子にそうした考えを起こさせずにいたのか。

（藤原氏の女だと罵られるのなら、いっそ藤二娘として生きればいい。親王さまのお命乞いをできるのは、藤原氏の血を引くわたくしだけなのだ）

そう思った時、長娥子は突然、中臣東人のことを思い出していた。

（あの柑子！　そう、あの柑子のことを、どうして今まで思い出さなかったのだろう）

あの男は言った。柑子を皇太子に献上したことは、長屋と吉備が皇太子の身を案じていた証になる、と——。

長娥子は佐保の手を取った。その時、佐保の腕に嵌まった腕釧が長娥子の目に飛び込んできた。

（これは……）

佐保が阿倍内親王から譲ってほしいと言われ、断った例の腕釧ではないか。あの時、娘を庇ってやろうとさえしなかった自分の惨めさが、思い起こされた。

今こそ、娘のために行動を起こさなければならない。

彩色された白蓮の花が、自分を鼓舞してくれるように、長娥子は感じられた。

「大事ありませぬ、佐保」

長娥子は娘の手を強く握り締めつつ言った。

「わたくしが今から、式部卿の兄上（宇合）の許へ参って、親王さまと内親王さま方のお命をお助けくださるよう、お願いしてきますから……」

「でも、母上」

三男の山背（やましろ）が心配そうに口を挟む。兄弟の中で、最もおとなしく、時に気弱にさえ見える息子だ。

「式部卿の伯父上は、私（わたくし）の情によって決定を覆（くつがえ）したりなさるお方ではないと思います。そのようなことをして、もしも母上の御身（おんみ）に何かあれば……」

その言葉が終わらぬうちに、

「いや、ここは式部卿に剣を突きつけ脅してでも、父上をお助けするべきですぞ、母上！」

と、押し被せるように叫んだのは、気の荒い次男の黄文（きぶみ）であった。最も沈着で、誰よりも父親に似た長男の安宿（あすかべ）は何も言わない。この息子の無言が同意を意味することを、長娥子は察した。

「式部卿の兄上とて、よもやわたくしを殺しはいたしますまい。そなたたちはここにいてください。安宿、皆を頼みましたよ」

長娥子は言い置くと、子供たちを残して、先ほど長屋が出て行った戸を開けて、外へ出た。

長屋が戻ったと思われる隣室で、吉備内親王やその王子たちと、どのような言葉を交わしているか、気にならないわけではない。だが、今はそこに立ち寄る暇はなかった。

長娥子は燭台の火を手に、たった一人で静まり返った邸の回廊をひたひたと歩き続けた。侍女も連れず、このような夜更けに一人で部屋の外へ出たことなど、一度もない。

それでも、恐怖は感じなかった。春とはいえ、二月の夜更けは薄ら寒いものだが、その寒さも感じはしない。ただ、目を閉じると、眼裏に白蓮の面影が浮かび、長娥子は勇気づけられる気がした。不思議なことに、その白蓮は本物の花ではなく、佐保の腕釧に彫られた白蓮の花なのであった。

官軍の指揮を執る親王方や宇合が、陣取っている場所を見つけるのは、難しいことではなかった。明かりが外に漏れるほど、明々と点されている場所は、正殿の隣にある客殿しかなかったからだ。

「これは……」

髪を振り乱した長娥子の様子に、官軍の見張りの兵士はぎょっとした表情を見せた。

「わたくしは左大臣の妻にして、式部卿の妹です。式部卿に会いにきました。ただちに取次ぎなさい」

長娥子は臆する様子もなく言った。

「は、はい。ただ今――」

気圧されたように、見張りの兵士が中へ取次ぎに入ってゆく。ほどなくして、宇合が急ぎ足の大股で飛び出してきた。

「おお、長娥子よ。無事で何より」

宇合は今がどういう時かということを、まったく無視した様子で、緊張感のない物言いをした。

「兄上……」

長娥子は、久しぶりに会ったとはいえ、まぎれもなく血のつながっているはずの兄を、赤の他人を見るように見つめた。

「そなたが中へ入るのはまずい。親王さまたちもおられるのでな。ま、話があるならここで聞こうではないか。そなたとお子たちは無事に保護するということで、話はついている」

宇合は長娥子の様子にはかまいもせず、自分の言いたいことだけをしゃべってから口を閉ざした。

「わたくしが申し上げたいのは、そのことではございませぬ。親王さまと内親王さまのお命をお救いくださいと、申し上げに参ったのです」

宇合はそんな話は聞くまでもないといったふうに、首を横に振ってみせた。

「長娥子よ、よく聞くのだ。左大臣は謀叛の罪を犯した。本来ならば、死罪に処せられるところ、帝のご慈悲により、自害が許されたのだ。それを、ありがたいと思わねばならぬ」

「親王さまがご謀叛など！　あり得ぬお話です」

長娥子はきっぱりと言い切った。あまり気が勝っていたせいか、歩哨に立つ兵士たちの耳をそばだてさせるほどの大きな声であった。

宇合は太い眉を露骨に顰(ひそ)めてみせると、長娥子の腕を急につかんで、乱暴にぐいと引き寄せ、

「基皇太子を死に至らしめんとしたのだ。これが、謀叛でないことはあるまい」

と、その耳へねじ込むように、低い声で告げた。

「まさかっ！」

長娥子は思わず声を高くし、兄の顔をまじまじと見つめる。

「いいか。この度のことは、不確かな情報だけで動いているのではない。確かな証の品が上がったゆえに、帝御自ら、兵を動かすことを許されたのだ」

「確かな証とは何でございますか」

長娥子の胸を、ふっと嫌な予感がよぎっていった。

どうしたわけだろう。長屋が謀叛など企むはずがないと信じ切っているのに、この兄の梃子でも動かぬといった自信を前にすると、つい気が挫けてしまいそうになる。

「それがあったのだよ。左大臣と内親王の御名により、藤原夫人に献上された品の袋に、左道が仕込まれていたのだ」

宇合はむしろ、長娥子の心を脅かすのを楽しんでいるかのような物言いをした。

「献上品とは、何でございましたの」

問いただす長娥子の声は震えていた。

「柑子の実だ。唐からもたらされたものを、左大臣の職田で栽培したのだそうだ。病にも効くとかで、皇太子に食べさせてほしいということであった」

「何をおっしゃるのです！　その柑子の実は、わたくしが……」

「長娥子よ」

びしりと鞭打つような太い声で、宇合が言った。長娥子は思わず口を閉ざした。

「案ずるな。そなたの名は出ておらぬ」

宇合は口許を歪め、皮肉っぽく笑ってみせながら言った。

「出さぬように、我らが手を打った。帝とて、罪の無いそなたと子供たちの命は救ってくださろう」

「なりませぬ！　それでは……」

引き攣った声で叫ぶ長娥子の両腕を、宇合は指が肌に食い込むほど、ぐいとつかんだ。長娥子の手にしていた燭台が地に落ちたが、宇合も長娥子もかまわなかった。油がこぼれ、火が地を這うように燃え始めている。

「余計なことは言うな。そなたの子供たちに難が及ぶぞ」

「なっ……」

長娥子の動きかけた唇は、それ以上の言葉を発しはしなかった。長娥子がおとなしくなったと判断したのか、宇合がその腕を放すと、長娥子はその場に座り込んでしまった。

こぼれた燭台の油が長娥子の裾にしみつき、火が燃え移ろうとしている。

「おい、長娥子！」

さすがに宇合が慌てた声を上げた。

「何と、愚かな真似を！」

ちっと舌打ちをくり返しながら、宇合はそれでも妹に燃え移ろうとする火を、足でもみ消そうとした。長娥子はその様子も目には入らぬかのように、虚ろな目を宙に向け続けている。

ややあって、慌てふためいた兵士たちが水を持ち運んできた。幸い、火は長娥子の裙の裾を

一部燃やしただけで、消し止められた。その時になって、

「安宿媛が……。あの方が告発したのですか」

長娥子はまるで独り言のように、宇合の方に目も向けずに呟いた。

「いいや、安宿媛は何も知らぬ。告発したのは、中臣某（なにがし）という無位の男だ」

「中臣の……」

（東人！）

長娥子の顔から血の気が失せていった。

（それでは、あの男は初めから、このわたくしを……）

長娥子は突然、狂ったように両手で頭をかきむしると、

「あぁぁー！」

腹の底から絞り出すような声を出して、空を仰いだ。

（親王さま、内親王さま、お許しください！　すべてはこのわたくしの浅はかさから……）

許して、我が息子たち、そして、佐保——。

（母は、そなたたちに、この上もなく過酷な宿命を背負わせてしまった……）

絶望と共に振り仰いだ天には、不気味な赤い月が昇っていた。星は見えない。風もなく、天も地も緊張を孕（はら）みながら、息苦しいまでの沈黙に包まれていた。

長娥子が不吉な予感に慄（おのの）いたその時、

「式部卿さまーっ！」

伝令らしい兵士が客殿に駆けつけてきた。

「ただ今、左大臣と正妃吉備内親王、及び、その王子たち四名が自害なさったということでございます！」

「むっ、何と、まことか！」

宇合が長娥子から目を離して、伝令の兵士に問いただした時、長娥子はその場に頽(くずお)れるように気を失っていた。

四章　立后

一

神亀六（七二九）年二月十一日の朝――。

空には薄明かりが漂っている。いつ夜が明けたとも知れぬような曇天を見上げながら、虫麻呂は不安だった。

「一雨、来そうですな」

「天も嘆いているのでしょう。あまりの痛ましさに……」

興福寺の僧たちが、ひそひそと話しているのを、虫麻呂はこっそり聞いてしまった。

左大臣長屋親王の謀叛発覚と自決――。

朝廷と縁の深い興福寺には、知らせがいちはやく伝えられたのだった。

（媛さまは無事なのか）

虫麻呂が聞きたいのはそのことだったが、さすがにそこまで知る者はいない。

はっきりしたことが分かったのは、二日後のことであった。

生駒山に葬られることになった長屋親王の葬儀の礼が、発表されたのだ。

そこで、長屋の正妃吉備内親王と王子四人が亡くなったことを、虫麻呂は知った。

「お妃さままで、死んだ……。どうして──」

虫麻呂は興福寺の僧侶にすがり付いて訊いたが、

「さあ、理由までは分からぬよ。死因だってはっきりしない。縊れて死んだとも、毒をあおったとも言われているがね」

まだ若いその僧侶は、鬱陶しそうに答えるばかりだった。

「他に、お妃さま……は……」

「藤原の御方さまかね。あの方はお子たちと共に助けられたというな。何せ藤原氏のお血筋だからな」

それを聞いて、虫麻呂はやっと安心した。佐保の生母が藤原氏出身だということは知っている。だからこそ、佐保は藤原氏の氏寺興福寺に出入りしていたのだ。

「そうそう。左大臣さまのことに興味があるなら、これを読むがいい」

虫麻呂がいつになく大人たちにまつわり付いているのを見て、親切そうな別の老僧が虫麻呂に木簡を示してくれた。

「これ、なに……?」

虫麻呂は字が読めない。

「これは、左大臣さまとお妃さまの葬儀に関する詔の写しだよ」

読んでほしいと頼み込むと、老僧は嫌がりもせずに声に出して読んでくれた。

「吉備内親王は罪無し。例に准えて送り葬るべし。唯だ鼓吹を停めよ。其の家令、帳内等は並に放免に従えよ。長屋王は犯に依りて誅に伏う。罪人に准うと雖も、其の葬を醜しくすること莫れ。長屋王は天武天皇の孫、高市親王の子、吉備内親王は日並知皇子尊（草壁皇子）の皇女なり」

長々とした漢文調の詔勅は、虫麻呂にはさっぱり意味が分からない。老僧が分かりやすく解説してくれた。

「つまり、お妃さまは無実だから、鼓を打ったり笛を吹いたりしなければ、それ以外は内親王の葬儀のしきたりに従えということだよ。また、左大臣さまも血筋が貴いから、葬儀を粗末なものにしてはならないということらしい」

謀叛人の葬儀を立派に行えとは、意味がますます分からない。

（もしかしたら、左大臣さまは罪なんて犯していなかったんじゃ……？）

とは思ったが、さすがにそれを口に出すことは憚られた。

それに、虫麻呂には葬儀のことなどはどうでもいい。佐保が無事だと分かれば、それで十分だった。

だが、それからしばらくの間、佐保の訪れはなかった。無事な姿をこの目で確かめるまでは、やはり安心できない。

不安に駆られながら待ち暮らしているうち、ふた月ほどが過ぎた。

季節は初夏を迎えている。その頃、虫麻呂を訪ねて、ある人物が悲田院へやって来た。事情が分からぬまま、興福寺の寺務所の一室へ行かされた虫麻呂は、そこで余人を交えず客人と対面した。

「おぬしが虫麻呂と申す者だな」

四十歳前後の武人らしい男が椅子から立ち上がると、先に口を開いた。

「わしは故左大臣にお仕えしていた大伴子虫と申す者。この度は、ご子息である安宿王さまの使いで参った」

男は謀叛人とされた左大臣長屋の従者であったことを隠すどころか、むしろ誇るふうに堂々と名乗った。

「名前に同じ虫がつくのも何かの縁であろう。わしはただの使者ゆえ、そう硬くならず、まあ、共に腰かけて話そうではないか」

挨拶が終わると、子虫は打ち解けた感じで語りかけてきた。

だが、腰は下ろしたものの、虫麻呂は緊張を解かなかった。

「おぬしも、ふた月前の事件は耳にしておろうな」

「……はあ」

子虫が語り始めると、虫麻呂は目を落としてうなずいた。

「おぬしは、佐保媛さまに腕釧を差し上げたことがあるな」

うつむいたまま、虫麻呂は返事をしなかった。

「安宿王さまは何もおぬしを咎(とが)めておられるわけではない。むしろ、おぬしの功を認め、この度、わしを使者として遣(つか)わされたのだ」

子虫はいたわるような声で言った。だが、その後、表情を改めると、

「これより先は、安宿王さまのお言葉である」

と、座った姿勢のまま威儀を正して、子虫は切り出した。

「佐保媛が悲田院へ立ち入ることはもう二度とないであろう。それゆえ、そなたもこれまでのことはなかったことと考えよ、と――」

「えっ、それは……」

虫麻呂は思わず顔を上げて、子虫を見た。

「実はな、佐保媛さまは記憶の一部を失くしてしまわれたのだ……」

子虫の声は苦悩に満ちていた。虫麻呂はすぐには信じられず、身を乗り出すように子虫を見つめた。

「悲田院のことも、おぬしのことも覚えておられない」

「そんなっ！」

虫麻呂は、子虫に詰め寄らんばかりの勢いで叫んでいた。

「左大臣さまが自決なさったあの夜の出来事が、あまりにおつらかったのであろう。あの夜のことは何一つ覚えておられぬとか。加えて、藤原氏にまつわることもすべて忘れてしまわれた、と――」

「藤原氏……」

「うむ。真相はともかく、左大臣さまを陥れたのが藤原氏であると思い込まれたらしい。わしはあの夜、媛さまたちのお供をしたが、藤原氏は決して許さぬと叫んでおられた。それから気を失われ、お目覚めになった時には……」

「すべて、忘れてた……？」

そうだ――と沈鬱な表情でうなずき、子虫は続けた。

「もちろんお母上やご兄弟のことは分かっておられる。ただ、お母上のご実家について、何も覚えておられぬのだ。藤原氏の氏寺興福寺のことも、悲田院のことも――」

「お、おれのことも……？」

「……うむ」

言いにくそうに躊躇いつつも、子虫はうなずいた。その後、懐へ手をやると、白い布に包まれた何かをそっと取り出した。それは、まぎれもない、虫麻呂が佐保に作ってやった白蓮の腕釧であった。

「安宿王さまより託された……」

虫麻呂は恐るおそる手を差し伸べて、腕釧を受け取った。縦に罅(ひび)の入った腕釧は、まるでそれ自体、慟哭(どうこく)しているようであった。

「媛さまはもう、このことも――」

力任せに腕釧を握り締めながら、虫麻呂は呻(うめ)くように言った。罅はさらに深くめり込み、腕釧はそのまま断ち割られてしまいそうだ。子虫はすばやく立ち上がると、

「よせ」

と言いながら、虫麻呂の手に自らの手を添えた。

「わしも昔、女に腕釧を贈ったことがあるから分かる。おぬし、媛さまを――」

虫麻呂の手から力が急速に抜けていった。うなだれる虫麻呂から、子虫はそっと目をそらし

た。

「医師の話によれば、媛さまの記憶は戻ることがあるかもしれぬという。だが、そうなったとしても、おぬしには名乗り出ないでほしいと、安宿王さまはおっしゃっている」

虫麻呂は口を重く閉ざしたまま、返事をしなかった。子虫は気の毒そうに顔を歪めたが、役目を果たさねばならぬという使命感の方が勝ったのか、

「もとより、媛さまはおぬしとはご身分の違うお方。後に、二人が苦しむことになっては――」

と、安宿王さまはお思いなのだ。分かって差し上げられるな」

と、言葉を添えて促した。

「……は……い」

虫麻呂は、魂の抜けたような声で、子虫の方も見ずに返事をした。

「おぬしの志は、安宿王さまにも十分伝わるだろう」

子虫は言い、それまで虫麻呂の手に添えていた手を、名残惜しそうにそっと離した。

「おぬし、悲田院にいるということは親がないのであろう。もう会うこともあるまいが……」

子虫はもう椅子に腰を下ろそうとはせず、そのまま戸口の方へ体を向けて続けた。

「達者で暮らせ。たとえ何も覚えておられなくとも、媛さまもそれをお望みだろう」

子虫は使者としての役目を越えて、虫麻呂の境遇に同情を寄せてくれた。だが、それをありがたいと思う心のゆとりは、今の虫麻呂にはない。ただ、早く一人になりたかった。

子虫が部屋を出ていってしまうと、こらえていたものが一気に込み上げてきた。一度、あふれ出した嗚咽はもう、止めることができなかった。

二

佐保と最後に飛火野へ行ったのは、いったいいつのことであったろう。

長屋親王の変より少し前の、早春の頃であったはずだ。

誰も、左大臣長屋親王が一夜にして、逆臣に仕立て上げられるなど、想像もしない頃であった。だが、基皇太子の薨去以来、佐保はなかなか悲田院へ来ることもできず、その時もどこか不安そうに見えた。

虫麻呂が佐保をそこへ誘ったのは、佐保を元気づけたかったからだ。

ところどころ、春の息吹を感じさせる若草が見え始めた飛火野を突っ切って、その日、虫麻呂は東にある楢(なら)の林に向かって突き進んだ。途中、数頭の鹿たちが寄ってきたし、そこから少し離れた所には角の折れた鹿がいたが、虫麻呂は目もくれなかった。

「ねえ、あの中に何かあるの」

林の入り口に差しかかった時、佐保は初めて口を開いた。虫麻呂はようやく立ち止まった。

「沼……」

「ぬま？」

「……ついて来て」

それ以上は何も言わず、虫麻呂は再び歩き出した。佐保も黙って虫麻呂の後に続いた。

決して大きな林ではないが、奥は見た目以上に深い。丈の高い楢の木が群生し、ところどころに、樫や楠木、杉なども雑じっている。

「ここ」

虫麻呂が足を止めた。突然、それまで立ちはだかっていた木々が消え失せ、目の前がぱっと開けた。木々にすっぽりと包み込まれたようなその場所には、小さな沼があった。

だが、何の手入れもされていないので、水草が生い茂り、枯れ枝が覆い被さり、水面もよく見えないほど濁った沼である。

「どうして、佐保をここへ連れてきたの？」

佐保は不気味そうに沼の表面を見つめながら訊いた。

「これ、一緒に植えてほしくて……」

その時初めて、虫麻呂は左手に抱えていた鉢を佐保に見せた。中には水をたっぷりと含んだ泥が入っており、そこにようやく芽の出た球根が入っている。

「これは……」

「媛さまの好きな、蓮の花……」

「蓮を、こんなに汚い沼に植えるの？」

と言って、眉をひそめる佐保に、

「蓮は、汚い沼に咲く」

いくぶん得意げな様子で、虫麻呂は言い返した。

「そんなことないわ。だって、蓮は御仏の国に咲く花なのよ」

虫麻呂の強情な物言いに反撥を覚えたのか、佐保は強く言い返した。だが、

「汚い沼に咲くからこそ、御仏の花なんだって。寺の御坊さまが言ってた」

なおも虫麻呂が言い返すと、佐保は押し黙った。その様子に不安を覚えた虫麻呂は、

「この花が咲く頃、もう一度、ここに、来てくれる？」

と、思いきって尋ねた。佐保は少し驚いたようだが、

「もちろんよ」

一瞬後には、力強くうなずいていた。それから、やや躊躇いがちに、

「あのね……」

と、蓮の球根に目を落として、胸に宿った形のない不安を語り始めた。

「皇太子さまがお亡くなりになってから、邸の中が絶えず緊張しているの。まるで、この先、何かが起こるのを、皆が恐れているかのように……」

明るく強く誇り高い佐保が、虫麻呂の前でそうした弱さを見せるのは、初めてのことであった。虫麻呂は心の最も深い部分を、強く揺さぶられたような気がして、自分でもよく分からぬまま、口を開いていた。

「これから、何があっても――」

いつになく強い口ぶりに驚いたのか、佐保が顔を上げ、目を大きく見開いて虫麻呂を見つめた。

「おれは、媛さまの傍にいる！」

虫麻呂は一気に言ってのけた。

不意に、凍りついていた佐保の表情が、溶け出すように明るくなった。

「約束よ」

佐保はいつしか虫麻呂のくれた腕釧を、もう一方の手で握り締めていた。そして、

「この腕釧のように、いつもわたしの……佐保の傍にいて」

すがるような眼差しで、虫麻呂を見つめた。

濁った沼の水面がその時、陽光を反射して、宝玉のようにきらりと光った。あっと思った時にはもう光は消え失せ、沼は朽木や枯れ枝を浮かべただけの醜い姿をさらしている。

(夏になって、蓮の花が咲く頃、媛さまとまたここに来るんだ)

だが、その夏がやって来た時、佐保はもう虫麻呂の傍らからいなくなっていた――。


「媛さまーっ!」

安宿王の使者子虫が去った後のことを、虫麻呂はしかとは覚えていない。気がつくと、思い出深い飛火野の、東側にある楢の林の中にいた。

共に見に来ると約束した泥沼には、すでに純白の蓮がいくつか咲いている。

(媛さまとは、もう二度と逢えないんだ――)

そのやりきれなさをぶつけるかのように、虫麻呂は泥沼の蓮華に向かって、

「うわーっ!」

声も涸れるばかりに叫んだ。そして、汚れも厭うことなく、泥沼に突進していった。

「媛さま、佐保媛さまーっ!」

泥沼は、背の高い虫麻呂の足がようやく届くほどの深さである。

虫麻呂は口の中まで泥を含みながら、蓮の花に向かって泥沼の中を歩き続けた。柔らかな泥の上は歩きにくく、虫麻呂は何度も蹴躓(けつまず)いて泥の中に倒れ込んだ。その度に頭の先まで泥だらけになったが、その度に起き直っては、前へ前へと歩き続けた。

目の中にも泥が入ってしまって、開けていることさえつらい。それをこする手も汚れているから、目はたちまち充血し、涙があふれ出してきた。

「媛さまーっ」

虫麻呂は見えない目で、必死に手を伸ばした。茎か根のようなものが手の指に引っかかり、目をわずかに細めながら開けてみると、白いものが見えた。

白蓮の花だ。

虫麻呂は柔らかな茎を手繰(たぐ)り寄せ、それが佐保自身であるかのように両手で包み込んだ。だが、それだけでは飽き足らず、虫麻呂は両手に力をこめた。花がぐしゃりと潰(つぶ)れた。鋭い痛みと虚しさとが、体を突き抜けてゆく。

「おれには……できない！　媛さまのために、何も！」

そう叫ぶなり、虫麻呂は手にしていた蓮の茎を振り回した。手に触れるものはすべて壊してやりたい。佐保を苦しめる、この世のものはすべて――。

虫麻呂は闇雲に暴れた。蓮の細い根の部分が手に絡まり、足に絡まり、虫麻呂の動きを封じにかかった。動けば動くほど、根が絡みつき、虫麻呂は思うように動けなくなる。さらにもがいていると、ついに足が自由を失い、虫麻呂はその場に倒れ込んだ。

頭の先まで泥をかぶり、起き上がろうとするのだが、先ほどとは違って、足の自由が奪われている。息が苦しくなってもがくと、ごぼごぼと泥水が口に流れ込んできた。

(このまま死んでもいい……)

薄れゆく意識の中で、虫麻呂はかすかにそう思った。


「愚か者めが！」

両頰を続けざまに叩かれて気がつくと、虫麻呂の目の前には、将軍万福の顔があった。

「少しは気が済んだのか」

虫麻呂は地面に寝かされていた。よく見れば、万福も全身泥だらけである。

「まんぷく……さま……」

万福さまが助けてくれたのか——そう尋ねるよりも先に、ごほごほと苦しい咳が先に出た。

「安宿王さまのご使者に会った後、おぬしの姿が見えなくなったと、悲田院の者から聞かされた。おぬしがどうしているかと思い、ふと思いついて立ち寄ったのだが、それが幸いした……」

「どうして、ここが……」

まだ痛みの残る頰を押さえながら、おずおずと虫麻呂は尋ねた。

「皆で手分けして探したのだ。わしがここに来たのは、おぬしがこの間、飛火野に一人でいたことを思い出してな」

それでも姿が見えないので、帰ろうとしたところ、一頭の牡鹿が現れて、万福をここへ導いてくれたのだという。

「そ、その鹿、角が折れて……？」

「その通りじゃ」

　と、万福はおもむろにうなずいた。

「御仏が遣わしてくださった御使いかと思ったが、おぬしがかわいがっておったのじゃな」

　独り言のように言って、万福は梢から漏れてくる日の光に目をやると、

「安宿王さまからどのようなお言葉を賜ったのか、おおかた想像はつく」

　と、虫麻呂の方を見ないで言った。

「どうだ。造仏所に入って仏師になる決心が、これでついたのではないか」

　万福の眼差しが、ゆっくりと虫麻呂の方に戻ってきた。

「御仏のお導きというのは、決して初めから我々衆生にありがたく思えるものとは限らない。つらく苦しい道のりであったとしても、やがて御仏のお導きであったと分かる宿命というものが、この世にはあるのだ」

「御仏の……お導き……」

「つらかろう、苦しかろう。だが、それを御仏のお導きだと信じる心があれば、それはおぬしの救いとなるはずだ」

　万福は優しく言い、虫麻呂の泥だらけの顔に目を戻した。やはり泥だらけの手が、虫麻呂の頬にそっと触れた。

「わしを父と呼べ。わしがおぬしの生きる道を教えてやる」

　万福の言葉が冷え切った胸の奥に、じわじわと温かく染みてゆくようであった。虫麻呂には

もう、それを拒む理由がなかった。

「……はい」

やがて、虫麻呂はそっとうなずいた。

少し動いただけで、体のあちこちがぎりぎりと痛む。虫麻呂が顔をしかめたのを見て、無理に動くな――というように目で制してから、

「おぬしに一つだけ、言っておかねばならぬことがある」

と、万福は続けて言った。

「何があろうとも――」

万福の眼差しが、虫麻呂の脇の地面にそっと流れた。

虫麻呂が目だけを動かして、そちらを見やると、潰されて元の形を失った蓮の花が投げ出されていた。縁の辺りは泥まみれなのに、花の中心部の抜けるような白さはそのままで、それがかえって痛々しく見える。

「美しいものを汚してはならぬ。美しいものを創り出すのが、わしら仏師の使命なのだ」

万福の言葉が厳しく、同時に温かく虫麻呂の胸に落ちた。

「おれは、ただ……じっと、していられなくて……」

虫麻呂は見るに耐えぬという様子で、蓮の花の残骸から目をそらした。まるで佐保自身を、自分の手で傷つけてしまったような苦痛を覚えた。

「ただ、それだけで……」

梢から漏れるほんのわずかな日の光が、今の虫麻呂にはまぶしすぎる。

「もうよい……」

目をしばたたかせる虫麻呂の上に覆い被さるようにして、万福はそっとその身を抱き締めた。

「この白蓮のように美しい仏像を、共に作ろうではないか」

虫麻呂は万福の腕の中で、こくりと首を動かした。

それでいい——というように、万福の腕に力がこもる。

「とう……さん……」

生まれて初めて、その言葉を口にした時、虫麻呂の両目からはとめどなく涙があふれ出してきた。

三

長屋親王の変より半年後の八月五日、元号は神亀から天平（てんぴょう）へと変えられた。

そして、同じ月の十日、藤原夫人安宿媛の立后（りっこう）が高らかに宣告される。人臣から立后した最初の皇后であった。

律令の規定によれば、帝の后妃は皇后、妃（ひ）、夫人（ぶにん）、嬪（ひん）と序列が定まっている。妃は皇族出身、夫人は三位以上の貴（き）（貴族）出身、嬪は四位、五位の通貴（つうき）（貴に通じる）出身にそれぞれ与えられる。

皇后の規定はないものの、皇族出身の妃の中から選ばれるものとされていた。それは、皇后が天皇亡き後、中継ぎの天皇として即位したり、場合によっては、天皇の共同統治者となる先例があったためである。

皇后になったからといって、安宿媛が必ずしも皇位に就くわけではないが、その見込みも皆無ではなくなった。また、皇后所生の唯一の皇女となった阿倍内親王に、女帝となる道が開かれた。

このかつてない人臣出身者の立后に対し、反対する臣下は一人もいなかった。最も強硬に反対するはずであった長屋親王は、もうこの世にいないのである。

「これこそが、藤原四卿の真の狙いだったのだ」

そうした声がささやかれなかったわけではないが、安宿媛立后を寿(ことほ)ぐ大音声の前では、あっさりとかき消されてしまった。そして、皇后宮職(こうごうぐうのしき)が新たに設けられると、安宿媛の身辺はいやが上にも重々しく、華やかに飾り立てられてゆく。

「光明子」

「光明皇后」

藤原氏の人々が賛嘆をこめて、安宿媛をそう呼ぶようになったのは、この頃からだ。その名は、父母からもらったものではなく、その身の栄達の輝かしさゆえに付けられたものであった。

「お喜び申し上げます、皇后さま」

光明子に接する誰もが、愛想のよい笑顔を向けた。

だが、その中でも、特に晴れ晴れとした笑顔の主は、他でもない生母の橘三千代(みちよ)であった。

立后の儀式が終わり、ようやく落ち着いた数日後の秋の夕べ、三千代はひそかに娘の殿舎を訪ねてきた。

光明子の希望で、母と娘は秋の草花の咲き乱れる殿舎の庭を、散策することになった。途中には、木陰に亭（ちん）（東屋）が設けられている。唐風の洒落た小卓と椅子が用意されており、そこで休憩することもできた。

「今日の日のご出世を、亡き父上がご覧になられたら、どれほど誇らしく思ってくださったことでしょうか」

三千代は、女ざかりの美しさにあふれる娘の姿を、感無量といった面持ちで見つめながら言う。

三千代は持統女帝の御世（みよ）から、女官として皇宮に仕えていた。皇族の美努王（みぬのおう）の妻となって、数人の子を出産し、文武天皇の乳母（めのと）となった。その後、藤原不比等の妻となって、光明子を産み、ほぼ同時に生まれた今上聖武の乳母をも務めた。

光明子が聖武の夫人となってからは、女官としての職を退き、光明子の母として後宮に出入りするようになったが、その後宮における立場は聖武の乳母であっただけに、今なお重々しい。

この三千代がいたからこそ、藤原不比等は天皇家の後宮に食い込むことができたのである。宮子が文武天皇の後宮に入って聖武を懐妊できたのも、安宿媛を聖武の夫人に成し得たのも、すべて三千代のお蔭であった。

それが分かっているから、武智麻呂をはじめとする四卿たちは、この継母を父の死後も重んじている。そして、三千代の娘の安宿媛は、父不比等の死後は藤原氏の砦として、十分に己の務めを果たしていた。

基皇太子の死はあったにせよ、安宿媛がこの後、皇子を産むかもしれない。また、仮に皇子を産めなかったとしても、皇后となった今の立場は他の后妃たちと比ぶべくもない。

光明子の立后により、他の后妃の産んだ皇子がただちに皇太子に立てられる見込みはなくなったのである。

臣下の立后という大きな壁を突き破った以上は、その皇后の即位という離れ業をも、今の藤原氏ならばやってのけるかもしれない。

長屋親王の死後、中納言から大納言に昇進した武智麻呂を筆頭に、官職の昇進こそなかったものの、参議房前、式部卿宇合、左右京大夫麻呂――彼ら四卿の力はいやが上にも増そうとしていた。

「母上さま」

亭の前まで来た時、先を歩いていた光明子は足を止めて、母を振り返った。

「わたくしはまことに、皇后に昇ってもよかったのでしょうか」

母に椅子を勧めることもせず、光明子は突然言い出した。

「何を言うのですか、あなたは――」

つい昔の物言いが、三千代の口を突いて出た。だが、幼い娘を叱りつけるような口調で、皇后を叱るわけにはいかない。

付き従う女官たちに下がるよう、目顔で命じ、三千代は小卓に添えられた椅子に腰を下ろした。が、光明子はなおも座ろうとはせず、まるで魅入られたように西の方角をじっと見つめていた。

母譲りの長い睫が小刻みに震えている。

三千代もまた、同じように西の空を見つめた。

「母上さま、あの空をどうご覧になられますか」

光明子は歌うように言った。

今、二人の眼前にあるのは、生駒山に沈もうとする夕陽が、西の空一面を茜色に焦がしている雄大な風景であった。

「昔のわたくしは、あの夕空を美しい、壮大な都にふさわしい景色だとしか思いませんでした。されど、今のわたくしには、あの空がまるで血の海のように見える……」

生駒山には、長屋親王夫妻が眠っている。光明子の口にする血とは、決して頭の中だけで思い描くだけのものではない。もっと生臭く、現実に流された腐臭を漂わせる血なのである。

「亡き長屋親王や吉備内親王さまのことが、気にかかっているのですね」

三千代は静かに立ち上がると、娘の手を優しく取り、そのまま椅子へと導いた。光明子はされるがままに腰を下ろした。その後も、卓上に置かれた手を母に預けたまま、

「皇宮内の噂は、聞こうとしなくとも耳に入ってくるもの。兄上たちがわたくしを立后させるため、故左大臣に無実の罪を被せた――そう言われても仕方ありますまい。左大臣が自害してまだ半年、政情も不安定だというのに……」

と、誰にも語ることのできぬ胸中を、信頼する母にだけは打ち明けた。

「あなたは、武智麻呂殿たちを疑っているのですか」

「……分かりませぬ」

光明子は目の下に影を作りそうなほど、長く美しい睫を震わせて言った。

「されど、左大臣がわたくしの子を呪い殺したという話も、事実とは思えないのです」

「証の品があったと聞きましたが……」

「わたくしもそう聞きました。それゆえ、わたくしはもう帝にご判断を委ねればよいと思い、余計な差し出口は控えていたのですが……」

「そう。それは確かに、慎ましい妻の手本のようなお姿です」

三千代は細い首をすっきりと伸ばして、光明子を見つめた。

「されど、これからはそれではなりますまい」

三千代の声は容赦のない厳しさでありながら、同時に娘を励ます温かさも宿している。

「あなたはこの国の皇后になったのです。そして、皇后が人の子であるように、帝もまた、悩める衆生(しゅじょう)のお一人でいらっしゃいます。時には、誤ったご判断もなさるかもしれない。時には、心の曲がった臣下のお言葉に、お耳を傾けることがあるかもしれませぬ。そういう時、その誤りを正し、よき方へお導きするのが、これからのあなたのお役目でしょう」

「わたくしの……役目――」

「あなたが分からぬように、わたくしにも左大臣に罪があったかどうかは分かりませぬ。おそらくは、帝もそうでしょう。それでも、王者は決断を下さねばならぬ時がある。そのつらさと孤独を、あなたは分かって差し上げねばなりませぬ」

光明子は神妙な顔つきでうなずいた。生来の生真面目さに加えて、父母に従順であるようにしつけられてきた過去が、光明子の辛抱強い気質の後押しをしていた。

「あなたは臣下から皇后に昇った者として、厳しい眼差しにさらされることになるでしょう。されど、もし左大臣や吉備内親王さまに対して、負い目を感じるのならば、あなたはそれこそ、藤原氏の皇后としてできる限りのことをしなければなりませぬ」

「これまでの皇后たちよりもいっそう、皇后らしくあらねばならぬということですね」

三千代は娘の反応に満足そうにうなずいた。

「艱難を恐れてはなりませぬ。むしろ、進んで艱難を受け容れなさい。それこそが、あなたを美しく磨いてくれることでしょう」

「艱難を恐れぬ……」

母の言葉をなぞって言いながら、光明子はいっそう神妙な顔つきで、しかとうなずいてみせた。

「わたくしが左大臣家のあの不幸の末に皇后となったのも、天のご意思なのでしょう。ならば、わたくしはそれに応えなければなりませぬ」

光明子は首をすっくと立てて、母にというより、自分に言い聞かせるように言った。一筋の後れ毛もなく、きつく結い上げた髪すら重たげな、ほっそりとした項である。だが、まっすぐに前を見つめる光明子は堂々として、どこか痛ましいまでに厳粛な風情をそなえていた。

「この国の苦しむ民のために、わたくしにできること――。それは、病める人を救い、老人や孤児たちの暮らしを助けることでございますね」

艶のこぼれるような黒い瞳が、先ほどとは打って変わったように、きらきらと輝いていた。

三千代はもう何も言わなかった。

「興福寺にはすでに、悲田院と施薬院が設けられております。されど、わたくしが皇后となった以上、皇后宮職の下にも、悲田院と施薬院を置かねばなりませぬ。皇后宮に支給される封戸(ふこ)の一部を、民のために用いましょう。民から認められなければ、わたくしは皇后ではいられませぬ」

「その通りですよ、皇后さま」

三千代はゆったりと微笑んだ。

「皇后さまは、さすがは藤三娘(とうさんじょう)(藤原氏の三女)と言われるお方にならねばなりませぬ」

「はい」

わたくしは藤原氏の者であり、皇后でもある——光明子は天に向かって呟いていた。

「長娥子殿と佐保殿のお具合が悪いと聞きました」

やがて、光明子はふと思い出したといった様子で、切り出した。本当は思い出したのではない。ずっと気にかかっていたのだ。だが、口に出す勇気がなかった。

自分の生き方を見定めた今だからこそ、こうして口に出して問うこともできる。

「ええ」

三千代も気重な様子でうなずいた。

「長娥子殿の気鬱(きうつ)はどうやら、皇太夫人(おおみおや)(聖武の生母宮子)さまと同じ病だとか」

聖武の母宮子は聖武を出産後、気鬱の病を患い、今も部屋から一歩も出ることなく引きこもっている。そして、長屋親王亡き後の長娥子もまた、同じような病状を呈していた。

「佐保殿は父君から、白蓮にたとえられていたのだそうです。いつだったか、佐保殿が白蓮の腕釧をしていて、それを阿倍が欲しがったのだとか」

光明子は急に話題を変えた。三千代は遮ろうとはせず先を促した。

「まあ、それで――」

「阿倍は断られて、たいそう不愉快になったと聞きましたが……」

光明子は唇の端にほんの少し笑みを浮かべた。わがままな娘の不愉快ぶりを想像したのだった。他人には目に余るわがまま娘でも、母の光明子にはただ一人の愛しい娘である。

「阿倍には、施すことの喜びを教えねばなりますまい。それが、上に立つ者の務め」

光明子の表情から笑みが失せた。

「仰せの通りにござります。阿倍さまは皇后さまご所生になるただ一人のお子。もはや、ただの内親王のお一人ではないのですから――」

三千代の言葉に、光明子はおもむろにうなずいてみせる。

「いずれにしても、長娥子殿と佐保殿はわたくしがお守りします。それが、皇后であり藤三娘であるわたくしの務め――」

光明子の眼差しは再び、西の空へと向けられていた。双眸には、生駒山の山腹にゆったりと沈んでゆく血の色のような夕陽が、くっきりと映っている。

だが、光明子はもう動揺は見せなかった。

長屋夫妻の眠る山陵を見つめるその眼差しは、何ものにも動じまいとする気強さに支えられていた。

五章　再会

一

天平二（七三〇）年四月、光明皇后の意向に従い、皇后宮の敷地内に、悲田院と施薬院が設置された。皇后宮は旧藤原不比等邸――つまり、皇宮の東側に隣接している。

「皇后宮の悲田院へ手伝いに行きたい」

佐保がそう言い出したのは、天平三年の秋のことであった。長屋親王の死から二年半、十五歳になった今も、佐保の失われた記憶は戻っていない。

（わたしは昔、興福寺の悲田院に出入りしていたというのに……）

その事実を侍女などから聞かされても、思い出すことは何もなかった。それでも、悲田院という言葉は、なぜか佐保の心を騒がせた。

だが、それを言えば、長兄の安宿王はよい顔をしない。

「無理に思い出そうとするのはよくないと、医師（くすし）も申している。そなたまで母上のようになったら、いかがするのだ」

などと言う。長娥子は相変わらず気鬱の病で引きこもっており、それを言われると、佐保の気も挫けてしまうのだった。

だが、次兄の黄文王は違っていた。

「父上を死に追い込んだのは、藤原の伯父たちだ。伯父たちの世話になろうと、わたしは伯父たちを許しはしない」

そう豪語して憚らず、佐保に対しても、

「あの屈辱の日を早く思い出せ。そなたはわたしと共に、決して藤原氏を許さぬと申したではないか」

と、噛みつかんばかりに言うのだった。

佐保のすぐ上の兄山背王はむしろ、佐保をうらやましそうな目で見つめる。

「忘れたのは悪いことではない。わたしだって、忘れられるものなら、忘れてしまいたいよ」

一生思い出さない方がいい――とさえ言った。

兄たちの態度の違いは、佐保をいたずらに混乱させた。

だが、時が経てば経つほど、佐保の内心では、

(やはり思い出したい――)

という、焦げるような思いが募っていた。

二月十日のことを覚えていない佐保には、長屋が謀叛を起こすような人間とはどうしても思えないのだ。父の死を受け容れるためにも、あの夜の真実が知りたかった。

（悲田院が手がかりになるのでは……）

そう思ったが、興福寺の悲田院へ行くのは、安宿王から反対されている。ならば、せめて新しくできた皇后宮の悲田院を手伝わせてほしい――その佐保の希望は、皇后光明子の耳に入ると、ただちに許された。

「皇族の媛が率先して善行を積むのは、まことに喜ばしい」

ぜひ参れ――というので、その年の四月、佐保は二人の侍女たちを連れて、皇宮の東に隣接する皇后宮へ赴いたのであった。その南側――つまり、皇宮の東南隅には昔、長屋親王邸があった。

今は手入れもされず築地塀の破れもそのまま放置されている。

佐保はまっすぐ皇后宮へ進み、その大門の前に立った。

「これは、お珍しい」

門前で声をかけてきた若者がいた。齢は二十代の後半であろうか。

鬢は薄く、顎は尖り、頰にも余分な肉がまったくついていない。鋭利な刃物のような雰囲気を漂わせながら、顔立ちは禍々しいほどに艶やかである。佐保には見知らぬ男であった。

相手は佐保の怪訝な表情に、事情を思い出したようだ。

「ああ、記憶を失くしておられたのですね」

男は、まるで自分一人は何もかも知っているというような口ぶりで話す。佐保には何となく不快であった。

「どなたでいらっしゃいますか」

遠慮もせずに尋ねる佐保に、付き従っていた侍女が慌てた。

「媛さま、こちらは大納言さまのご子息、大学少允仲麻呂卿にござります」

そっと耳打ちしてくれた。

大納言とは、長屋親王の死後、中納言から大納言に昇進した藤原武智麻呂のことである。今、佐保たちが厄介になっているのは、その武智麻呂の所有する二条の別邸であった。

「それは、失礼をいたしました。お察しの通り、覚えていないことが多いものですから――」

佐保は臆せずに言った。

「いいえ、謝られるようなことではありませぬ。されど、女王さまとは昔、顔を合わせているのですよ」

「そうおっしゃるなら、そうなのでしょう。血縁なのですもの」

素気なく佐保は言い返した。従兄妹同士であると知っても、懐かしさや親しみは湧いてこない。

「そうそう。そういえば、もうあの腕釧はしておられないのですね」

仲麻呂はふと思い出したように、佐保の左手首に目をやった。

「腕釧……」

佐保は呟きながら、とっさに右手で左手首を押さえていた。左の手首が妙に頼りなく思えたのだが、なぜそんな仕草をしたのか、自分でも分からなかった。

「昔、あなたは白蓮の木彫りの腕釧を、さも大事そうに嵌めておられたが……」

「あの、媛さまは覚えておられないことが、多うございますので」

しつこい仲麻呂を遮るように、侍女が横から助け舟を出してくれた。

「そうですか。すると、あの腕釧も藤原氏にまつわるものだったか」

と、仲麻呂は一人で分かったふうな口を利き、それきり興味を失くしたように、話題を変えた。

「悲田院へいらっしゃったのですな。女王さまは運がいい。今日は皇后さまがご臨幸ですから――」

運がいいとはどういう意味か。皇后の機嫌を取り結ぶために、悲田院へ来たと誤解しているのか。

佐保は思わずかっとなったが、相手の立場を思い、それ以上口を開くのをこらえた。

「それでは、お先にどうぞ。わたくしは後ほど、皇后さまにご挨拶申し上げることにしよう」

仲麻呂はそう言って、皇后宮の大門をくぐると、いずこへともなく去ってしまった。

せいせいした思いで、佐保は門番に悲田院の場所を尋ねた。

悲田院と施薬院は、正殿からはやや離れた南西の一角にある。同じ皇后宮の敷地内といっても、それぞれが独立した建物であった。佐保と侍女たちは悲田院と教えられた場所までやって来て、出入り口を示す小さな門の前に立った。

やはり皇后が来ているせいか、中は活気があるようだ。

光明子の過去の姿を覚えているわけではないが、今はただ、頼もしいお方という印象である。父を喪い、母が頼りにならぬ今、何でも力になろうと言ってくれる叔母は、心強い味方だった。

(このようなお方が、お母さままであったなら……)

母に済まぬと思いつつ、ひそかにそう思いさえした。

佐保はやがて、悲田院で働く役人たちの居室に案内された。皇后はそこで役人たちの仕事ぶりについて報告を受けているのだという。

「皇后さまにご挨拶申し上げます」

佐保は光明子の前に出るなり、恭しく述べた。

「これは、佐保殿。よう参られた」

光明子は役人たちとの話を打ち切って、佐保に顔を向けた。

装飾などの一切ない殺風景な部屋で、光明子だけが光り輝いている。生まれ持った美貌に加え、今では皇后という威厳がそなわり、どこか近寄りがたい雰囲気さえかもし出していた。

「そなたがわたくしの悲田院を手伝ってくれるとのこと、ありがたい志と思うておったのじゃ」

光明子の笑顔は、舶来(はくらい)の牡丹のように艶やかだった。

「わたしは以前も、興福寺の悲田院のお手伝いをしておりました。覚えてはいないのですが……。それでも、お役に立てることがあるかと思うのです」

「無論じゃ。皇族が率先して民に奉仕するのは、皆の手本となる」

一度身についたものは、たとえ頭が覚えていなくとも体が覚えているはず——光明子はそう佐保を励ました。その上で、今日はまず、女官たちの仕事を観察してくれればよいと告げた。

基本的に、女官たちが携わっているのは、老人たちの食事や体を洗うなどの世話、または、手のかかる赤子の面倒を見るなどの仕事であった。

時には、光明子が自ら老人たちの体を洗ったりすることもあるという。

（皇后さまは素晴らしいお方だ……）

佐保は心の底からそう思った。

言われた通り、佐保はその日は悲田院の中を観察した。

時に、女官たちに手を貸したりすると、その都度（つど）、老人たちからもったいないことでございまする——と、手を合わせられる。子供たちはよくしつけられ、何かしてもらう度に、ありがとうございます——と感謝の言葉を忘れない。少し面映ゆいが、やはり嬉しかった。

そうして半刻ばかりも過ごした頃、

「薬師如来像が来られたぞー！」

「施薬院に安置されるらしい」

人々の間に、大きなざわめきが波のうねりのように湧き起こった。

何事かと佐保が不審に思っていると、

「施薬院に安置されることになっていた薬師如来像が、造仏所から運び込まれたのだそうです」

と、気を利かせた侍女がすばやく事情を探ってきてくれた。

「皆、施薬院へ仏像を見にゆくようですわ。媛さま、わたしたちも参りましょうよ」

侍女はうきうきした口調で言う。

日本の造仏技術は百済（くだら）からの渡来人の増加に伴い、日を追うごとに向上していた。仏教の信仰厚い聖武天皇の御世になってからはいっそう、造仏所は活気づいていた。皇室や貴人からの依頼も多く、寺社は彼らの保護を受け、僧侶たちは国の知識を支える宝として重んじられていた。

その一方で、貧しい庶民階層に仏道を説く行基上人のような僧侶もおり、仏教熱は上の階層から下の階層までいやが上にも高まっている。

今、悲田院を覆う熱気もそれであった。

「行きましょうか」

佐保もまた、薬師如来像に心を惹かれて侍女に言った。

持ち場を離れることのできない役人たちや、足の動けぬ病人を除いて、人々は我も我もと施薬院へ向かっている。佐保と侍女たちもその流れに身を任せて、悲田院の隣に設置された施薬院の門をくぐった。

施薬院は薬草を栽培したり、それを干して煎じたり、また、病人の治療を行うこともある。子供たちの声が聞こえる悲田院よりも、ずっと落ち着いた専門の施設だが、この日ばかりは押し寄せる人々でごった返していた。

薬草のにおいの漂う施薬院を、さらに奥まで進んでゆくと、小さな茅葺きの持仏堂が見えた。その中で、造仏所から仏像を運んできた役人と、施薬院の役人たちが、安置する作業に取り組んでいるらしい。

見物人たちは無論、中には入れず、仏像のお姿も見えるわけではなかった。

「おいらは見たぞ」

自慢げに吹聴している者がいた。

「小さな薬師仏でいらっしゃるが、優しいお顔でおいらをご覧になるものだから、涙が出そうになったよ」

「金銅張りか、青銅作りか」

「いやいや、木彫りの素朴な御仏じゃ。病人が拝むのに、金ぴかでは目がつぶれる」

周りの人々の会話が、勝手に耳に入ってくる。

どうやら、木彫りの仏像らしい。日夜拝む仏像を――という依頼だったのだろうから、寺社に安置されるような仏像とは違っていて当然だった。

どんな仏師が作ったのだろう。その仏師がここへ仏像を運んだのだろうか。佐保も心を弾ませながら、薬師如来との対面を待った。

やがて、中にいた役人たちが外へ出てきた。

わーっという熱狂した歓声があちこちから上がり、人々は我先に持仏堂へ押し寄せようとする。

「待て、待て。順番に拝むんだ」

役人たちが行列の整理に取りかかった。昂奮していた人々は、役人たちの持つ棍棒に制されて、ふてくされながらも徐々に列を作り始める。佐保たちもその中に入り込んだ。

「媛さま。あの者にご身分を明かして、先にご覧になられては――」

侍女が佐保の耳にささやく。

確かに、佐保の立場であれば、誰よりも先に御仏を拝してよいはずだった。

どうしようかと、佐保は迷った。

その時、持仏堂から出てきた一人の若い男と、目が合った。背は佐保よりもずいぶん高いが、顔立ちからすれば、佐保と同じくらいの齢ではないのか。

若者の方も佐保を見つめていた。その表情がどこか強張っているように見える。

「どうかしましたか」

やがて、若者は佐保の近くまでやって来ると、傍らの侍女に声をかけた。

「このお方は皇后さま所縁(ゆかり)の媛君です。薬師如来像を拝したいというご希望なので、何とか先に見られるよう、そなたが取り計らってくれませぬか」

侍女の言葉を聞くと、若者ははっと身をかがめた。

「さようでございましたか。これは、失礼をいたしました」

若者はさっそく、行列の整理をする役人の方へ行こうとする。

「待って。このままでかまわないわ」

佐保は思わず制していた。若者が怪訝そうな表情で振り返る。佐保は自分でもなぜそんなことを言ったのか、よく分からなかった。

「そなたは役人なの？」

「い、いえ――」

若者はどことなくきまり悪そうに、佐保から目をそらしたが、

「わたくしめは、造仏所に籍を置く仏師にございます」

と、やがて意を決した様子で言った。

「まあ、その若さで仏師とは頼もしいこと。名は何というの？」

「仏師将軍万福の息子で、福麻呂と申す者にござりまする」

若者はよどみなく答えた。

「福麻呂……」

初めて耳にする名である。

「では、この薬師如来像はそなたの父が作ったの？」

「いえ、父は寺社からの依頼を多くかかえておりますので。悲田院の念持仏は、このわたくしめがお作りいたしました」

「まあ、そなたが……」

佐保はまじまじと若者を見つめた。色は浅黒く、引き締まった体つきをして、眼差しは鋭い。

「本格的に造仏の技術を学び始めてまだ二年。まだまだ未熟者でござります」

謙遜して、福麻呂は言った。

そうしているうちにも、徐々に列は進み、やがて、佐保は扉の開かれた持仏堂の前に立った。庶人たちは扉の前から、奥の薬師如来像を拝み、追い立てられるように列の外へと押し出されてゆく。だが、佐保の順番が来る前に、福麻呂が役人に口を利いてくれたのが功を奏して、佐保は持仏堂の中まで入ることを許された。

「わたくしめがご案内いたします」

と言う福麻呂に続いて、佐保は持仏堂の中へ入った。

広くない持仏堂の奥に、木彫りの薬師如来像が鎮座している。目の前で見るそれは、確かに官寺の本堂を飾るような金銅作りの仏像に比べれば、小さくて素朴である。

だが、その顔立ちは気品をそなえつつも、どこか懐かしさのこもった親しみ深いものであった。あふれんばかりの慈愛をもって、衆生に手を差し伸べている。

「薬師如来は衆生の病を癒して、長寿を施す如来ですね」

佐保は如来像の前に額ずいて合掌した後、傍らの仏師福麻呂に訊いた。

「はい。その上、人々の衣食を満たし、病を治すための薬も与えてくださいます」

施薬院や悲田院の人々にとって、薬師如来は確かにふさわしい御仏である。

「薬師如来像を見ていると、心が洗われるような気がする。よいものを見せてもらいました」

もし、また仏像を作ることがあれば、自分にも見せてほしい——と、佐保は付け加えて言った。だが、福麻呂はそれに対して、はっきりとした返事をしないまま、持仏堂の中から出た。

外では、仏像を拝したいという人々の列がなおも続いており、人々は順番が来ると、薬師如来の前でありがたそうに手を合わせていた。その脇を、佐保と福麻呂は共に施薬院の出口へ向かって進んだ。

「ところで、そなた」

福麻呂が立ち去る前に、佐保にはどうしても訊きたいことがあった。

「初めにわたしを見た時、何か言いたいことがあったのでは……」

「どういう意味です」

「もしや、そなたはわたしを知っているのではないか、と——」

案の定、福麻呂は訝しげな顔をしている。

それだけでは説明不足だと気づき、佐保は自分が記憶の一部を失くしていることを明かした。

「……さようでござりましたか」

福麻呂は足を止めた。そして、佐保よりも頭一つ分高い位置から、じっと佐保を見つめていた。

「ご期待に添えず申し訳ございませんが、わたくしめは媛さまを存じ上げませぬ」

福麻呂は佐保から目をそらすと、硬い声で言った。

突き放すようなきっぱりとした物言いだった。だが、何か隠しているのではないか――佐保はふと、そんな気がした。

「それでは、わたくしめは悲田院に寄って、皇后さまにこのことをお知らせせねばなりませぬので――」

そう言って、丁重に一礼する福麻呂に、佐保はそれ以上尋ねることはできなかった。

福麻呂が去ってから、佐保は自分が我知らず、左の手首を右手でぎゅっと握り締めていることに気づいた。我ながらおかしな癖だ。

剝き出しの手首が何とはなしに頼りなく思われて、佐保は袖の先をきゅっと伸ばした。

二

施薬院に薬師如来像が運び込まれたのを見澄まして、仲麻呂は悲田院に向かった。

「南家の仲麻呂が参ったと、皇后さまにお取次ぎしてくれ」

仲麻呂は顔見知りの女官に頼んだ。

南家とは、藤原四卿のうち、武智麻呂の一家を指す言葉で、この仲麻呂は武智麻呂の次男であった。母は正妻の阿倍氏であるが、兄豊成も同母であり、武智麻呂の跡継ぎにはなれぬ立場である。

だが、その怜悧さは際立っており、特に算術には秀でていて、若い頃から大学で学問を修め、その俊秀ぶりは一族の間でも評判が高かった。

すっきりと通った鼻筋に、いかにも酷薄そうな薄い唇――余計なものをすべて削ぎ落としたような鋭利な美貌も際立っている。

「皇后さまにはご機嫌うるわしく……」

光明子の前に出て、挨拶をしかけた仲麻呂は、そこでにやりと笑ってみせた。

「と申し上げるには、やや複雑なご心中ですかな」

皇后に対して、いささかくだけた口の利きようをするのは、仲麻呂には珍しいことではない。

周囲の人々からはよく、

「穏和な父君より、祖父君の不比等公に似ておられますね」

と言われていた。

不比等は壬申の乱ですっかり落ちぶれた藤原氏を立て直し、自らは大臣にまで昇りつめた不世出の偉人である。その枝葉はすでに孫の代まで広がっていたが、数多い不比等三世の孫たちの中で、仲麻呂が際立っていることは確かであった。

だが、不比等が苦労人で、人前では恭しく謙遜して振舞い続けたのに対し、仲麻呂は苦労を知らぬせいか、不遜で図々しく、鼻につく態度を取った。そのため、一族の間でさえ煙たがられている。

父の武智麻呂は、凡庸だが慎ましい長男豊成と、俊才だが人を食ったような次男仲麻呂を抱えて、いつも頭の痛いことだとこぼしていた。

とはいえ、武智麻呂の南家が、藤原一門の筆頭であってみれば、先頭に立って藤原氏を率いてゆくのは豊成と仲麻呂になる。

光明子も仲麻呂に目をかけていた。もっとも、甥たちの中で、まともに話のできるのがこの男だけだったという事情もある。仲麻呂もまた、周りは愚鈍な奴ばかり――とでもいう態度で、聡明な光明子との会話を好んだ。仲麻呂はよくふらっと光明子の前に現れたが、それでも、悲田院まで足を踏み入れるのは珍しい。

「つい先ほど、悲田院の前で故左大臣の媛にお会いしましたよ」

と、仲麻呂は気安い調子で言った。

「だから、佐保殿を追って、普段は来ない悲田院へ参ったと申すのか」

「いいえ、わたくしがお会いしたいのは皇后さまだけです」

ぬけぬけと仲麻呂は言う。

「それにしても、あの媛、記憶を失くしているのだとか。それも、藤原氏に関することだけ忘れたという、風変わりな話らしいですな」

「藤原氏を怨み、憎む心が深いからじゃろう」

光明子は深い溜息と共に言った。

「されど、いつかは思い出すかもしれませぬ。その時、藤原氏を父君の仇とばかりに思い込まれては、いささか厄介なことになりますな」

仲麻呂のいかにも気楽そうな発言に、今度は溜息だけで光明子は応えた。仲麻呂はそれを無視して、

「あの媛、記憶を失う前はなかなか勝気でございましたぞ。何せ、あの阿倍さまに堂々と逆らったのですからな。それに、なかなか美しくなった。さすがは、春の女神の名を持つだけのことはある」

と、面白そうに続けた。

「さような口の利き方はおやめなさい。わたくしの姪であり、そなたの従妹ではないか」

光明子がたしなめるように言うと、

「そう。皇后さまの姪にして、わたくしの従妹——」

仲麻呂はまるでからかうように、光明子の言葉をくり返してみせる。叔母にして皇后でもある光明子の叱責など、まるでこたえてはいない様子であった。

「その上、天武の帝の第一皇子高市皇子の流れを汲む、高貴な媛君でもあらせられる。そのお血筋は、天武の帝の第三皇子草壁皇子を嫡流とする今上のお血筋に、唯一対抗し得るものでもある」

今上聖武天皇に対し、あまりにも不遜な発言である。だが、正しい。だから、光明子は仲麻呂の言葉を真っ向から否定することはできなかった。

「もうやめよ」

光明子は先ほどよりも強い口調で、そうたしなめただけである。すると、

「皇后さまにお願いがござりまする」

仲麻呂は不意に表情を改め、姿勢を正すと、丁重に一礼してみせた。どこかわざとらしい、大袈裟な仕草である。光明子は艶やかな眉をかすかにひそめた。

「あの媛を、わたくしにくださいまし」

顔を上げるなり、仲麻呂は言い出したのである。

光明子はさすがに驚愕を隠せなかった。だが、ただちに冷静さを取り戻すと、

「何を申すのじゃ。そなたには父君の決めた許婚(いいなずけ)がおるはず。それも、その相手は房前(ふささき)兄上のご息女ではないか」

と、今度は頭ごなしに叱責した。

「それはそれ、でございますよ」

仲麻呂はまるで、光明子よりも年上のようなものの言いようをする。

「そもそも妻問い(つまどい)（結婚）とは、互いの利害が絡み合ったものでございましょう。好いた者同士が結ばれるなぞ、庶人の暮らしにしかないこと。皇后さまとて、帝に恋をして、後宮へお入りになられたわけではありますまい」

「わたくしは幼い頃より、帝のお側におったゆえ……。この方に生涯、お仕えしてまいるのだと、父上からも母上からもくり返し申し聞かされておったのじゃ」

「だから、帝を生涯の夫として疑うことはなかった、と——。いや、皇后さまはまさしく貞婦の鑑(かがみ)でございまするな」

おどけたように仲麻呂は言った。

「されど、それは恋ではありますまい。忠誠心に他ならぬもの」

つと、それまでふざけていた仲麻呂の表情に翳が差した。

「お怒りでございますれば、ひたすらお許しを——。それもこれも、皇后さまを想う男の哀れな戯言と、お聞き捨てくださいませ」

「たとえ戯言であっても、今の言葉は帝とわたくしへの不敬じゃ」

光明子はさすがに表情を強張らせ、厳しく叱った。

「それでも、それがわたくしの真実でございます」

仲麻呂は退かなかった。

「わたくしは皇后さまに忠誠を誓う者。皇后さまの御ためならば、どんなことでもいたしましょう。万一、あの媛が記憶を取り戻して、藤原氏と皇后さまを怨み出したら、どうなさいます。もし、あの媛がどこぞの皇族の妻となり、藤原氏に牙を剝くことにでもなれば——」

「それゆえに、あの媛をほしいと申したのか」

「それも、あります。されど、あの媛の貴き血もほしい。無論、北家の後ろ盾を得んがため、房前叔父上の娘とも縁を結びたい」

「そなたは欲張りじゃ」

あきれたように、光明子は呟いた。もう叱りつける気も起こらないのか、その顔にはただ苦笑が浮かぶばかりであった。

「わたくしがお守りいたします、皇后さま」

仲麻呂はそれまでにない切実な表情で訴えた。

「故左大臣の怨霊からも、藤原氏を詰る声からも――。そのために、わたくしは力が欲しい。この世を動かすだけの力が――」

仲麻呂の眼差しは真剣そのものであったが、光明子はそれをわざと受け流した。

「佐保殿のことは、まだ軽々しく口にしてはならぬ。そなたの妻は兄上方と相談した末、わたくしが決める。それでよいな」

「皇后さまがそうおっしゃるならば――」

仲麻呂は打って変わったような従順さで、頭を下げて言った。それが、皇后への叶わぬ恋をしている男の哀れさであることに、光明子は気づかぬふりをする。

光明子はいつもそうだ。

分かっていながら、知らぬふりをする。仲麻呂が光明子を想っていることも、娘の阿倍内親王が仲麻呂に恋をしていることも――。

だが、そのいずれの想いも、この世ではどうにもならぬものであった。

皇后唯一の所生となった阿倍内親王は、このまま光明子に男子が生まれなかった時、女帝として即位することがあり得る。そのため、阿倍が望んだとしても、仲麻呂を夫にすることは許されまい。

「皇后さま」

その時、遠慮がちに、女官がやって来て来訪者があるのを告げた。

「造仏所の仏師が、施薬院に薬師如来像を安置した報告をしたいと、参っておりまするが……」

「では、ここへ通しなさい」

光明子がおもむろにうなずくのを確認して、女官は一度下がると、仏師を案内して再び戻ってきた。

「将軍万福の使いの者にございます。ご依頼の念持仏、薬師如来像一体を施薬院に安置いたしました」

まだ若い仏師は名乗りはせず、光明子の前に跪いて挨拶した。

将軍万福は熟練の仏師で、光明子の気に入りである。

「ご苦労であった。御仏は病人や老人たちの心の支えとなるじゃろう」

光明子は未熟そうな仏師にも、真面目に応対している。仲麻呂は観察するともなく、まだ十代と見える仏師の姿を見つめた。せっかくの光明子との対面を邪魔した仏師が、何となく気に入らない。

そのうち、仲麻呂はふと意外なものを目ざとく見つけた。それは、仏師の懐の中に、人目を忍ぶように隠されていた。

「ところで、仏師殿よ」

仲麻呂は慇懃に口を挟んだ。

「その懐の中にあるものを、皇后さまにご披露してくださらぬか」

仏師ははっとした様子で、懐の中に手をやった。

「これは、お目にかけられるようなものでは……」

案の定、仏師は慌てたらしい。その様子がおかしかった。

「実は、わたくしが知っている品のようなのだ。皇后さまにもお話し申し上げたことがある。わたくしの勘違いならば勘違いでよいから、ともかく見せてくれぬだろうか」

なおもしつこく仲麻呂に食い下がられ、仏師は退くに退けなくなったようだ。しぶしぶながら、懐の中のものを取り出した。仲麻呂は仏師の掌からそれを取ると、光明子に恭しく差し出した。

「これは……腕釧ではないか」

光明子は初め怪訝そうな顔をしていたが、
と、やがて白く塗られた蓮華と、緑青の施された蓮葉の模様にじっと見入った。

「実に、見事な細工じゃ。彩色も美しい」

「昔、阿倍さまが欲しがられた腕釧によく似ております」

仲麻呂はしずしずと言った。

「あのような手彫りの腕釧が、世に二つとあるわけはない。されど、あの腕釧は左大臣家の佐保媛が所持しておられたはず。先ほど、お会いした時、媛は腕釧を持っておられなかった。これはどういうことですかな」

仲麻呂はまるで、仏師が腕釧を盗んだとでもいうような物言いをわざとした。

「こ、これは、さる高貴なお方より修理を頼まれたものにござります！」

苦しまぎれに仏師が言う。

「おお、なるほど。では、そのお方とは、故左大臣家の媛君でしょう」

「そ、それは……」

「ならば、これはわたくしから媛にお届けしておこう。なに、遠慮は要らぬ。わたくしは媛とは血縁なのだからな」

仲麻呂は仏師の言葉を封じ込めるように言った。仏師はもう、それ以上逆らうこともできずに、ただうなだれている。

だが、仏師の反応などはどうでもよかった。仲麻呂が気にかかるのは、光明子が故左大臣の娘をどう思っているかということだけだ。だが、光明子はこれといった感情も見せず、微笑みながら腕釧を仲麻呂の手に渡すばかりであった。

三

佐保が悲田院へ出かけた数日後、佐保の許に藤原仲麻呂から贈りものが届けられた。

「仲麻呂だと！　どうして仲麻呂が佐保に贈りものなどをよこすのだ」

途端にいきり立ったのは、次兄の黄文王である。

「わたしにも分かりませぬ。ただ一度、悲田院で顔を合わせただけなのに……」

兄の非難は心外だとばかり、佐保は口を尖らせて言い返した。

「されど、我らが世話を受けている大納言の子息だ。礼を言わぬわけにもいくまい」

安宿王が常識的な判断をくだし、佐保は兄たちの前で包みを開けることになった。もったいぶった漆塗りの箱には、木彫りの腕釧が納められていた。

「これは、いったいどういうことだ！」

最も驚いたのは、安宿王だった。腕釧の周りには、白蓮を模（かたど）った模様が彫られ、白と緑青で彩色がされている。

「おや、これは前に、佐保が持っていた腕釧によく似ているね」

山背王が何の気なしに呟き、腕釧をひょいと取り上げた。

（わたしが、腕釧を持っていた……？）

確か、仲麻呂も同じようなことを口にしていなかったか。

「だが、これには罅（ひび）が入っていないぞ」

山背王から腕釧を受け取って、ためつすがめつしていた黄文王が言った。

「そうですねえ。あの腕釧は確か、佐保が壊して……」

腕釧は再び山背王の手に戻され、じっくりとその目にさらされた。

「あっ、これを見てください」

山背王がやがて声を張り上げて言った。

「ここに、うっすらと線が残っています。これは、罅割れの部分に、木屑などを詰めて直した跡ですよ。色も塗り直してあるから、よく見ないと分からないのです」

罅の跡を見せ合っている兄たちの会話に、佐保は割って入った。

「わたしが腕釧を壊したって、どういうことですか。その腕釧を、どうして仲麻呂殿が持っているの？」

黄文王と山背王ははっと顔を見合わせ、仲麻呂が持っている事情については知らぬと、きっぱり断言した。

「だったら、わたしが壊した時のことを教えてください」

佐保は兄たちに迫った。

失った過去を取り戻したいと、自分でも不思議なほど強く思う。父の無惨な死と向き合うことへの恐れは今もあるが、それよりも、何かが背後から追いかけてくるような焦りが佐保を動かしていた。

「よさぬか、佐保」

間に割って入ったのは、蒼い顔をした安宿王であった。

「そなたが腕釧を覚えていないのは、それを壊したのがあの二月十日のことだからだ。失くした記憶を無理に取り戻そうとすれば、どこかに歪みが生じる。自然に任せるのがよいと、医師も申していただろう」

「わたし自身が思い出したいと望んでいるのです。決して無理をしているわけではありませぬ」

「とにかく、この話はもうやめよ」

安宿王はいらいらした調子で、佐保の言葉を遮って言った。

「どうして仲麻呂卿がこの腕釧をそなたにくださったのかは知らぬ。くださると言うのなら受け取っておけばよいが、必要以上に昔のことを探ろうなどとはせぬことだ。よいな」

安宿王はいつになく冷静さを欠いて見えた。昂った声で言い放つや、そのまま立ち上がって部屋を出ていってしまった。まるで何か隠し事があって、それが露にされるのを恐れているようだ。

「安宿兄上のおっしゃる通りだ。つらいことは思い出さなくてもいい。わたしはそなたに、母上のようになってもらいたくないよ」

山背王が兄に同調してうなずく。だが、仲麻呂殿には礼を言っておいた方がよい——と、山背王はどこか卑屈な目の色を浮かべて言った。

安宿王に続いて、山背王が気まずそうに席を立ってゆくと、部屋には佐保と黄文王だけが取り残された。この兄だけが佐保には頼りである。もともと、気の弱い山背王より、豪胆な黄文王の方が、勝気な佐保とは相性がよかった。

「黄文のお兄さまなら、わたしの気持ちを分かってくださるわよね」

佐保は厳しい顔をして腕組みをする兄に、取りすがるように言った。黄文はしばらく黙っていたが、

「真実は決して、聞いて楽しいようなものではないぞ」

と、重苦しい息を吐き出すように言った。

「それは、分かっています」

「世間の噂を聞きかじっただけで、あの事件を知っているとは言えぬ。真実は必ずそなたの胸をえぐることになる」

黄文王の言葉は凄(すご)みがあった。だが、佐保の決意は変わらない。佐保は何かに耐えるように、唇を軽く噛み締めながら、ゆっくりとうなずいた。それを見届けると、

「あの日、我らの邸を兵士で取り囲み、父上に自害を強いたのは、式部卿藤原宇合だ」

と、黄文王は一語一語を区切るようにしながら、静かな怒りをこめて言い放った。

それは、記憶を失った後の佐保の耳へ、誰も入れようとはしなかった二月十日の事実の一端であった。

「宇合の……伯父さま……」

記憶を失った後は、一、二度しか顔を合わせたこともない。どこか横柄な感じを漂わせる、いかにも武人といった伯父の顔を、佐保は思い返した。

「そうだ。無論、宇合だけが企んだことではない。武智麻呂や房前、麻呂らも関わっているのだろう」

黄文王は、母方の伯父たちを呼び捨てにして憚らなかった。

「あの者どもは帝の外戚であるという地位を利用し、帝に父上の謀叛をささやいたのだ。確かな密告があったということだが、それだってでっちあげに決まっている」

「それで、帝は……伯父さまたちのお言葉を、そのままお信じになったのですか」

「帝の第一皇子を呪詛したてまつったという疑いだったのだ。証の品もあったというから、でっちあげにせよ、巧妙な手口だったのだろう」

すると、藤原四卿は父長屋を排除するため、帝をも騙したことになる。

「佐保よ、思い出せ」

黄文王は今やはっきりと動揺の見てとれる妹の顔を、燃えるような目で見つめながら言った。

「あの夜のそなたはわたしと同じように、藤原氏は許さぬと叫んでいたではないか」

「わたしが……?」

佐保は必死に思い出そうとするかのように、顔を歪めた。それを見て、席を立った黄文王の手には、いつの間にか、腕釧が握り締められている。

「そなたは、この腕釧をつけたまま――」

そう言いながら、黄文王は膝の上に置かれていた佐保の左手に、腕釧の輪を通した。腕釧はするりと佐保の手をすり抜け、手首に嵌まった。

「戸板の縁を、両手で何度も何度も叩きながら、叫び続けたではないか」

「藤原氏は……許さぬ。わたしはそう叫んで……？」

声が震えていた。

藤原氏は許さぬ――黄文王の言葉をなぞっただけで、かつて自分が叫んだ言葉だと分かった。思い出したわけでもないのに、確かに自分の心の叫びだと分かる。

佐保はゆらりと立ち上がった。

両眼には暗い炎が燃えている。幽鬼のような足取りで、ふらふらと歩き出した。

佐保はじっと腕釧を見つめていた。蓮華の意匠がその時、白い炎となって燃え上がった。

「わたしは――」

「思い出したか、佐保」

黄文王が怒号するように訊いた。

「わたしはこうやって……」

佐保は目の前の壁に手を打ちつけながら、

「藤原氏は許さぬ――そう、確かに叫んだ！」

と、自分に言い聞かせるように言う。

「そうだ。その時、そなたは勢い余って、腕釧を戸板の角に叩きつけた。それで、腕釧に罅が入ったのだ。思い出したか、佐保よ！」

「藤原氏は！」

誰も許さぬ。

お父さまを陥れた者は、一人として許してはおかぬ——そう、確かに自分は叫んでいたと、佐保はぼんやりした頭で思っていた。物の輪郭が次第にぼやけてゆく。景色は色を失い、すべてがあいまいな白い霧のようなものに包まれてゆく。

（ああ、あれは……）

白蓮の花ではないのか。誰かと一緒に見にゆく約束をしていた。この腕釧のように美しく見事な白蓮を見に——。

「佐保よ、しっかりいたせ！」

黄文王の声がやがて遠ざかっていった。


神亀六（七二九）年二月十日夜半——。

長屋を助けるため、宇合に会いに行くと言った長娥子が、佐保たちの待つ正殿の一室へ戻ってきた時、長娥子はすでに意識がなかった。

邸内にまだ残っていた帳内らが、間に合わせなのか、粗末な戸板に載せて長娥子を運んできた。その中の一人は、父長屋の側近大伴子虫だった。

「お母さまっ！　お母さまー！」

変わり果てた母の姿に驚愕した佐保は、長娥子の体にすがり付いた。

「気を失っておられるだけです」

子虫が痛ましそうに口を添えた。

「気を失われるとは、いったい、式部卿の許で何があったのか」

黄文王が噛みつくように尋ねた。

「それは……」

子虫が言いにくそうに口ごもっている。

「早く申せ」

黄文王の今にも感情を爆発させそうな勢いに圧（お）されたのか、

「実は……左大臣さま、内親王さま方ご自害の知らせをお耳になさり、その衝撃からお気を失われたとのこと」

子虫はかすれた声で報告した。

「何と、父上が！」

声は大きかったが、さすがの黄文王も顔色は蒼白だった。

「父上ーっ！」

山背王が声を放って泣き始めた。安宿王は何かをぐっとこらえるように、うつむいたまま、拳を握り締めている。

「お父さまが……佐保のお父さまが……」

佐保がまだ事実を受け止められず、半ば茫然とそうくり返していた時、

「父上を殺したのは、藤原の伯父たちだっ！」

黄文王が天を衝くほどの大きな声で叫び立てた。その言葉はそのまま、佐保の心に突き刺さるように響いた。

「佐保よ。大事ないか」

長兄の安宿王が気遣うように、佐保の傍らに寄って、その震える肩を抱き締めた。

「お父さまを殺したのは、藤原の伯父さまたちなの？」

「佐保よ……」

安宿王は答えあぐねたように、口をつぐんだ。

「お母さまをこんなに苦しめたのも、藤原の伯父さまたちなのね。叔母さまも関わっているの？」

「ああ、そうさ。そうに決まってる。藤原の者どもは決して許すな。あの者どもはずっと、狩人が獲物を狙うように、父上を狙っていたのだ！」

何も言わぬ安宿王に代わって、黄文王が怒鳴り立てるような声で答えた。

燭台の火明かりを受けたその両眼は、憎しみゆえに爛々（らんらん）と光っている。その兄の目に宿った憎しみが、そのまま乗り移ってきたかのように、その時、佐保の心に瞋恚（しんい）の炎が燃え上がった。

誰よりも優しく、佐保を慈しんでくれた父――。

正義感にあふれ、曲がったことを嫌う、自信に満ちた父の姿は、あたかも天に向かってまっすぐ伸びる大樹そのものであった。

その父が追い詰められて、自害した。

――藤原の血を引く者はもはや、我が敵なのだ！

確かに父はそう言って、すがり付く母を振り切ったのではなかったか。

「藤原の血を引く者は……我が敵――」

佐保は父の言葉をくり返した。

あの父が間違ったことを言うはずがない。ならば、藤原氏は敵なのだ。父の敵であるならば、佐保にとっても敵であるに違いない。

「わたしは藤原氏を許さない！」

佐保は体の底から突き上げてくる激情を、そのまま吐き出すようにして叫んだ。同時に、涙が両目から噴きこぼれてきた。が、それを振り払おうともせず、佐保は母を乗せた戸板の縁を、力いっぱい両の拳で叩きつけた。幾度も幾度も叩きつけながら、

「藤原氏は誰も許さぬ！」

と、くり返し叫んだ。

（お父さまを陥れた者は、一人として許しておかない。伯父さまも叔母さまも、誰一人として――）

びしっ――という、何かに亀裂の走る音を聞いたのは、その時だった。

左の手首に嵌めていた腕釧には、縦に一直線の罅が入っている。それで手の皮が擦り剝けたのか、血も出ているようだ。

「佐保、怪我をしたのか！」

どの兄の声だったのか、驚いて叫ぶ声がしたが、佐保はまったく痛みを覚えなかった。

だが、皮膚を破ってにじみ出る血の色を見た時、血の海に倒れた父や吉備らの姿がふっと浮かんだ。見てきたわけでもないというのに、それは記憶に焼きつけられたように生々しかった。

「ああっーー!」

佐保の唇から悲鳴がほとばしり出た。

その一瞬の後、佐保の意識はすうっと遠のいていったーー。


ーーわたしは藤原氏を許さない!

気がつくと、佐保は黄文王に支えられて立っていた。

「どうした、佐保」

兄の目の中には、気がかりそうな色がある。佐保は今、自分がどこで何をしているのか、はっきりと自覚した。

「黄文のお兄さま。わたしはすべてを思い出したわ!」

佐保はしっかりとした口ぶりで言った。その目はもう、兄の顔を見てはいなかった。

「藤原氏は……叔母上を皇后と為すためにーー」

「そうだ、佐保。あの腹黒い伯父どもは、本来皇族でなければ就けぬ皇后の座に、あの叔母を昇らせるため、我らの父上を殺したのだ!」

物事に潔癖であいまいさを許さぬ長屋は、先に皇太夫人宮子の呼称問題でそうしたように、光明子の立后にも反対したに違いない。

光明子が政敵藤原氏の娘だからではない。法や先例という原則を捻(ね)じ曲げて、横暴を振るおうとする藤原氏が許せないからだ。

（わたしも許すまい！）

体中に力がみなぎってくるのが、佐保には感じられた。あふれ出す場を求めて、体中の怒りが両拳に集まってくる。

佐保は突然、両手を振り上げると、目の前の壁を力任せに叩きつけた。

「佐保、よせ！」

慌てて、黄文王が佐保の手をつかんだが、佐保は乱暴にそれを振り払った。もう一度、叩きつけてやろうと、手を振り上げた時、眼差しがふと左手首の腕釧に留まった。

「あっ……」

補修されて見えなくなっていた罅の跡が、くっきりと目立つようになっていた。これ以上叩き続ければ、本当に割れてしまうかもしれない。

（虫麻呂……）

思い出した幼なじみの少年の顔が、今ではくっきりと脳裡に浮かんだ。

壊れると分かっていて、それをするのは、さすがに気が咎めた。佐保は振り上げていた手を、だらりと下ろした。

そのまましばらくの間、佐保は茫然と立ち尽くしていた。

（わたしの心には……わたし自身でも止めることのできない何かが棲んでいる）

佐保は下唇をぎゅっと強く嚙み締めて思った。

（瞋恚の眼を持つ悪鬼か、それとも、阿修羅の心を持つ邪神か。それがわたしの心の中で荒れ狂っている……)

自分はこんな恐ろしい心の持ち主だったのか。いや、本当に恐ろしいのは、それを知ってしまうことであった。己の本当の姿を認めたくなくて、自分は記憶の戸を閉ざしていたのではないか。

(でも、わたしはもう、わたし自身の阿修羅を止めることはできない)

胸中に荒涼と吹き荒れる憎悪の声は、二度とやむことはないだろう。

白蓮の腕釧――記憶と共に消えていたそれは、確かに今、手許にある。そして、自分の手首を飾っている。

だが、記憶を取り戻した代わりに、自分は何かを失ってしまった。

その激しい喪失感が佐保を打ちのめしていた。

六章　瞋恚（しんい）の炎

一

記憶が戻ってからの佐保は、その母長娥子のごとく、邸の中に引きこもるようになった。

それまで足を運んでいた悲田院への出入りもしなくなった。

「故左大臣の媛さまは、お母上と同じような病にかかられたそうな」

「何でも、亡くなったお妃さまの怨霊が憑（つ）いているそうではないか」

不穏な噂も、まことしやかにささやかれるようになった。

そして、間もなくその年は暮れて、天平四（七三二）年が明けた。引きこもっていた佐保が、数カ月ぶりに外出すると言い出したのは、その春のことである。

「皇后の許へ参るゆえ、輿（こし）の用意を――。それから、支度は念入りにしてちょうだい。装束も見栄えのする華やかなものがいいわ。唐紅の衣に若草色の裙、帯は山吹色のものを――。それに、簪（かんざし）もいちばん高価なものを用意しなさい。昔、お父さまが下さった翡翠の簪がいいわ」

佐保は侍女たちを呼びつけるなり、矢継ぎ早に指図をした。

いったい何があったのかと、侍女たちは顔を見合わせながらも、大慌てで佐保の命令に従い支度にかかる。仕舞い込んでいた翡翠の簪を取り出してきた侍女は、

「あの、媛さま。腕釧もこちらのものにいたしますか。こちらの品が、媛さまがお持ちの中で、最も高価な腕釧かと存じますが……」

と、おずおずと尋ねた。

侍女の手には、赤い輝石をはめ込んだ銀の腕釧が置かれている。西域から伝わったという、非常に珍しいその腕釧は、誰かが父に献上したものと聞いていた。

佐保は一瞬、迷うような表情を見せた後、

「……いえ、その腕釧は要らないわ」

と、断った。

今もなお、木彫りの腕釧が佐保の手首に嵌められている。

それは、華やかな衣装に身を包み、額に花鈿(かでん)を、髪に翡翠の簪を施した佐保の姿の中で、唯一みすぼらしい品であった。だが、佐保はそれを外そうとはせず、支度が調うと、輿に乗って皇后宮を目指した。

光明子は皇后宮の悲田院にいると、知らせが入っている。歩いてゆけぬ距離でもないし、前は侍女たちと共に歩いていったこともあるが、この日は特に輿を使った。

「皇后にわたしの訪(おとな)いを告げてきなさい」

皇后宮に近付くと、佐保は従者の一人を先に皇后の許へ走らせた。

それからも、ゆっくり佐保の輿は皇后宮へと都の大路を進み、やがて、皇后宮の敷地内の悲田院へと運ばれた。悲田院の前で佐保は輿から降りた。真っ白な絹の領巾をかけた佐保の顔を、侍女たちが翳(柄の長い団扇)で覆っている。翳は薄絹に鳥の羽根をつけた豪奢なものであった。

皇后宮の女官が挨拶に出てきたが、佐保は返事もしなかった。その態度に訝しげな表情を浮かべつつも、女官は光明子の許へ佐保を案内した。

「これは、佐保殿。よう参られた。体を悪くしたと聞いていたが、もうよいのですか」

椅子にゆったりと腰を下ろしている光明子は、穏やかな態度で佐保を迎えた。

佐保は侍女たちに合図をし、翳を下げさせた。

翳の奥から現れた佐保の双眸は、燃え上がるように激しく光明子に据えられている。

佐保の沈黙とその頑なな様子に、息のつまる思いを抱いたのか、

「風を——」

と、後ろに団扇を持って控える侍女に、光明子は命じた。窓は開いていたが、いつしか風は止まってしまっている。

すると、その直後、

「皇后さまにお尋ねしたいことがあるのです」

挨拶の言葉もなく、佐保が突然切り出した。

「わたしの父を死に追いやり、母をあのような病人にして、皇后に昇られたお気持ちはどのようなものですか」

光明子の顔は一瞬、蒼白になった。それから、まったくの無表情になった。

「なぜ黙っておられるのです」

厳しく追及するように、佐保が言った。

「わたしの父左大臣を排除したのは、藤原氏の立后を邪魔する恐れがあったからでございましょう。そうまでして皇后になりたかったのですか。それで、ご満足ですか」

光明子の双眸は風のない水面のように変化がない。

「皇后さまの善行は、うわべだけのものです！」

佐保は頰を紅潮させ、叩きつけるように叫んだ。

「この悲田院も施薬院もすべて、ご自分の一族が犯した罪を隠すための方便！」

刃のような鋭い言葉にも、光明子は何も言い返さない。

「皇后さまは『藤三娘』と署名し、印には『積善藤家』と彫らせたのだとか。それほどまでに、藤原氏の出であることが誇らしいのですか。皇后さまが藤原氏の娘だと言うのならば……」

佐保はそこでいったん息を吐くと、

「わたしは、王家の娘です！」

と、声を震わせながら叫んだ。血を吐くような、壮絶な声であった。

（この媛は――）

それまで変貌を見せなかった光明子の顔に、驚愕と苦痛が走った。

光明子は眩暈（めまい）をこらえるように、こめかみを手で押さえた。

「どうなさったのでございますか。もしや、わたしが吉備のお母さまに見えましたか。それとも、吉備のお母さまのお母上である元明女帝でございましょうか」

さらに切り込むように、佐保が言い募る。

死に追いやられた吉備内親王こそ、藤原氏を、そして、光明子を誰よりも憎んでいるだろう。

そして、その母である元明女帝は、もし生きていれば、皇室の威厳を守るべく、藤原氏出身の皇后など断じて許すはずもないのであった。

光明子がその負い目を抱いていることを、佐保は知っている。

（もしや、本当にこの媛には、吉備内親王の怨霊が……？）

光明子の慄きはもはや隠しようもなく、その表情にはっきり表れていた。

「たとえこの身に、藤原氏の血が流れていようとも……。わたしは王家の娘として、藤原氏の横暴を許すわけにはいきませぬ！」

最後にそう叩きつけると、佐保はやっと口を閉ざした。

（ああ、まるで……）

亡き女帝や吉備内親王から、言われたようではないか。

藤原氏の血を引く聖武を孫とも思わず、その即位を阻もうとした元明女帝、そして、皇后の座を狙う光明子に、夫の長屋と共に冷たい目を向け続けた吉備内親王――。

そして、今、目の前にいる佐保は、皇族の女王としての誇りに満ちている。その立場から、王家の血を引くことのない光明子を見下している。だが、それならば、負けるわけにはいかないのだと、光明子は気強く思い直した。

「そなたは何も分かっておらぬ」

佐保の火を噴くような瞳に向かって、腹の底から絞り出すような声で、光明子は言った。

「皇太夫人（宮子）さまや長娥子殿、そしてこのわたくし——藤原氏の女たちがどれほどの苦痛を強いられてきたか」

その時初めて、光明子の目に火が点った。そこに宿っているのは怒りであった。光明子の中に、ふだんは押し殺されている憤怒の炎が、一気に燃え上がろうとしている。

「皇太夫人さまが病に臥せっておられるのは、今の帝をみごもられた時、先の女帝たちから圧迫されたご心労ゆえじゃ。そなたの父君たる故左大臣とて、吉備内親王とは死を共にされながら、我が姉長娥子殿は見捨てられた。王家の者は皆、それじゃ！　今のそなたのように見下すがごとき眼差しで、我ら藤原の女を見る！」

光明子は思いの丈を吐き出すように言い切った。それでも、まだ両肩が激しく上下している。

皇室や皇族への怒りを口にしたのは、生まれて初めてのことであった。

（ああ、わたくしはこんなにも……）

王家の血を憎んでいたのか。それは、同時に藤原氏の血に引け目を感じていたということであった。いや、植えつけられてきたのだ。聖武の夫人として後宮に入って以来、ずっと——。

——皇后さまは、さすがは藤三娘と言われるお方にならねばなりませぬ。

不意に、母三千代の言葉が耳許によみがえって、光明子ははっと我に返った。

（さよう、たとえ兄上たちが罪を犯していたのだとしても、それを上回る善行を積むのだと、わたくしは決めたのじゃ）

「積善藤家」と印に彫らせたのは、藤原氏であることの誇りからではない。「藤三娘」と自署するのも誇りというよりむしろ、屈辱と痛みを忘れぬためであった。

冷静さを取り戻した光明子の眼差しが、すうっと佐保に注がれた。佐保の表情は蒼ざめていた。

「わたくしには何を言うてもよい。されど、先の言葉、長娥子殿にだけは言うてはならぬ。娘の口から、己の血を汚されるのは耐えられますまい」

血の気を失った佐保の唇がぶるぶると震えている。だが、きつく噛み締めたその唇から、言い返す言葉は出てこなかった。

「もうお帰りなされ。これ以上の話を交わしても、意味なきこと」

光明子は佐保に向かって告げた。

だが、佐保はなおも唇を噛み締め、光明子を睨みつけたまま、一歩も動こうとしない。

光明子は傍らに控える屈強な形（なり）の女官たちに、そっと目配せした。意を受けた二人の女官たちが、佐保を両側から挟み込む。

女官たちは左右から、佐保の腕に手をかけようとした。

「無礼な、控えよ！」

佐保はぴしりと鞭打つような声を出して言った。二人の女官たちの動きが止まる。

佐保は身を翻して、自らの足で部屋を出ていった。佐保が踵（きびす）を返したその時、袖がわずかに揺れて、その細い手首が露（あらわ）になった。

一瞬のことであったが、それは光明子の目に留まった。

（あれは、白蓮の……）

先日、挨拶に来た仏師が持っていたものだと、光明子は突然思い出した。

（白蓮は御仏の国の花、わたくしはあの花に恥じるようなことをしなかったか）

佐保の後ろ姿が消えてからもなお、白蓮の花は光明子の眼裏（まなうら）でかすかに揺れていた。

二

――わたしは、王家の娘です！

先ほど、佐保が光明皇后の前で叫んだ言葉が、福麻呂の耳の奥で鳴り続けている。

（媛さまは、記憶を取り戻されたのだ……）

薬師如来像に香華を手向けるため、皇后宮へ出向いた福麻呂は、たまたまその日、悲田院へ入る佐保の輿を見かけた。

ついその後を追いかけ、皇后の休息所の窓が開いていたのを幸い、皇后との会話を盗み聞いてしまったのだ。

今、悲田院から出て来た佐保は門前で、じっと輿を睨むように見据えている。そこには、佐保が乗って来た輿があり、従者や侍女たちが控えていたが、皆、目を伏せていた。

片方の眉がわずかにつり上がり、下唇を噛み締めた佐保の形相が、側に仕える人々を緊張させているのだろう。

だが、福麻呂はややあってから、思い切って佐保に近付いていった。

「媛さま」

振り返った佐保と、福麻呂は正面から向き合う形となった。

「そなたは……」

それなり、佐保は黙りこくったまま、福麻呂をじっと見上げていた。もしや記憶の戻った佐保に、自分の過去までが見抜かれてしまったのではないか。

「お忘れでしょうか。将軍万福の息子で、仏師の福麻呂と申します」

不安と期待の双方を抑え込み、福麻呂は静かな声で挨拶した。

佐保はなおもしばらく無言でいたが、やがて、

「……ええ、覚えているわ」

と、かすれた声で応じた。それから、やや躊躇うような様子を見せた後で、

「そなたの名は……福麻呂というのでしたね」

と、福麻呂の顔をじっと見つめながら確認した。福麻呂と口にした時の声が上ずっている。

――そなたは、本当は虫麻呂ではないの？

静かに燃える瞳がそう尋ねているように見え、思わず福麻呂は目をそらした。

「はい。さようにございます」

そう答えると、佐保の方は見ぬまま、頭を下げた。

――これまでのことはなかったことと考えよ。

かつて人を介して聞いた安宿王の言葉に、佐保の言葉が重なって鳴り響いてくる。

――この腕釧のように、いつもわたしの……佐保の傍にいて。

その約束だけは、せめて守らせてほしい。ただの仏師福麻呂として、佐保の傍にいられれば、

それで十分なのだ。

胸を熱く焦がす思いを、福麻呂は必死に抑えた。

「ところで、媛さまは覚えておいでございましょうか。かつてお会いした時、新しい仏像を作ったら見せてほしいとおっしゃったことを――」

福麻呂は思い切って話題を転じた。佐保は無言でうなずいた。

「この度、お見せしたいのは、わたくしめの描いた釈迦如来像の下絵にござりまする」

「なぜ下絵を、わたしに――?」

佐保は目を瞠って、福麻呂の顔をじっと見据えた。

「媛さまがお気に召した仏像を、お作りしたいと思いまして――」

「官の造仏所で働くそなたが、なぜ、そのようなことを――?」

佐保の眼差しが鋭くなる。福麻呂は答えに窮した。

「もしや、そなた。わたしが誰の娘で、いかなる境遇か、知っているのではありませんか」

「それは……」

知らないと答えるのもおかしいが、佐保の問いかけの意図が分からず、福麻呂は口ごもった。

すると、

「そなたも、わたしの境遇に哀れみを抱いたというわけね。だから、かわいそうなわたしのために、釈迦如来像を作ってやろう、と――」

と、佐保が言い出した。その表情にはすでに怒りの色がある。福麻呂はたじろぎ、

「媛さま、決してそういうわけでは……」

しどろもどろになるばかりで、今度はまともな言い訳一つできなかった。

もうよい――というように、佐保は手を左右に振った。

「そなたの釈迦如来像を見るのはやめます。先の薬師如来像から、その見事さは十分に想像できる。けれど、わたしの醜い心は、尊い釈迦如来では救っていただけない……」

「媛さま……」

「わたしがこの世で救いの光を見ることはないでしょう。でも、それでよい。わたしはそういう道を歩むと、自分で決めたのだから……」

福麻呂の耳に、先ほど光明子を詰(なじ)っていた佐保の声がよみがえった。

佐保はあの道を選んだというのだろうか。呪詛と憎悪を道連れに、修羅の世を渡ってゆく人生を――自ら救いがないと言う孤独な生を、選んでしまったというのか。

(御仏よ――)

福麻呂は瞼を伏せた。その奥に、自らが描いた釈迦如来像の姿が浮かび上がってくる。

だが、釈迦如来では救われぬという佐保の言葉がよみがえり、福麻呂の眼裏から如来の姿は消え失せてしまった。

(御仏は媛さまを救ってくださらないのか)

胸に激しい痛みを覚え、それをこらえようと、福麻呂は懐をぎゅっとつかんだ。そこに入れてきた下絵の紙が、ぐしゃりとつぶれる音がした。その直後、

――山川草木国土悉皆成仏(しっかいじょうぶつ)。

福麻呂の脳裡に、その言葉が唐突に浮かんだ。父の万福から教えられた言葉で、最近、はや

り出した経典『法華経』に載っているらしい。一切衆生の成仏を謳い、皇室や貴人の間でも人気が高い経典だった。

仕事柄、貴人や僧侶と付き合いのある万福は、経典の教えを聞きかじっていた。仏像を作るのに役に立つだろうと、福麻呂に嚙み砕いて教えてくれることもあった。

「媛さまは、『法華経』の『山川草木国土悉皆成仏』という経文をご存じですか」

『法華経』の法華とは、天竺（インド）の言葉で言う白蓮の花を、漢語に翻訳したものだと、万福は教えてくれた。

かつて、佐保が最も好きだと言った白蓮の花――その名を冠する尊い経典が、あらゆるものを救うと述べている。ならば、どうして佐保が救われないことがあろう。

「そなた、『法華経』を読めるのですか」

佐保は経文よりも、福麻呂が法華経を知っていることに、関心を示した。

「いえ。父から聞いた話で、わたくしが読んだわけではありませぬ」

「そう……だったわね。そなたには父君がいるのでしたね」

佐保の表情に寂しげな翳が落ちた。が、たちまちそれを振り払うと、

「『法華経』も、わたしには必要ないわ」

と、佐保はきっぱりと言い切った。

「わたしの望みは救いではなく、報いなの。わたしは見たい。お父さまを陥れ、我が家を滅亡させた者たちが、報いを受けて苦しむさまを――」

「媛さま……」

なおも何か言おうと、福麻呂が乾いた唇を舌で湿していると、

「もういいと言っているでしょう！」

佐保が甲高い声で叫んだ。

「今のわたしには、そなたのその哀れむような眼差しが、腹立たしいのです！」

佐保はそう言い捨てると、傍らで待つ輿に乗ってしまった。

輿が動き出した後も、佐保はただの一度も福麻呂の方を振り返りはしなかった。

三

（おれはあきらめません――）

福麻呂は佐保と別れた後、造仏所へ戻ってからもずっと、そう胸に唱え続けた。

救いを求めていないというのは、誤った思い込みである。この世に生きる人で、救いを求めぬ者などいない。まして、佐保のようなつらい目に遭った者であれば、なおさら。

造仏所へ帰ってから、福麻呂は父万福やその弟子の仏師たちの描いた下絵を、片っ端から調べ始めた。

（どこかにいるはずだ。媛さまを救ってくださる御仏さまが――）

そして、福麻呂は数日後、ある絵を見出したのであった。

如来でも菩薩でもなく、仏法を守護する八部衆の神である。

――阿修羅。

戦いを好む天竺の戦神（いくさがみ）であったが、釈迦の説法を聞いて改心し、八部衆に加えられた。顔は三面、腕は六本、通常は目を背けたくなるような、厳（いか）めしい怒りの形相で描かれる。

だが、その下絵を目にした瞬間、

（これだ！）

という衝撃が、福麻呂の全身を走り抜けた。

その表情が、あの時の佐保を髣髴（ほうふつ）とさせるのだ。父の敵の苦しむさまを見たいと、言い捨てた時の佐保を――。

よく見れば、顔のつくりそのものは似ても似つかない。だが、傷つき、荒れ狂う鬼神の顔は、自分ではどうすることもできぬ瞋恚の炎に焼かれる、佐保の内面そのものであった。

（これを、媛さまにお見せしたい）

福麻呂はそう思い立つと、居ても立ってもいられなくなった。この阿修羅であれば、佐保の心も動くのではないか。

福麻呂は阿修羅の絵を白布に模写すると、それを携えて、佐保の暮らす邸を訪ねた。

安宿王に会ったら見咎められ、追い払われるかもしれない。

それでもいいと、福麻呂は覚悟を決めた。佐保の心に巣食った苦悩は、そのような遠慮や逡巡を振り払うほど大きなものである。

「造仏所の仏師万福の息子の福麻呂といいます。佐保媛さまに、仏像の下絵をお持ちいたしました」

佐保自身から対面を拒否されるかもしれないと、身構えていたが、意外なことに、福麻呂はすんなりと佐保の居室へ通された。だが、そこへ至るまでに歩かされた廊下は、無人のように静まり返って、どこか不気味だった。

佐保は椅子に腰かけたまま、福麻呂の挨拶を受けた。表情に、燃えるような怒りはなかったが、その両眼には焦燥と苛立ちが宿っている。

「これをお見せしたくて、ご無礼を承知で伺いました」

福麻呂は懐から阿修羅を描いた布を取り出し、佐保に手渡した。

「これは……？」

佐保は思いがけぬ様子で、絵にじっと見入っている。

「仏法を守護する八部衆の一体で、阿修羅にござります」

阿修羅はもともと悪神だったが、釈迦の説法によって改心したという逸話を、福麻呂は簡単に説明した。

「そういえば、昔、その話をお父さまからお聞きしたことがあったわ……」

三面六臂の阿修羅像を見るのは初めてなのか、佐保はじっと下絵に見入っていた。ややあってから、ふと思いついたように、

「でも、悪神であったというなら、わたしにはふさわしいかもしれない」

と、佐保は呟いた。そのうち、佐保の口許には皮肉な笑みが浮かび上がってきた。福麻呂は思わず目をそらして、

「わたくしめはそのようなつもりでお見せしたのではありませぬ。人の弱さは、御仏によって

でしょう」

「怒りも憎悪もわたしの馴染みの友です。わたしも今、この阿修羅のような顔をしていること

だが、佐保の皮肉な微笑は、徐々に顔全体へと広がってゆく。

必死に訴えた。

救われるべきものと思いますれば――」

「媛さまが……お父上さまを陥れた人々を怨むのは、道理でございます」

福麻呂は佐保の顔に目を戻した。佐保は笑っているというより、泣いているように見えた。

佐保は福麻呂とは目を合わせようとせず、呟くように問うた。

「そのように、人を怨むわたしでも救われると、そなたは思うの？」

「はい！」

福麻呂は声に力を込めて答えた。

「その、うまくは言えませぬが……。今の媛さまは、御仏に出会う前の阿修羅と同じなのではないでしょうか。ならば、阿修羅が救われたように、媛さまもまた――」

「そう……かしら……」

頭ごなしに否定することもなかったが、福麻呂の言葉に納得したようでもない。

「阿修羅はわたしの胸の内にいる。お母さまやお兄さまたちのお心の中にも、きっと――」

佐保は阿修羅の下絵に目を落としたまま、福麻呂に言うともなく呟いていた。

「わたしはお父さまの死を思っても、涙さえ出てこないの。お母さまもそう。わたしは悲しみよりも怒りが先に立ち、お母さまはきっとあきらめが先に立っているのでしょうね」

「それは、お悲しみが深すぎるせいでございまする。されど、そのすべてが御仏のご意思なのでございましょう」

福麻呂は思わず身を乗り出して、一言一言を噛み締めるように必死に語っていた。佐保の眼差しが阿修羅から福麻呂へと戻ってきた。皮肉な微笑はもう浮かんでいなかった。

「今日は、よいものを見せてもらいました」

佐保は素直な気持ちの表れた声で礼を述べ、福麻呂に絵を返した。その時、袖口から見覚えのある腕釧が、福麻呂の目に飛び込んできた。

(今もまだ、その腕釧を嵌めてくださっているというのに……)

福麻呂の直した腕釧の鏄が、また以前のように、白蓮を断ち割って一直線に走っている。それが癒すことのできぬ佐保の心のようで、福麻呂は無性に悲しかった。

「媛さまはもう……御仏の救いを信じておられないのですか」

福麻呂は率直に尋ねた。

「そうではなく、人を憎むわたしに、御仏が手を差し伸べられるのはおかしいと、思うだけよ」

佐保はこれまでよりはずっと穏やかな声で告げた。

「媛さま……」

「それでも、この阿修羅像は気に入ったわ。わたしのために作ってくれるのなら、如来像より阿修羅像の方がいい」

そう言い切った佐保が、最後に見せたのは、唇をきゅっと引き結んだ悲しげな表情であった。

(耐えようとしておいでなのだ……)

誰一人、理解してくれる者もいない孤独の中で――。

その時の佐保の顔は、邸を辞して造仏所へ帰ってからもなお、福麻呂の脳裡に焼きついて離れなかった。

（おれは媛さまのために、何もできないのか）

傍らにいるという約束以外には、何一つ――。

阿修羅の顔と、佐保の顔とが重なって見えた。

傷つきながらも必死に救いを求めている顔だと、福麻呂には思えてならなかった。

四

藤原大納言邸に長娥子を訪ねて一人の男が現れたのは、長屋親王の変から四年が経（た）とうという、天平四（七三二）年も末の静かな昼下がりであった。

大納言家の邸内に、素性の知れぬ者が出入りすることはできない。その男は堂々と名乗って門をくぐったのではなく、築地の塀を乗り越えた挙句、つかまえた侍女を脅（おど）した。

「どうしても、御方（おかた）さまにお伝えしなければならぬことがあるのだ」

容易く塀を乗り越えられるほど、身軽で屈強な形（なり）の男である。

「そなたは……」

長屋親王が死ぬ前から長娥子に仕えるその侍女は、男の顔に見覚えがあった。

「左大臣さまの帳内だった、大伴子虫殿……」

侍女は懐かしい再会に喜ぶどころか、幽霊にでも出くわしたような表情を見せた。それほど、頬の削げた子虫の顔は切羽つまった様子に見える。

「そなた、今は何をしているのです」

警戒を強めて、侍女は詰問した。

「左大臣さまの事件で、わしは連座には処されなかった。しばらくして配置換えとなり、今は左兵庫にて少属を務めている」

左兵庫少属と言えば、八位の官位を持つ役人である。

侍女はようやくほっとしたような表情を浮かべたが、

「それならば、きちんと名乗ってから、御方さまにお目通りを願えばよいではありませぬか」

と、子虫を責めた。

「名乗れば、会わせてもらえるのか。藤原大納言（武智麻呂）は、御方さまに左大臣さま所縁の者が近付くのを、警戒しておらぬのか」

「それは……」

侍女の表情に躊躇いが生まれた。そこを子虫は一気に攻めた。

「誰にも知られぬよう、御方さまに会わせてくれい。大事な御用があるのだ」

「でも、御方さまは今、ふつうに話のできるような状態では……」

「それでもかまわぬ。わしはただ、自分勝手にお話しできれば、それで気が済むのだから
——」

「確かに、お話をするだけですね」

　そうしたやり取りの末、子虫は結局、侍女一人の説得に成功した。

　子虫は邸内の最も奥まったところにある長娥子の居室――というよりも、今では病室になった部屋へ案内された。

　中は薄暗く、頭の奥が痺れそうなほど、薬草を焚いたきついにおいがした。子虫はじっと耐え、目と鼻が慣れるのを待った。

　それから、人に聞かれてはならぬ話だ――と、厳しい顔つきで言い、取次ぎ役の侍女さえ遠ざけてしまった。

「御方さま……」

　誰もいなくなった部屋で、子虫は長娥子と二人きりになった。

　左大臣家に出入りしていた頃、どれだけ長娥子とこうして会うのを夢見たことであろうか。長屋親王に忠誠を誓う従者の一人としてだけでも、長娥子に認められたかった。励ましの言葉一つ、礼の言葉一つだけでもかけられたかった。

　だが、当時、そうした機会に恵まれることは、まったくなかった。

　そして、皮肉にも、長屋親王が無実の罪を被せられ、死んだ。

　その時、子虫は長娥子を救い出すという大役を果たした。だが、茫然自失の体だった長娥子が、果たして子虫の功績を理解し得たかどうか。

　事件の翌年、子虫が左兵庫に転属した時も、長娥子は正気を取り戻していなかった。その後は一度も、長娥子を訪ねていない。長娥子が子虫を忘れていても不思議はないし、いまだに正気ではないかもしれない。

それでも、子虫は長娥子に言わねばならなかった。

――それがしがおります。左大臣さまの仇を討つ者として、この子虫めがおります、と――。

だが、ここまで来て、子虫は寝台に横たわる長娥子の姿を、まともに見ることができなかった。枕元まで寄ってゆくこともできず、子虫は長娥子の足元にうずくまるようにした。

「お懐かしゅうございまする。これまでの無沙汰をお許しくださりませ」

子虫は床に額をつけて言い、鼻をすすった。

「……そう」

ややあってから、場違いとも思われる気楽そうな返事があった。

(やはり、御方さまは……)

子虫は先ほどの侍女の言葉が真実であることを、認めぬわけにいかなかった。

「御方さまに、聞いていただきたいことがございます」

子虫はその姿勢のまま切り出した。長娥子の今の姿は、まともに見つめるにはあまりに忍びない。

「御方さまもご存じでいらっしゃいましょうが、左大臣さまはまったくの無実にございました。あの夜、お側におりましたそれがしは、左大臣さまのお言葉をお聞きしております。左大臣さまが罪に問われたのは、密告と証の品があったからと申しますが、そのからくりも見えておりまする」

子虫の胸に常にくすぶっている怒りと憤りに、その時、火が点いた。子虫は昂奮して、叫ぶように言った。

「左大臣さまと正妃さまの御名で、献上された柑子の袋に！」

だが、そこまで語った時、子虫ははっと我に返った。

つい言わずもがなのことまで口走ってしまった。その献上品を送ったのが長娥子だと推測される以上、いくら相手が正気でないとしても、口にするべきではない。子虫が冷静さを取り戻して、そう思い直した時、

「何ゆえ、言うのをやめるのですか」

冷たい声がして、子虫の体を凍りつかせた。

「御方さま！」

子虫は思わず顔を上げた。いつの間にか、上半身だけ起き直っていた長娥子は、昔と変わらず美しかった。だが、子虫に向けられたその顔は、病人らしく蒼ざめている。

子虫の眼差しは、一瞬で長娥子に惹きつけられた。と同時に、物の怪にでも出くわしたような恐怖も覚えた。口も利けなくなっている子虫に、

「はっきりと言ってください。わたくしはずっと待っていたのです。わたくしを断罪してくれる者が、現れるのを――」

と、長娥子は続けて言った。

「その袋に、細工がされていたのでしょう。親王さまが左道を行ったという証が……」

子虫はそうだと言うこともできず、凍りついたまま、ただ長娥子から目をそらすことができずにいた。

「わたくしのせいです……」

構わずに、長娥子は言った。

「その柑子を実際に献上したのは、わたくしです。親王さまと内親王さまの御名を勝手に使わせていただいたのも、このわたくし――」

穏やかな声で、まるで歌うように言うのが、子虫には空恐ろしく感じられる。

だが、次の瞬間、長娥子の様子は一変した。黄泉の国から立ち戻ってきたかと思われるような、凄まじい形相を見せたかと思うと、

「すべて、わたくしのせいなのです！」

と、切れ長の目に、蒼い炎を燃え上がらせて、泣き叫ぶように言った。そして、

「親王さまが無実の罪を被せられて殺されたのも、吉備内親王さまと王子さまたちが命をお断ちになったのも、すべてこのわたくしの……」

と言うなり、顔を覆って、さめざめと泣き出した。

その嗚咽には狂おしいまでの悔いと、拭い去りようのない孤独感がにじみ出ている。胸を切り刻むようなその思いが、長娥子をして、魂を失った病人のように見せていたのだと、子虫は知った。

長娥子の言葉は理に適っている。もしかしたら、長娥子はずっと正気だったのではないか。

「さようなおっしゃりようは、おやめくださいませ」

思わず子虫は口を挟んだ。そして、必死に長娥子を弁護した。

「悪人というものは、どこにでも隙を見つけ出し、そこに食いついてくるもの。たとえ、御方

さまが柑子を左大臣さまの御名で献上なさらなくとも、他の何かにつけ込まれていたことでしょう。ゆえに、もうご自分をお責めにならず……」

子虫は必死に言って、再び頭を下げた。長娥子の嗚咽はひっそりと静まっていったが、返事はなかった。

「それがしが――この大伴子虫めが、左大臣さまの無実を証し立ててみせまする」

子虫は両手を前の床につき、上半身を起こしたまま、顔だけは下を向いた姿勢で、一語一語を区切るように告げた。

「罪の証を立てることはたやすい。されど、無実の証を立てることは、ずっと難しいことでしょう」

涙を払った長娥子の物言いは、冷静で聡明な人のものであった。

やはり、この四年間の長娥子はずっと正気だったのだと、子虫は確信した。あまりに重すぎる自責の念が、長娥子からふつうの人生を送る気力を奪っていただけだったのだ。

「御方さま、この事件には密告者がおります。無論、でっちあげでしょう。つまり、その者に口を割らせさえすれば――」

「密告者……」

長娥子の眉がかすかにひそめられた。

「それは、中臣東人と申す者ですね」

「さようにございます。御方さまはご存じだったのでございますな」

長屋親王の変後、無位からいきなり五位に叙任されたその異常な出世は、世間には公表されなかったが、長屋を密告した功に決まっていた。

だが、それがでっちあげにせよ、どうして中臣東人が密告者となれたのか。

帝を信じさせるだけの理由があったはずである。長屋親王と関わりのない無位の者の密告を、いくら藤原四卿でもそのまま取り上げるとは思えない。

「あの男……。わたくしは、あの男だけは、許すことができませぬ！」

長娥子が突然、激して言った。

「親王さまの命を奪ったのは我が兄弟（はらから）たちですが、政（まつりごと）の世界の厳しさはわたくしにも分かります。親王さまに油断があったのだと言うこともできましょう。わたくしが騙されたのも、わたくしが愚かなせいで、騙した者だけが悪いのではない。されど！」

長娥子の双眸が再び燃え上がった。が、それは先ほどとは違う憤怒の炎であった。長娥子はもう泣き出したりはしなかった。

「わたくしの子供たちを、つらい境遇に落としたことだけは、許せませせぬ！」

謀叛人の子——長娥子の子供たちには、生涯、その名が付いて回る。そして、一生、父を殺したのが母の実家の者であるという、終わることのない苦痛に付きまとわれる。

長娥子の怒りの形相を見るに耐えず、子虫は思わず目を伏せていた。恐ろしかったからではない。むしろ、今の長娥子の面（おもて）が近付きがたいほどの美の力でもって、自分を縛るのではないかと思われたからであった。

「あの中臣東人が、親王さまと内親王さまの御名で柑子を献上するよう、わたくしをそそのかしたのです。皇太子の病状が篤くなれば、親王さまにあらぬ疑いがかかるかもしれぬ、その時、柑子は親王さまが皇太子のお体を案じていた証になると申して……」

「何と……」

「東人が柑子を届けました。罰当たりな左道の細工を施したのは、あの男に違いありませぬ！」

「御方さま！」

子虫はその場で、床に頭をこすり付けた。

「それがしはあの男の異常な出世が、左大臣さまの事件と関わりがあるのではないかと、怪しんでおりました。ただ、どうやって謀叛をでっちあげたのか、それが分かりませなんだ。されど、御方さまのお言葉ですべてが明らかに――。ゆえに、後のことはもう、この子虫めにお任せくださりませ」

「あれは、悪賢い者。かえって足下をすくわれ、そなたの身が危うくなるやもしれませぬ」

長娥子が自分の身を案じてくれる――子虫はもうそれだけで、自分の人生は十分満たされたと思うことができた。

「それがしは左大臣さまに殉ずる覚悟でございました。されど、左大臣さまがお許しにならなかった。ゆえに、誓ったのでございます。たとえ、五年、いや、十年、二十年かかろうとも、左大臣さまの濡れ衣を晴らしてみせる、と――」

子虫は激情を押し殺した、静かな声で続けた。

「いつの日か、子虫めの成し遂げた仕事をお耳になさり、よくやったとお思いくだされば、幸いでござりまする」

もう二度と、お目にかかることはありますまい――最後にそう付け加えて、子虫は立ち上がった。

長娥子からの言葉はなかった。そっとうつむき加減になり、横を向いている。が、その袖口が目の辺りに押し当てられているのを、子虫は燭台の火が映し出した影で知った。

（これ以上、何を望むことがある）

子虫は振り返るのをこらえ、そのまま足早に長娥子の居室を立ち去った。

「ううっ！」

こらえきれず目頭を袖でこすったのは、長娥子の部屋を出て二十歩も進んだ頃であった。案内してくれた侍女は無論、その他の人影も見えなかった。

だが、その時、思いもかけず、横ざまから声がかかった。

「そなたは、誰――」

傍らの扉がいつの間にやら、音もなく開いていた。

子虫は軽い身ごなしで、さっとその場から跳び退（の）いた。

「あら、そなたは……」

若い女の声であった。子虫は顔を上げ、そのほっそりとした立ち姿に、思わず目を吸い寄せられた。

侍女であるはずがない。上等な紅の上衣に、蒼の裙（くん）の鮮やかさが、ひときわ豪奢であるのもそうだが、何より顔立ちの気品が違う。長娥子に少し似ているが、それに若さと勝気さが加わって、長娥子以上に人目を惹きつける華やかさに彩られていた。

「覚えているわ。そなた、お父さまにお仕えしていた帳内。名は確か、大伴……」

「子虫めにござりまする。媛さま」

長屋から白蓮にたとえられていた娘、佐保媛だった。

「何ともはや、ご立派になられましたなあ」

子虫が最後に見た時はまだ十三歳の少女であった佐保も、間もなく十七歳の春を迎えようという妙齢の乙女である。子虫には、その姿がまぶしすぎた。

「そなた、何をしにここへ来たの」

「それは……」

子虫は言いよどんだ。

「お母さまに会いに来たのね。でも、お母さまはふつうではなかったでしょう」

「い、いえ。それが……」

どう答えたものか。子虫が言いあぐねていると、

「ちょっと来て」

佐保が戸を大きく開けて、中へ入るよう子虫を強く促した。子虫は少し躊躇ったが、ちょうどその時、少し離れた所に人の気配がするのを敏感に察した。

やむを得まい。子虫は佐保の居室へするりと身を滑らせていた。

佐保から勧められた椅子に、子虫が落ち着きなく腰を下ろすと、

「わたしは記憶を取り戻したの」

と、佐保は言った。

「だから、わたしは大事ありません。お母さまに何かあったのなら、すべて話してちょうだい」

熱心に言われて、子虫はようやく意を決した。

「御方さまは、お心の病にかかっておられるわけではありませぬ」

子虫が思い切って言うと、さすがに佐保は顔色を変えた。

「何ですって！」

「左大臣さまが無実の罪を被せられたのを、ご自分のせいだとおっしゃっておいででした」

「お母さまが！」

「はい。されど、媛さま。決して御方さまをお責めにはなられますな」

と言い置いて、子虫は自分の知る限りの事件のあらましを、佐保の前で明らかにした。

基皇太子のため、長娥子が柑子を献じたこと、それが陰謀に利用されてしまったこと――ただ、秘めておいたのは中臣東人という仇敵の名と、自身の長娥子への想いばかりであった。

「それで、お母さまはご自分をお責めになって……」

「御方さまのお心の支えとなって差し上げてください。媛さまにしかできぬことでございます」

「ええ、もちろんよ」

子虫の必死の願いは、そのまま佐保の心にまっすぐ通じたようであった。

「これで、安堵いたしました。それがしは心置きなく、左大臣さまの仇討ちに打ち込むことができまする」

佐保ははっと顔を強張らせた。

「仇討ちって、そなた、藤原の伯父たちを殺すつもり？」

子虫は静かに首を横に振った。

「確かに、世間では左大臣さまを陥れたのは、藤原四卿と言われておりまするが……。それがしがこれと思う真の仇は別におりまする。四卿を動かした者がいるのです」

「それは、いったい……」

「そのことについては、媛さまのお耳を汚す必要はありませぬ。それがしがすべて片をつけまするゆえ、媛さまは仇討ちのことなど、お考えになられますな」

「でも、わたしは藤原の伯父たちと皇后を許すことができない」

佐保は呻くように言って、唇を噛み締めた。

「もし、四卿や皇后さまが企みに関わっておられたならば、いずれ天が裁いてくださるでしょう」

これが、今の子虫に言える精一杯の言葉であった。

「あの方々は、それがしなどには仇討ちの相手とも考えられぬほど遠いお方。それに、あの方々を傷つければ、御方さまがお苦しみになる……」

最後の方は、聞き取りにくいほど小さなささやきであった。

佐保は黙って子虫の言葉を聞いていたが、ややあってから、

「そなた、妻はいるのですか」

と、突然問いかけてきた。子虫は仰天した。

何か感づかれたかと慌てたが、佐保の目に子虫の心中を探ろうとする色はない。子虫が仇討ちを果たした時、その家族が苦しむのではないかと案じてくれただけのようであった。

「ずっと昔、付き合いのある女はいましたが……。これから先も危うい道を行くのですから、妻を持つつもりはありませぬ」

子虫は正直に答えた。

「そうですか。妻や子がいるのなら、ここに呼ぼうと思ったのですが……」

「お心遣い、かたじけのう存じます」

ありがたい言葉に、子虫は深々と頭を下げた。それから頭を上げようとした時、佐保の膝の辺りで、ふと目が止まった。

「おや、それは……」

子虫の目は佐保の手首に吸い寄せられていた。そこには、見覚えのある腕釧が嵌められている。

「前に嵌めておられた腕釧ですな」

「ああ、これですか……」

佐保は袖を少しまくって、自らも腕釧をじっと見つめた。

「その白蓮には、確かに見覚えがございます。なれど、その腕釧は悲田院の若子(わくご)に返したのではありませんか」

「それは、どういうことですか！」

佐保は顔色を変えた。同時に、子虫はうっかりと口を滑らしたことに気づいた。かつて、子虫が安宿王の使いとなって、悲田院の少年に会いに行ったことを、佐保は知らないのだ。

「きちんと説明してください」

佐保から厳しい表情で迫られ、子虫は真相を話さねばならなくなった。

佐保は子虫のしどろもどろの話を黙って聞いた後で、

「では、虫麻呂は今も興福寺の悲田院にいるのかしら」

と、蒼い顔をして尋ねた。

「いえ、それがしも気になって、あの後、もう一度だけ悲田院に様子を見にいったのですが、あの若子は養子にもらわれたということでした」

「養子に……」

「何でも、手先の器用さを買われて、職人か何かの家にもらわれたのだとか」

子虫の記憶も、細かい部分はあいまいだった。何の職人だったかは覚えていない。

「そう……ですか」

佐保は思いつめた表情で黙りこんだ。そのほっそりした指がおそらく無意識のうちに、腕釧の鏄をそっとなぞっている。その仕草を見つめていると、子虫は心の中で固まっていた何かが、ゆっくりと溶け出してゆくような懐かしい気持ちに駆られた。

子虫は我知らず、腰に佩いた短剣の鞘に手を当てていた。佐保の腕釧と同じような木彫りの鞘だ。木陰にひそむ虫の絵柄が精細に彫り込まれている。

「それでは、それがしはこれにて——」

やがて、子虫は名残惜しさを振り切るように立ち上がった。そして、最後にもう一度、黙って一礼すると、佐保の部屋から静かに立ち去っていった。

広い大納言邸の庭を誰にも見つかることなくすり抜けてしまうと、子虫は来た時と同様、築地の塀を難なく乗り越えて外に出た。その時にはもう、夕陽が生駒山の山裾にかかる頃合となっていた。

四条二坊にある大納言邸を出た子虫はその足で、進路を南にとった。高位の貴人たちが住まう地域を抜けると、やがて、中流官人たちの小家が立ち並ぶ地域となる。子虫はそこをさらに突っ切って、役夫（えきふ）や庶民たちの家が立ち並ぶ七条辺りを目指した。

そこにある一軒の食事処「囲碁亭」へ入る。

うまい干物を割合安く食べさせるので評判の店であった。無論、庶民が出入りすることは難しい。五位以上の官人なら頻繁に顔も出せるだろうが、子虫のように官位の低い官人では、ひと月に一度、魚にありつければよい方であった。

それでも、子虫は収入をやりくりして、なるべくこの店に顔を出すようにしている。

ここは、店の主人が囲碁をたしなむため、囲碁好きな客が集まるのでも知られていた。食事の前後に、碁局（ききょく）（碁盤）を並べる。

無論、賭けも行われたし、うまく勝つことができれば、その日の食事が無料になることもあった。

子虫も囲碁をする。なかなか強いので評判になり、最近はよく賭け勝負を申し込まれた。特に、子虫よりも身分や地位のある者は、子虫に負けるのが悔しいのか、弱い者ほど次々に勝負を申し込んでくる。

「おお、やっと来たな」

子虫がこの日、食堂に入ると、この店の常連客である男が大きな声を上げた。薄い眉に、細い目のつり上がった痩せ気味の男で、年齢は子虫と同じ四十歳前後であろうか。子虫よりもよい形をして、羽振りもよさそうである。

「これは、中臣東人さま。また、それがしに勝負を挑まれるのでございまするか」

子虫は愛想笑いを浮かべて、男に近付いていった。

「おう。無論よ。この前は痛い負け方をしたからのう」

東人は相変わらずの大声で言う。

「あれは、それがしの運がよかったのでございまする。腕前だけを申せば、それがしは東人さまに敵うものではありませぬ」

子虫は、左大臣家に仕えていた頃には見せたこともない卑屈な上目遣いをして、東人を見た。

「その通りよ。よし、今日は必ず鮮やかな手で勝ってみせるぞ」

「これは、恐ろしいことでございますな」

子虫はわざと、相手の機嫌を取るように笑ってみせる。

(御方さま、いましばらくお待ちくださいませ。必ずやこの男の口を割らせ、動かぬ証を引き出してやりますぞ。亡き左大臣さまの仇は、きっと討ってみせまする!)

その胸中の暗い炎を押し殺して、子虫は棊局と棊子(碁石)を中臣東人の前に置いた。

七章　西金堂建立（さいこんどうこんりゅう）

一

天平五（七三三）年正月――。

この頃、光明皇后の生母にして、聖武天皇の乳母（めのと）でもある橘三千代の容態が悪化していた。

宮中は正月気分に浮かれることもなく、大きな不安に包まれている。

三千代は、皇后宮で療養するように――という光明子の誘いも断って、亡父不比等と同居する前から所有していた自らの邸で療養していた。

光明子は正月の行事が終わった後は、ずっと母の傍に付ききりで看病している。

一月も十日になると、もはや快復は望めないと、医師は告げた。

「母上さま！」

光明子はすでに意識もあいまいな母の傍らで、動揺を隠し切れなかった。日ごろ、冷静な光明子が烈しい感情を面（おもて）に出すのは珍しい。

五年前、やっと授かった待望の皇子を亡くした時は、さすがの光明子も母としての嘆きを隠さなかった。だが、今はその時と同じくらい、いや、その時以上の取り乱しようである。

「わたくしを置き去りになさるのですか。なりませぬ、母上さま。母上さまはいつもわたくしと一緒にいてくださらねば――」

横たわる母の体にすがり付きながら、光明子は必死に語りかけた。

「皇后さま、どうぞお静まりを――」

「母君さまはお休みでございますゆえ……」

女官たちが光明子を三千代から引き離そうとしても、光明子は頑として母の傍らに留まり続けた。

「……おおきさき、さま」

その時、それまで眠っていた三千代がわずかに目を開けた。熱が少しあるせいか、吐く息も熱っぽく感じられる。

「二人きりに……してください」

頼んだのは三千代であった。死を控えた者の切なる願いに、女官たちも医師も黙って従った。

「わたくしはもう、長くありますまい」

三千代はまるで、先ほどの医師とのやり取りを聞いていたような口ぶりで言った。

「あと一日か、二日か。あなたさまには、その時までに覚悟をしてもらわなければ……」

「覚悟……」

「そう。わたくしがいなくても、このつらい世の中を生きていく覚悟。この国の皇后として、進むべき道を誤らぬ覚悟を――」

「母上さま！」

光明子は再び母にすがり付いて、嗚咽を漏らしながら、とぎれとぎれに語り出した。

「わたくしは甘うございました。どんな艱難にも耐えられるなどと、自負していたことが恥ずかしい。わたくしは、母上さまの死に耐えられる自信さえないというに……」

それでも耐えていかなければ――と励ますように、三千代の痩せた手は、光明子の頬に触れた。その頬を一筋の涙が伝い、三千代の手の甲を濡らした。

「わたくしは臣下の娘に生まれようとも、志の高さは皇后にふさわしいのだと、世の非難を撥ね返しているつもりでした。されど、それは……傲慢でございました。わたくしは天に対して恥ずかしゅうてなりませぬ」

佐保殿にも――という小さなささやき声は、三千代の耳には届かなかった。

「それに気づいたことが、今のあなたさまのご器量なのです。決して落胆するには及びませぬ」

「母上さま……」

「あなたさまを非難する者がいれば、その声に耳を傾け、あなたさまの機嫌を取ろうとする者がいれば、真の忠臣かどうか、よく見極めなさいませ。心に濁りがあってはなりませぬ。あなたさまは心を澄ませ、目を凝らして、物事を見極めなければ――」

「わたくしの最も愚かな過ちは……己を特別な者だと考えていたことです。わたくしは大納言藤原不比等と、帝の信任厚い女官橘三千代の娘と生まれ、皇太子さまの夫人となり、ひいては皇后に選ばれた。その一つ一つが知らず知らず、わたくしに自分を特別な者だと思わせていたのです。母上さま、それは何と忌まわしい毒でございましょうや」

「あなたさまをその毒にまみれさせ、気づかせることこそ、天のご意思だったのではありませぬか」

母上さま――と泣きながら呼び、光明子は母の手を両手で包み込むようにした。

「わたくしは小さい……あまりにも小そうて、みすぼらしい人間です」

それは、この国の最高位に昇りつめた女性の、あまりに悲痛な告白であった。三千代はそれでよいのだというように、微笑んでみせた。そして、

「人は誰しも、そういうものです……」

と呟くように言うと、それを最後に、三千代は再び目を閉じた。

眠ったのか、口を利くのに疲れたのか、もう三千代の唇は動かなかった。

その後、意識が戻ることのないまま、二代の帝の乳母を務め、宮廷女官の栄誉をほしいままにした橘三千代は、翌一月十一日、永眠した。


「わたくしは藤原氏の皇后として、為すべきことをやり遂げまする」

物言わぬ母の亡骸の前で、光明子は固く誓いを立てた。

皇后宮に戻った光明子はさっそく、母の追善供養のため、興福寺の西金堂建立を命じた。

興福寺は藤原氏の氏寺だが、藤原氏に縁の深い聖武天皇の命により、すでに伯母元正女帝の病平癒を祈願して、東金堂の造営が為されていた。

その対になる西金堂を、光明子は皇后の名で成そうというのである。ただし、条件がつけら

れた。

「母上さまの一周忌の法要に、間に合わせるように――」

という難しい注文である。

その上で、光明子はさらに造仏所の将軍万福を呼ぶように命じた。

一刻の後、造仏所から急いでやって来て、拝謁した万福に、

「一年で、西金堂に安置する仏像を作るのじゃ」

と、有無を言わせぬ口調で、光明子は命じた。

「一年でございますか」

万福は目を丸くして問い返した。

「さよう。丈六の釈迦如来像を中心に、脇侍の菩薩像をお作りせよ。その他の仏像についても、すべてそなたに委ねる。いずれにしても、東金堂に決して劣らぬものを作るのじゃ」

「さ、されど、一年では……」

「それ以上の暇(いとま)はない。人にせよ銭にせよ、すべてそなたの思うようにすればよい。これは皇后としてのわたくしの命令じゃ」

「ははっ――」

万福は威に打たれた様子でかしこまった。

「造仏所の仏師だけでは、人手が足らぬか」

「はっ、若い弟子たちも使えば、何とか――」

万福は苦しげに答える。

「そういえば……」

光明子は思い出したといった様子で、語り出した。

「施薬院の薬師如来像を作ったのは、若い弟子だと聞いておるが、あれはなかなかの腕前じゃった」

「かたじけないお言葉にございます。それがしめの息子にございますが……。施薬院に如来像を運んだのも、かの者にございます」

「わたくしの許へも挨拶に参った。その時、白蓮の腕釧を持っておったな。あれも見事な腕前じゃったが、あの仏師が彫ったものか？」

万福ははっとした表情を見せたが、たちまち目を伏せると、

「確かなことは分かりませぬが、息子が仏師の道を志す前、腕釧を作ったことはございました。確か、白蓮を彫っていたように思いまする」

と、慎ましげに答えた。

「ならば、御仏の蓮台は、かの者に作らせてよいやもしれぬ」

「ははっ――」

光明子の思いつきに、万福はさらに平伏してみせる。

「そなたの力を信じておるぞ」

誉れ高い造仏の事業とは言いながら、わずか一年という厳しい期限が重くのしかかっているのだろう。万福は、来た時とは打って変わった、重い足取りで帰っていった。

だが、その仏師の背中を、光明子はもう見ていなかった。見えているのは、ただ興福寺に新

たに建つ、西金堂を飾る御仏たちの荘厳な姿ばかりであった。

二

福麻呂は造仏所の仕事場で、一心に筆を使っていた。仕事場は百人ほどがゆったりと座れるほど広々とした一室だけの建物で、仕切りなどはまったくない。だが、一人で集中したい場合もあるから、仕切りの壁が欲しい者は、板などを組み合わせて自分で作るのが、ここの習慣となっていた。

「おるか」

福麻呂はいつも仕切りの中にいる。父の万福でさえ、その中をのぞく時には、いつも声をかけるようにしていた。

「師匠……」

福麻呂は振り返って、一瞬、困惑した顔を浮かべたが、描いていた絵を隠そうとはしなかった。

「それは何か」

万福も無理にのぞき込むようなことはせず、穏やかに問うた。

福麻呂は素直に、紙を一箇所で束ねた冊子を万福の前に差し出した。別の役所から回されてきた反故紙(ほごがみ)の裏面を、下絵を描くのに使っているのである。

「これは、三面六臂ではないか」

「阿修羅像を描いておりました」

福麻呂は静かな声で述べた。

確かに、その絵は三つの顔を持ち、腕は六本ある。

両脇の顔は細かく描かれていないが、正面の顔は怒りを湛えた厳しい表情をしていた。

下唇をぎゅっと噛み締め、右の眉だけがわずかにつり上がっている。戦いの神阿修羅の怒りであろうが、万福には怒りの暴発をぐっとこらえる少年の表情にも見えた。

「どうも、戦の神というより、人の子を見ているようだな」

と、万福は呟くように言った。

「おかしいでしょうか」

と、少し弱々しい声で応じた福麻呂は、他にも描いたのだと付け加えた。

万福は紙をめくった。

その下に現れたのは、苦痛に耐えるかのように形のよい唇を引き結び、眼差しは正面よりもわずかに下に向けられた阿修羅の顔である。

三面六臂であるのは同じだが、今度はこの顔が正面に描かれていた。先ほどの顔のような激しい怒りはすでになく、深い悲しみにとらわれた女人の顔のように、万福には見えた。

いずれにしても、その表情が神というより人に近いのは、先の絵と同じである。

さらに紙をめくると、次は白紙であった。

「顔が二面しかないな」

万福が指摘すると、福麻呂はうなずき、

「はい。最後の一面がまだ描けません」

と、率直に言った。その目に浮かぶ静かな光が、ある予感を秘めているように、万福には見える。

「この絵は……空で描いたものではないな」

誰かを写したものであろう――と、万福は厳しい眼差しを向けて言った。それはまさに、父が息子を見る眼差しというより、師匠が弟子を、あるいは職人が好敵手を見つめる眼差しであった。

福麻呂は素直にうなずいた。

「これは……ある人の怒りの形相の下に隠された、阿修羅の顔でございます」

万福はやや口ごもりながら言う福麻呂に向かって、おもむろにうなずいてみせた。だが、誰を写したものかと問うことはせず、別のことを話し出した。

「阿修羅は戦いの神であるが、仏に帰依してからは、悪心を許さぬ仏法の守護者となった。激しさの中にも、この世の修羅を憂え、救いを求める衆生への慈しみもそなえていて当然だろう。おぬしの描いたこの二枚には、それがない」

冊子に描かれた二枚の絵を指し示しながら、万福は断じるように言う。だが、そこまで語り終えると、急に表情を改めた。

「実はな、ただいま、皇后さまより興福寺西金堂の仏像を作るよう命じられた。東金堂に負けぬ仏像群を、一年で完成させよという難しい仰せじゃ。丈六の釈迦如来坐像に脇侍の菩薩像二体は決まりとして、他には四天王像、八部衆像といったところとなろう。お前にはわしの手助けをして、如来坐像の蓮台を作ってもらおうと思っていたが……」

　万福はそこまで言った後で、一呼吸置くと、

「八部衆像のうち、阿修羅像を手がけてみないか」

　と、今度は一気に言った。

「お、おれ、いえ、わたくしが阿修羅像の……？」

　福麻呂はさすがに驚愕して、あえぐように呟いた。

「確かに、若くて経験も浅いお前に、一体の仏像をそっくり任せることには不安もある。じゃが、わしは釈迦如来坐像と脇侍の菩薩像二体にかかりきりとなるゆえ、その他はすべて弟子任せじゃ。お前の兄弟子たちにも、それぞれ一体ずつ任せることになろう」

「まことに、わたくしが阿修羅像でよいのでしょうか」

「如来や菩薩ほど目立たぬ仕事とはいえ、いい加減な仕事ぶりをすれば、ただちに他の弟子に替える。わしは息子だからといって、特別に扱ったりはせぬぞ」

「はい、父さん。いえ、師匠！」

　福麻呂は顔を引き締めてうなずいた。すでに、阿修羅像を作る意気込みを宿した、熱っぽい眼差しであった。それをしかと受け止めながら、

「だが、今のままでは阿修羅は二面しか作れぬぞ。最後の顔を描き出さなければな」

　と、万福は厳しい声色で言った。

「それに、肢体もいい加減な描きぶりだ。顔の部分だけを取り替えれば、別の仏像と少しも変

わらぬ」

福麻呂の表情に、教えを真摯に受け止めようとする気迫と、屈辱を撥ね除けようとする気概とが加わった。それを見届けると、万福はふっと表情を和らげ、

「わしにはお前が誰を思って、この絵を描いたのか分かるつもりだ。造仏の作業に入る前に、その人にこの絵をお見せするがよい」

と、先ほどとは違う穏やかな声で言った。それは、師匠というより、父親の声であった。

「父さん……」

福麻呂は思わず、そう呟いていた。

「その時は、お前が何者であるか、その人にきちんとお伝えするのがよいと、わしは思う」

付け加えて言うと、万福は福麻呂の手に冊子をのせた。

福麻呂は茫然とした様子で、差し出した両手を引っ込めようともしない。その肩を励ますように軽く叩くと、それ以上は何も言わず、万福は福麻呂の仕事場を後にして去った。

三

橘三千代の死によって、佐保の暮らす武智麻呂の別邸も喪に服している。佐保を訪ねて邸まで赴いた福麻呂は、そのことを知った。

阿修羅像を作ることになったと早く告げたいが、服喪の期間は避けねばならない。

三千代は邸の主人である武智麻呂ばかりか、長娥子の継母にも当たる人であった。

三ヵ月が過ぎ、大納言邸から服喪の装いが消えたその年の初夏、福麻呂はさっそく佐保を訪ねた。

日向を歩けば、すぐに汗ばむような陽気の中、気が急いてつい小走りになってしまう。佐保の前に出た時、福麻呂は額に汗を浮かべていた。

佐保は貴人しか手に入れることのできない氷を、特別に氷室から取り寄せさせて、福麻呂に氷水を勧めてくれた。

「生き返ったようです」

ふだんは目にしたこともない玻璃の杯に口をつけ、面と向かって佐保と一緒にいるなど、現実とも思えぬようで、福麻呂は何とも落ち着かなかった。

「そなたがまた、わたしを訪ねてくれるとは思わなかったわ。今日は何用で――」

「実は……この度、わが父将軍万福が皇后さまより、興福寺の西金堂に安置する仏像群を作るよう依頼されました。皇后さまのお母上の追善供養のためだそうです」

「そう……」

佐保はやや複雑な表情でうなずいた。藤原氏と強く結びついた三千代の死を悼む気持ちが、ないからであろうか。

「わたくしは、八部衆像のうち、阿修羅像を任されることになりました」

「まあ、そうだったの」

佐保は今度は明るい声を出した。

「それは、めでたいわ。大変な仕事なのでしょう?」

「わたくしには重すぎるお役目です。でも……」

福麻呂は言葉を濁した。

「媛さまは、西金堂の建立をご不快に思っておられるのでは……?」

「なぜ――」

「興福寺は藤原氏の氏寺ですし、造営をご命じになられた皇后さまも、媛さまにとっては――」

「確かに、藤原の伯父たちと皇后は、わたしのお父さまを無実の罪に追いやった……。あの人たちを憎いと思う気持ちはある。けれど、御仏の世界はそれとは別のことよ。どの寺の、誰の依頼であろうと、そなたが尊い仏像を作ることに違いはないわ」

「わたくしのために……喜んでくださるのですか」

「もちろんよ」

佐保は晴れやかにうなずいてみせる。

福麻呂は佐保のいつにない穏やかな表情を、噛み締めるようにじっと見つめた。佐保が気づいて、

「どうしたの?」

と、怪訝な目を向ける。

「い、いえ。ただ、前にお会いした時より、お健やかになられたように見えたので――」

福麻呂が少したじろぎながら、答えると、

「お母さまがね。少しお元気になられたの」

佐保は明るい声で告げた。そのことが、闇に沈んでいた佐保の心に、光をもたらしたらしい。

「というより、もともとお心の病にかかっておられたわけではなかったの。ただ、どうしようもなく自分を責めておられただけ……」

そう告げた時だけは、さすがに少し沈んだ声になったが、佐保はすぐに憂いを振り払って続けた。

「わたし、お母さまにこれ以上は苦しんでいただきたくないの。お父さまを死に追いやった人を許すつもりはないけれど、お母さまを苦しめたくないという気持ちは、それ以上に強いものなの。お母さまを守りたい。そう思ったら、わたしが生き残った意味もあるような気がして——」

福麻呂は佐保の言葉に黙って聞き入り、大きくうなずいた。

長娥子の様子に変化が生まれ、佐保の心も変わりつつある。ここで、自分が見事な仏像を作り上げられたら、それが佐保の心を救う機縁になりはしないか。

思い上がりも甚だしい、と分かってはいたが、福麻呂はそう思いたかった。

「実は、今日は媛さまにお願いがあって参りました」

福麻呂はそう切り出して、携えてきた冊子を佐保の前に差し出した。

三面六臂の阿修羅像が描かれている箇所を開く。以前、佐保に見せた模写とは違うものであった。

「これは……何なの」

佐保は目を落として、眉をひそめた。

人間の少年か少女のような顔の左右に、二つの顔がつき、体は六本の腕をそなえている。

「これが、わたくしの作りたい阿修羅像なのです」

「そなたの……」

佐保は、万福が見たのと同じ二枚の絵をじっくりと見届けてから、

「でも、これは人の顔じゃないの」

と、万福と同じ感想を述べた。

「阿修羅は人の胸の内にあるもの。そうおっしゃったのは媛さまではありませぬか」

福麻呂は静かな声で言い返した。

「これは、僭越ながら、わたくしが見出した媛さまの阿修羅にござりまする。この阿修羅を、どうぞ、わたくしが作ることをお許しください」

「わたしに、許せなどと言われても……」

「身の程をわきまえぬ言い草、お許しください。されど、わたくしは媛さまをお救いしたいのです」

「福麻呂……」

あまりにも熱く力強い男の眼差しに、気圧(けお)されたように、佐保は目をそらした。

「も、申し訳ございませぬ。つい……」

慌てて目を伏せて、福麻呂は言う。

「謝ることはないわ。昔、そなたによく似た者を知っていたの。今のように、何かに必死になるところまで……」

過去の思い出が迫ってきたのか、佐保はいったん言葉をとぎらせると、

「生涯、わたしの傍にいると誓ってくれたのだけど……」

続けて、寂しそうに呟いた。

「その人は、今どこに――?」

問う福麻呂の声が苦しげにかすれた。

「今はもう……」

佐保は悲しげに首を横に振った。

「わたしがいけないの」

呟く声は、はっきりと聞き取れぬほど小さい。

「媛さま」

福麻呂は、その場の空気を変えるつもりで、明るく切り出した。

「わたくしが、この阿修羅像を作ることをお許しいただけますか」

「この絵はわたしのものじゃないわ。そなたのものでしょうに……」

「いいえ、媛さまのものでござります。わたくしは媛さまと出会えなければ、この絵を描けませんでしたから――」

福麻呂は頑なに言う。その頑固さに佐保は笑った。

「それなら、お作りなさい。阿修羅像を――。わたしはでき上がるのを楽しみにしているわ」

ようやく佐保が承知してくれた。だが、これだけで引き下がるわけにはいかない。福麻呂はやや躊躇うふうに口を閉ざしていたが、やがて、意を決した表情になると、

「もう一つ、お頼みしたきことがございます」

と、続けて切り出した。

「わたくしには、父より出された課題があります。三面ある阿修羅は、まだ二面しか仕上がっておりませぬ。最後の一面の下絵を仕上げることと、阿修羅である理(ことわり)をそなえたその肢体を描き上げること」

「阿修羅である理……」

佐保は福麻呂の言葉がよく分からぬという様子で、首をかしげた。くわしいことを、佐保に説明するつもりはない。福麻呂は急いで言葉を続けた。

「わたくしは、媛さまを形代(かたしろ)（モデル）にして、阿修羅の姿を描いてみたいのです。わたくしが媛さまをお写しする間、わたくしの前に立ってくださいませんか」

「このわたしが！」

さすがに、佐保は目を丸くして驚いている。福麻呂はなおも熱心に言い継いだ。

「できますならば、わたくしの言う通りに、腕の形を変えたりしていただきたいのですが……」

「分かったわ。阿修羅の六本の腕の動きを、わたしにさせようというのね」

佐保は明るい声で弾むように言った。

「さようにござります」

「仏師は誰でも、そうやって人を形代にするものなの？」

「さあ、よくは知りませぬが……」

これは、福麻呂の思いつきであった。

「それなら、取りあえず試してみましょう。わたしはどうやって立てばいいの？」

佐保は自分の方から立ち上がって、福麻呂に尋ねた。

佐保のこれほど朗らかな表情を見るのは、再会以来、福麻呂には初めてのことである。それが、ただ嬉しかった。

「まず、足を軽く開いて立ち、手は合掌――。次に軽く肘を曲げて、腕を少し上げた姿勢で――。その時は、花などを持っていただけると助かります。そして、最後に両腕を高く上げ、掌を外に向けて――」

語っているうちに、福麻呂の熱意が表情にも声にも表れてきた。

佐保が言われた通り、まず合掌の姿勢を取る。すると、佐保を見る福麻呂の眼差しが、急に鋭くなった。

たちまち携行用の筆と墨を取り出し、冊子を開くなり、無言で筆写を始めた。福麻呂の筆はさっさっと小気味よい音を立てて、すばやく紙の上を走ってゆく。

「次は、腕を少し上げてください」

福麻呂は部屋の中を見回して、花瓶に生けられた白蓮の花に目を留めた。

「この花は……」

「今朝、庭の池に咲いたと、侍女が切花にしてくれました。それを手に持てばいいのかしら」

「よろしければ――」

佐保がかまわないと言うので、福麻呂は蓮の花を花瓶から抜き取って水を切ると、佐保の左右の手に軽く握らせた。ほのかに甘い花の香りが二人を包む。

両腕を上げると、二の腕まで肌が剝き出しとなり、佐保の左手首に嵌められた腕釧が福麻呂の目に飛び込んできた。

「これも……白蓮でございますね」

福麻呂は筆を走らせることも忘れて、佐保の手にした本物の白蓮と、腕釧に彫られた造形の白蓮とにじっと見入った。

――その時は、お前が何者であるか、その人にきちんとお伝えするのがよいと、わしは思う。

父万福の言葉が耳許で鳴り響いていた。

万福はすべて分かっているのだろう。福麻呂が佐保を描いていたことも、佐保に自分の素性を伝えていないことも――。

そして、すべてを伝えよと背を押してくれる。いや、そうしなければ、福麻呂が阿修羅像を作れないことを、暗に知っているのだ。

――わたくしは虫麻呂です!

一言、そう告白してしまえばよい。

(おれは、約束を違(たが)えていません。いいえ、違えることなどできませんでした。おれは媛さまのお傍から離れることなど、決してできないのです!)

二人で共に見ようと誓った蓮の花――。その花が咲いた頃には、佐保の境遇は一変していた。佐保は虫麻呂を忘れ、虫麻呂にはどうすることもできなかった。

あの夏以来、名を改めた福麻呂は、一度も飛火野の楢林にある沼を訪ねていない。佐保と一緒に植えたあの蓮は、今年も花を咲かせているのだろうか。

いつまでも筆を動かそうとしない福麻呂に、佐保が怪訝(けげん)な表情を浮かべた時であった。

「媛さま、南家の仲麻呂さまがお見えにござりまする」

部屋の外から、侍女の声が聞こえて、福麻呂の思いを打ち破った。

「仲麻呂殿……？」

佐保は茫然と呟く。

「媛さまにお目通りしたいとのこと」

「そうですか」

佐保は少し考えるように沈黙していたが、

「外でお待ちいただきなさい。お迎えに参りましょう」

やがて、心を決めたように言った。

「媛さま……」

福麻呂は不安でならなかった。

藤原仲麻呂ならば、一度だけ顔を合わせたことがある。施薬院に薬師如来像を納め、それを光明子に報告した時のことだ。

大変な美男子だが、どこか不吉な感じのする傲慢そうな男だった。あの男は、福麻呂が白蓮の腕釧を懐に隠しているのを目ざとく見つけ、取り上げたのだ。仲麻呂が佐保に腕釧を返したのは確かなようだが、その時、二人の間にどういうやり取りがあったのか。

佐保は、腕釧を返してくれた仲麻呂に心を許したのか。

かつての虫麻呂が今、ここにこうして目の前にいることも知らず――。

「仲麻呂殿は、この邸の主人大納言武智麻呂卿のご次男です」

仲麻呂と福麻呂の関わりを知らぬ佐保は、福麻呂に聞かせるように話し出した。語りながら、窓際に置かれていた花瓶の前まで歩んでゆき、手にしていた蓮の花を再び生け直している。

「ふだんは、母君阿倍氏のお邸にお暮らしで、武智麻呂卿もそちらにおられることの方が多いのだけれど……」

「そのお方が何ゆえ、媛さまに――」

「藤原の伯父たちが、仲麻呂殿とわたしの縁談を画策したのよ。わたしが皇后さまや伯父たちに反撥するのを、押さえ込むつもりなのでしょうけれど……」

「そ、それでは、媛さまは――」

福麻呂は動揺を隠せなかった。

「とても忌々しいけれど、仲麻呂殿には会うわ。わたしは、自分の宿世(すくせ)から逃げ出してはならないのよ」

佐保はきっぱりと言ってのけた。

「では、媛さまは仲麻呂さまとのご縁談を――？」

福麻呂の唇はすでに蒼ざめていた。

「そんなつもりはないわっ！　誰が藤原氏の子息なぞと！」

佐保は吐き捨てるように言った。が、その後で、

「でも、ただ逃げているわけにはいかない」

と、己に言い聞かせるように、小さく呟いたのを、福麻呂は聞いた。

「今日はもう帰りなさい。形代を務めることなら、またの日にできるでしょう」

振り返って言う佐保もまた、蒼ざめた顔をしていた。

四

仲麻呂と佐保の縁談が降って湧いたように起こったのは、半年前の天平四（七三二）年も末の頃であった。

一時期、橘三千代の逝去を挟んで、いったん立ち消えのようになっていたこの縁談は、この夏になって再び持ち上がった。今度は、仲麻呂の父武智麻呂から、正式に長娥子の許へ話が持ち出された。

気鬱の病にかかっていた長娥子も、今は病牀（びょうしょう）を払っている。

長娥子は答えを急ぐ必要はないと言うが、一家そろって武智麻呂の世話を受けている以上、この縁談を断ることは難しい。

福麻呂を帰らせた佐保は、仲麻呂を出迎えに建物の外まで出た。

「ご無沙汰しております」

かつて二度ばかり会ったことのある佐保は、丁重に挨拶を述べた。

「いや、以前お会いした時より、お美しゅうなられた」

仲麻呂は挨拶を飛ばして、いきなり言った。人を見下すような眼差し、口許に浮かぶ皮肉っぽい微笑――それらは以前と少しも変わっていない。佐保はたちまち不快になった。

「今日こちらへ参られたのは、いかなる理由からですか」

佐保が睨み据えながら尋ねると、

「これという理由はありませぬ。いずれわたくしの妻となるお方の顔を見に参っただけのこと」

仲麻呂は澄まして答えた。

「まだ決まってはおりませぬ。それに、そのお話を持ち出すのなら、まずわたしの母や兄たちに、ご挨拶なさるのが筋ではありませんの」

佐保は突っかかるように言った。

長娥子は仲麻呂の叔母であるから、仲麻呂が礼を尽くすべき相手である。

「それは確かに道理でございましょうが、叔母上は長患いをしておられたとお聞きしております。突然のご訪問はかえって失礼に当たるかと思い……」

「わたしには無礼でないというのですね」

佐保は厳しく切り返した。

「おやおや、これはさすがに親王さまの媛であられる。誇り高く勝気な女王(にょおう)さま、思った通りのお方だ」

「一体、何がおっしゃりたいのです」

「わたくしは誇り高く勝気な女人が、決して嫌いではありませぬよ」

皮肉っぽい仲麻呂の唇から、声を殺した笑いが漏れた。

「わたしを侮辱するのですか」

佐保は思わずかっとなって、手を振り上げてしまった。すると、有無を言わさぬすばやさで、その手首をつかみ取り、

「この度の縁談は、わたくし自身が望んだことです」

驚くべきことを、仲麻呂は言い出した。

「悲田院では、勇敢にも皇后さまに食ってかかられたとか。のぞき見た女官たちの間で、評判になっておりましたぞ」

なおも右手首をつかまれたまま、もがいていると、左手首までつかまれてしまった。もう自由に身動きが取れない。

「もっとも、これからは、皇后さまに対したてまつり、さような態度は改めていただかねばなりませぬが……」

「どうして、あなたにそんなことを！」

「あなたがわたくしの妻になるからです、佐保媛よ」

すかさず、仲麻呂は決めつけるように言った。

「わたくしは、あなたの嫌う皇后さまを、男としてお慕いしている。このことは、初めにあなたに打ち明けておこう」

「なっ……」

「わたくしがあなたに望むのは、ただ皇后さまを敬い、立てていただきたいということだけです。あなたが藤原氏を憎もうが、父君の敵と思われようが、そんなことはどうでもよい。わたくしはあなたのお心などに関心はないのですから……」

「何ですって！」

「夫婦になるとは、相手に何を与え、何を与えてもらうか、互いの承諾の上に成り立つ、いわば約束事ですよ。ですから、わたくしの望みを申し出ているのです。わたくしはあなたに妻としての務めを求めはしない、と――」

佐保はもう怒りや驚きの言葉を発することもできず、息を吸い込むことしかできなかった。滑らかすぎるほどに動く仲麻呂の口許を見ていると、どうしようもなく息苦しい気分になる。

「あなたがどこかの男を想い人として傍に置きたいのなら、許しましょう。もし母親になりたいという望みをお持ちなら、あなたのお産みになった子を、すべてわたくしの子として受け容れてもよい。ただ、あなたは公の場においてだけ、わたくしの夫人として立っていてくだされればよいのです」

佐保は茫然としていた。目の前にいるのが、自分と同じようにこの世に生を享け、息をしている人とは思えなかった。まるで別種の生きものか、悪鬼が人の形をしたもののようだ。

「その上、あなたがわたくしの妻になれば、兄上たちのお立場も安泰となるでしょう。お父上の名誉を取り戻し、長屋親王家を再興させる夢も叶うはず。いずれわたくしは祖父不比等のごとく、この国を動かす力を手に入れるのですからな」

仲麻呂はようやく佐保の左腕だけを放した。あまり痛くなかったのは、白蓮の腕釧の上から手首をつかまれていたからだ。

「それにしても――」

仲麻呂は半ば蔑むように、半ば哀れむように、佐保を見つめた。

「まだ、このみすぼらしい腕釧をしていらっしゃるのか。わたくしがこの腕釧をあなたに返して差し上げたのは、あなたの想い人が近くにいることを、気づかせてあげるつもりだったのですが……」

「な、何ですって！」

「この腕釧を、わたくしは施薬院に来ていた仏師から取り上げたのですよ。とっくに、そんなことはお気づきだと思いましたが……」

施薬院に来ていた仏師とは、福麻呂のことに違いなかった。

「あの仏師、実はこの腕釧の作り手なのでしょう。目を見てすぐに分かりましたよ。あなたに恋をしている男だとね」

仲麻呂はやっと佐保の右手首も放した。

「まあ、いい。あなたは形だけの妻に違いないが、形だけであるからこそ、身なりは最高のものを身につけていただかなくては！　ただちに、あなたにふさわしい唐渡りの腕釧を届けさせましょう。金銀、宝玉をふんだんにあしらったものをね」

仲麻呂はそう言って、今度は高らかに声を立てて笑った。そして、そのまま笑いながら別れの挨拶もせず、踵(きびす)を返して、立ち去ろうとした。

「あなたからの贈りものなど、断じて要りませぬ！」

佐保は必死に気を取り直して言い返したが、その声は仲麻呂の笑いに虚しく消された。

八章　菅原寺

一

仏師の福麻呂が、幼なじみの虫麻呂だった――。

　そうではないかと疑う気持ちが、なかったわけではない。福麻呂から寄せられる眼差しの真剣さに、佐保の心は常に揺れ動いていた。

　だが、それならばどうして、福麻呂は最初に会った時に、そうだと名乗り出てくれなかったのか。よしんば、その時の佐保が記憶を失っていたため遠慮したのだとしても、それならば、記憶を取り戻した時に名乗り出てくれるのが筋である。

　それをしないということは、福麻呂の方に名乗れない、もしくは名乗りたくない事情があったということだ。

（名前を変えたまま、本当の姿を隠し続けて、わたしの傍にいたなんて……。いったいどういうつもりなの）

福麻呂の——いや、虫麻呂の心が分からない。そのことが佐保の心を苛立たせた。

——これから何があっても、おれは、媛さまの傍にいる！

今の福麻呂は、かつてそう言ってくれた虫麻呂とは、もう別人になってしまったのか。いや、それでも福麻呂は佐保を救いたいと言ってくれた。あの眼差しは誠実な虫麻呂そのままだ。

そして実際、彼は約束を守って、ずっと佐保の傍にいてくれたではないか。

（ならば、わたしは今も虫麻呂に、ずっと傍にいてほしいと思っているのかしら）

ずっと傍に置く——それは、どういう意味なのだろう。

幼い頃は、ただ仲良しの少年を傍に置いておきたいという気持ちだった。自分だけの飾り職人にしたかった。どういうわけか、他人の——特に、当時、虫麻呂の作った腕釧を欲しがった阿倍内親王の飾り物など、作らせたくなかった。ただ、それだけだった。だが、

——あなたがどこかの男を想い人として傍に置きたいのなら、許しましょう。

聞いたばかりの仲麻呂の言葉が、毒のように佐保の心に広がってゆく。

仲麻呂は、福麻呂を佐保の想い人と思い込んでいるようだ。そして、佐保を妻にした後も、二人の親密な関わりを許すという。そんなことはあり得ない話だが、仲麻呂からそう言われたことで、佐保の中で福麻呂という男の姿が変貌していた。

それは、福麻呂が虫麻呂であったと知る以上に、大きな変化であった。

——夫婦になるとは、相手に何を与え、何を与えてもらうか、互いの承諾の上に成り立つ、いわば約束事ですよ。

（違う。夫婦とは、お父さまとお母さまのような……）

そう、信頼と慈しみの絆で結ばれるものだ。佐保は漠然とそう思い、それを疑ったこともなかった。

では、福麻呂とそのような夫婦になりたいのかといえば、それは思いも及ばない。身分のあまりの違いは、そうした想像さえ佐保に抱かせなかった。

(わたしは王家の娘——。そのことに誇りを持ってきたけれど……)

それは、さほどに大事なものなのか。佐保は生まれて初めて、そのことを疑った。

王家の娘は、仲麻呂のような貴人の男を夫にするものだ。それ以前から、信頼と慈しみの絆で結ばれていることは滅多にない。それは、長屋と長娥子とてそうだったろう。その二人が強い絆で結ばれたのは、滅多にない幸運だったのかもしれない。

(わたしは……)

佐保は自分がどうしたいのかさえ分からなくなった。

福麻呂の心ばかりでなく、自分の心までも分からなくなったことが、佐保を余計に苛立たせた。

その時だった。

「……媛さま」

横合いから、遠慮がちな声がかけられた。佐保はぱっとそちらへ顔を向けた。

「そなた、まだ帰っていなかったの」

そこにいたのは福麻呂だった。

邸宅の外へ出た後も、佐保のことが気になったのか、敷地の外へは出ていなかったようだ。

福麻呂の眼差しが、佐保を案じるように揺れている。

「……そなた、わたしに隠していたことがあるでしょう？」

佐保はうつむき、低い声で尋ねた。

「媛さま……？」

初め訝しげだった福麻呂の顔が、一気に蒼ざめてゆく。

「いいのよ。打ち明けるには及ばないというのなら、一生、仏師福麻呂として生きていけばいい。そなたにとって、昔のことは忘れてもよいことなのでしょう」

「ち、違う。媛さま。おれは……」

福麻呂の言葉遣いが、かつての虫麻呂だった頃のように幼く、朴訥なものになる。

「どうして本当の正体を隠して、わたしに付きまとうの？　真実を知った時、わたしが傷つきも悲しみもしないと思っていたの？」

佐保は自分でも何を言っているのか、分からないほど惑乱していた。

心のどこかで、もう一人の自分が泣いている――そんな思いがふとよぎったが、動き出した口はもう止まらなくなっていた。

「おれは……媛さまを、苦しめるつもりなんて……」

「もうわたしには付きまとわないで！　虫麻呂でないなら、わたしの傍にいてもらう必要なんてないんだから――」

佐保は言い放つと、くるりと背を向け、駆け出した。

自分の部屋へ戻って椅子に座り込み、卓上に顔を伏せる。しばらくそうしていると、気持ちが少し落ち着いてきた。

どうして、あんなことを言ってしまったのか。

福麻呂が虫麻呂の時の約束を果たそうと、自分の傍にいてくれたのは、よく分かっているはずなのに——。

正体を明かさなかった福麻呂が悪いのではない。悪いのはむしろ自分の方だと、佐保は分かっていた。

——この花が咲く頃、もう一度、ここに、来てくれる？

少年の必死の眼差しに、「もちろんよ」という言葉で応えたのは自分なのだ。

（先に、約束を忘れてしまったのは、わたしの方なのに……）

本来ならば、そのことを謝罪しなければならなかった。だが、できなかった。

（これ以上、福麻呂をわたしの人生に巻き込んではいけない）

もし、このまま傍にいてほしい——そう言えば、福麻呂はどうするか。

きっと、佐保の願いを聞き届けてくれるだろう。佐保だけの仏師になれと言えば、うなずいてくれるかもしれない。そして、佐保が仲麻呂か、そうでなくとも他の貴人の男を夫とした後も、ずっと傍にい続けてくれるだろう。

（でも、そんなことは、決してさせられない！）

福麻呂の自分に寄せる想いが、どのようなものか知るわけではないが、それだけはしてはならないという気がした。

想い人を傍に置いてかまわないという仲麻呂の言葉が、毒のあるものだということは分かる。

そして、同時に、とてつもなく甘美なものであり、もし互いが互いの傍にいれば、その毒を呷ってしまいたくなるのではないかという予感さえ、佐保には生まれていた。

(お父さま、お母さま、佐保はどうすればいいの——？)

少女の頃のように、取りすがりたい気持ちで、佐保は胸の中で叫んでいた。

(どうすれば、お母さまのように、お父さまのような人を見つけることができるの？)

その瞬間、佐保の心に、大きな疑念が浮かんだ。

母は父に出会って幸いだったのか——という問いかけである。確かに幸いだったろう。あの二月十日の事件が起こるまでは——。

もちろん、夫が無実の罪で自決したというのは、大きな不幸である。だが、そうだとしても、母のその後の苦しみは、あの事件だけによってもたらされたわけではなかった。

——もはや我に付きまとうな。藤原の血を引く者はもはや、我が敵なのだ！

長屋から死の直前に、そのように突き放されたことが、夫の死以上に、長娥子を傷つけたのだ。

そう考えた時、佐保ははっとなった。

——もうわたしには付きまとわないで！

それは、先ほど自分が福麻呂に告げた言葉と同じではないか。あの時はただ夢中だったが、今ならば分かる。自分の心の根底にあったのは、王家の娘という窮屈な自分の人生に、福麻呂を巻き込みたくないという思いであった。

(ならば、お父さまもお母さまを、同じように——？)

長娥子はあの夜、夫と共に死ぬつもりだった。無論、子供たちも道連れにするつもりだったろう。自ら夫の人生に巻き込まれてゆくことを、長娥子は何より望んでいたはずだ。

だが、長屋は長娥子と子供たちを巻き込みたくなかった。そして、そのためにはあのように突き放すしかなかったのだ。

（ああ、お父さま――）

息苦しいほどの熱い塊が、胸の奥から込み上げてくる。

（お父さまがお母さまを想う気持ちと、わたしが福麻呂を想う気持ちは、同じものだというのですか）

佐保は伏せていた顔をがばっと上げた。

同時に開けた目の中に、まぶしい光が射し込んできて、佐保は少し目を細めた。その時、目の端に白いものが飛び込んできた。

それは、先ほど福麻呂に頼まれ、佐保が手にしたあの白蓮の切り花であった。

「ああ……」

その瞬間、佐保の両目から、とめどもなく涙があふれ出てきた。

二

しばらくしてから、佐保は侍女を呼び、出かけるための身支度を調えさせた。

「馬に乗って出かけたいから、わたしの白妙を用意させてちょうだい」

白妙は佐保の愛馬で、白月毛の牝馬である。だが、出かける時になって、厩の世話係の奴から、白妙の調子があまりよくないという知らせを受けた。

とはいえ、外出を取りやめる気持ちにはなれなかった。

今はただ、何も考えず、思いきり馬を馳せたい。

「なら、かつてお父さまが乗っていらした黒龍がいるでしょう?」

黒龍とは、長屋専用の愛馬で、真っ黒な毛並みの名馬であった。今では、誰も乗る者がなく、時折、従者が厩から引き出して外を走らせてやる他はずっと、厩の中につながれている。

「黒龍にお乗りになるのでごぜえますか」

厩の奴は佐保に驚いた目を向けた。

「そうよ。今は誰も乗っていないのだから、かまわないでしょう」

「それはそうでごぜえますが……。ああいう名馬は人を選びますのでなあ」

暗に佐保には乗りこなせないのではないかと言っている。

「平気よ。別に暴れ馬というわけでもないんだから――」

佐保は強引に奴を説き伏せ、黒龍に鞍をつけるように命じた。

「媛さま。誰をお供に伴われますか」

侍女から尋ねられた佐保は、「そうねえ」と考え込むように、言葉を濁した。

当世、女人でも馬に乗る者はいたが、侍女たちの中には乗れない者が多い。

佐保は明確な返答は避けたまま、厩へ向かった。奴の引き出してくれた黒龍に、やはり奴の用意した台を使ってひらりとまたがる。

「媛さま、お供の者がまだ——」

後ろからついて来た侍女が、やきもきしながら声をかけた。

「供は要らないわ」

その時になって、佐保は言った。

「少し風に当たってくるだけだから——。無事に帰ってくるから、お母さまたちには内緒にしてちょうだい」

そう言い放つなり、佐保は馬腹を蹴った。

「はあっ!」

掛け声と共に、黒龍と一体になって駆け出す。

「媛さまあーっ」

案じる侍女たちの慌てた声が追いかけてきたが、佐保は振り返ることもなく、黒龍を駆けさせた。

黒龍はまるで佐保の馴染みの馬であるかのように、軽やかな足取りで邸の門を飛び出していった。

大路へ出た後は、疾走するわけにはいかない。

佐保は速度を落とし、並足で黒龍を歩ませた。どこへ行こうという当てもない。ただ、何もない野のようなところで、思いきり馬を走らせれば、この複雑に絡まった物思いの糸が、すっきりと解けるのではないか——そんな漠然とした思いがあっただけである。

黒龍が並足になると、佐保の心も再び思いに沈んでしまった。

（お父さま――）

佐保はいつしか、父長屋の口から初めて阿修羅について語り聞かせてもらった時のことを思い出していた――。

「御仏はこうして阿修羅神を正しい道へ導いたのだよ。人は誰でも無知という闇の中に生きるうちは、御仏に会う前の阿修羅神と同じなのだ。御仏を見出して生まれ変わらなくてはならないのだよ」

長屋はまだ五歳か六歳の娘に対し、真面目な口ぶりで語った。語り口は分かりやすく易しいものであったが、相手が幼いからといって、話の内容を短くしたり、ごまかしたりしないところが長屋らしいところであった。

「佐保も御仏を見つけなければならないの？」

唐椅子に腰かけた父の膝の上で、話に耳を傾けていた佐保は首を捻じ曲げて尋ねた。

「もちろんだよ。佐保は何も知らぬまま、闇の中で生きていきたくはないだろう？」

闇の中で生きるとはどういうことか、よく分からなかったが、佐保は大きくうなずいていた。

父の言うことに、間違いのあった例（ためし）はただの一度もない。

「でも、佐保はもう御仏を見つけたわ」

「何と！　佐保にはもう御仏が見えるというのか」

長屋は心底から驚いた表情を浮かべて、娘を見下ろした。

「そうよ。佐保の御仏はお父さまだもの」

佐保が得意げに言うと、長屋の顔が一瞬固まり、それから困惑したような表情に変わった。

「どうして、この父が御仏なのかね」

頭から否定することはせず、長屋は誠実な面持ちで佐保に尋ねた。

「だって、お父さまは何でも知っているし、正しいことを教えてくださるもの。ねえ、お父さまは佐保の御仏ではないの？」

父がすぐにうなずかないことに、幾分不安を覚えながら、佐保は問うた。

「いや、その問いについて答えるのは……」

珍しく父が佐保の質問に答えるのを躊躇している。その時、傍らの唐椅子に腰かけていた長娥子が、穏やかな口ぶりで口を挟んだ。

「お父さまはね。お母さまの御仏なの。それに、内親王さまの御仏でもいらっしゃる。そうでございましょう？」

長娥子は優しげに微笑みながら、長屋と佐保を交互に見つめた。その笑顔は、おのずと己が身の幸いがにじみ出てくるような輝きに満ちていた。

「いやはや、何と答えればよいものか……」

相変わらず長屋は困り果てている。

「それじゃあ、お父さまは佐保の御仏にはなってくれないの？」

佐保は泣き出しそうに顔を歪めながら尋ねた。

「佐保には佐保の御仏が、どこかにいるのよ」

答えたのは長娥子であった。

「その通りだ」

長屋が救われたような表情でうなずいた。

「佐保には佐保の御仏がいる。そして、佐保の御仏は、この父がお母さまを想うように、佐保を想ってくれるだろう。佐保の闇を掃い、正しい道に導き、光の中を歩ませようとしてくれるだろう。だから、佐保は待っていなさい。御仏が佐保の前に現れる日まで――」

そう告げた時、父の表情は温かな光に包まれ、佐保を見つめる眼差しは優しい慈愛に満ちていた。このような父に、御仏になってもらえる母は幸せな人だと、佐保は幼心にも思っていた――。

ふと気がつくと、都の大路は抜け出してしまったようだ。

いつしか人通りも絶え、道も舗装されていない畦道に入っていた。

(もし、わたしの御仏がどこかにいるのならば……)

そう思った時、佐保の脳裡にある面影が浮かんだ。

――今の媛さまは、御仏に出会う前の阿修羅と同じなのではないでしょうか。

阿修羅が救われたように、佐保も救われるはずだと説いた、真剣な眼差しが目の前に迫ってくる。

御仏を見出して、生まれ変わってほしいと、佐保に迫ってくる。

(わたしだって、救われたい――)

佐保は痛切にそう思った。

闇の中で生き続けたいと思うわけではない。

自分だけの御仏も見出した。だが、佐保がそう望むことは、福麻呂の人生をどのように変えてゆくのか、そのことを思うと恐ろしい。

自分のためだけに、傍にいてほしい――そう願うだけの幼い少女ではもういられないのだ。

(わたしは、どうすれば――)

どれだけ考えても、答えは見出せない。佐保は鬱屈した気持ちを吹き払うべく、辺りが畦道であることを確認するや、再び黒龍の馬腹を蹴った。

思いきり黒龍を駆けさせて、できるなら、心を空っぽにしてしまいたい。

「はあっ！」

佐保の気合いと共に、突然、腹を蹴られた黒龍が高くいなないた。

黒龍は勢いよく駆け出した。

佐保はもはや考えるのはやめて、ただひたすら風に身を任せた。

そうして、しばらくの間、無心に黒龍を走らせていたが、ともすれば、ある人の面影が浮かんでくる。

(虫麻呂――)

佐保は幼なじみを昔の名で呼んだ。

(あなたはずっと、わたしから離れないでいてくれた)

憎しみで周りが見えなくなって、差し伸べられた手を荒々しく振り払った時も――。

(ずっとわたしの傍に――。あの約束を守り続けて――)

先ほど、福麻呂に向かって口にしたのとは、正反対の思いがあふれ出てくる。目の奥がじんと痛み、目に映る景色にぼうっと幕がかかったようになった。

慌てて涙を拭おうとしたその直後、

「わぁーっ!」

子供の歓声らしい声が、突然、佐保の耳に飛び込んできた。

目を凝らすと、黒龍が疾走する畦道の先に、数人の子供たちが群がって遊んでいる。子供たちは馬が珍しいのか、佐保の方から避けてくれると思っているのか、立ち去ろうとする様子もない。

「危ないっ! 避けて――」

馬上から、佐保は声を張り上げて叫んだ。気がついたのが遅かったから、うまく子供たちを避けられるかどうか自信がない。下手をすれば、子供たちを馬蹄にかけてしまう。

佐保は慌てて手綱を引いた。甲高い馬のいななきが空気を切り裂く。

馬の蹄の立てる砂埃が一瞬、子供たちの姿を隠した。

佐保は思わず目を閉じ、馬の首にしがみ付いていた。

三

「……大事ございませぬか」

気がつくと、黒龍は止まっていた。誰かが馬の轡を取り、佐保に話しかけているらしい。

ようやく気を取り直し、馬上で体を起こすと、一人の老僧の姿が目に入った。

僧侶であることは、剃髪していることから明らかだが、身にまとっているものは官寺から支給された袈裟ではあるまい。つぎはぎだらけの破れ衣をまとっていることからして、官の許可なく得度した私度僧であろうか。

「御坊さまは……」

「わしは河内国の僧侶じゃが、この大和では菅原寺に寄るのを常にしていてな」

「では、ここは菅原寺なのでございますか」

佐保は辺りを見回しながら、僧侶に問い返した。

菅原寺は右京三条三坊にある。内裏からも左京二条にある武智麻呂の邸からも、それほど遠い位置ではない。が、この辺りは貴人の邸宅はほとんどなく、庶民の中で少しばかり財力のある者たちの家々が立ち並ぶ場所であった。

元々、ここに暮らしていた寺史乙麻呂という男が、行基上人に帰依して、その邸一切を寄付したことにより、ここは行基の信者たちが集まる道場となった。今では阿弥陀如来像を祀り、地名を採って菅原寺と呼ばれていたが、実際は貧者や病人たちの巣窟のようになっているという。

行基は、元明女帝の頃から庶民たちの熱狂的な支持を集めてきたが、それだけに朝廷は警戒を続けてきた。

——「僧尼令」を犯し、民衆を惑わす怪僧。

行基の布教活動は、長く朝廷からの弾圧を受けてきた。だが、その活動の大半は、治水工事や架橋の指導といった貧民救済や民衆教化であって、朝廷に楯突くようなものではない。

また、行基の信者たちを解散させるのはもはや難しいということになったのか、最近では行基の活動は大目に見られていた。

佐保はこれまで行基の噂を聞くことはあっても、その風貌に接したことはない。

「では、行基上人はおいでなのですか。よろしければ、中を見せていただけますか」

佐保が何の気なしに訊いたのも、なまじ悲田院に出入りして、自分も人々の救済に手を貸してきたという自負があればこそであった。

「行基ならば、今、あなたさまの目の前におりますがの」

佐保の馬の轡を取った老僧は、かさかさになった唇をほころばせて笑った。

「それでは、あなたさまが、あの……」

佐保は慌てて馬を降りた。

信者たちのような尊崇を抱いていたわけではないが、すでに行基は官の敵ではなかったし、大衆の支持を集めている僧侶への礼儀だけは守らねばならない。三宝——仏と法と僧——は国の宝という。

「ここは、来る者を拒まぬという鉄則がござる。媛君もお気が済むまで、中を御覧になられるがよい」

行基は少し下がり気味の目を細め、いっそう優しげになった顔を佐保に向けて言った。

行基が引いていた佐保の馬は、寺から駆け出してきた若い信者の男が受け取ってくれたので、佐保と行基とは連れ立って、菅原寺に入っていった。

「あの、先ほど、わたしの馬が蹄（ひずめ）にかけそうになった子供たちは……」

「ああ、大事ござらなんだ。媛君の馬が脇へ避けてくれたのと、信者らが急ぎ子供らを端へ寄らせたのでな」

「よかった……」

ほっと安堵の息を漏らしてみれば、先ほどの子供たちがあの恐怖などなかったことのように、笑顔を振りまいて遊んでいる。

「上人さま、上人さまーっ！」

「あっ、行基菩薩さまだぁ」

子供たちは行基の姿を見つけるや、駆け寄ってきてその破れ衣（や）にまとわり付いた。

菩薩さまとは大袈裟だが、子供たちに限らず、この寺にいる大人たちの行基に向ける眼差しも皆、まるで生き仏を見るような陶酔の仕方である。

（それにしても……）

菅原寺にいる貧民たちは皇后宮の悲田院で養われている人々より、ぼろをまとい、痩せこけていた。中には、骨に皮がついたように見える者も、重い皮膚病を患った病人もいる。

道場では、世話をする者もされる者も、同じようなぼろをまとっており、ともすれば、その立場さえ逆転して、互いにいたわり合って暮らしているようであった。

世話をする側と受ける側の者が、一目で区別できる悲田院とは違う。

(ここの人々の目は皆、一様に明るい――)

これが、本物の御仏の照らし給うた光なのだろうか。

「御坊さま」

いつしか、佐保はその呼び方に心からの敬意をこめていた。そして、振り返った行基と目が合った時、人々の目の中にあるのと同じ――いや、その源になっているはずの強く明るい光を、そこに見出していた。

「わたしは……」

何をどう言えばいいのか分からず、佐保は口ごもった。

「失礼だが、深いお悩みがあると見ゆる」

やがて、行基が静かな深みのある声で告げた。佐保は黙ってうなずいた。

「なればこそ、媛君はここへ来られたのでしょう」

だが、その言葉には素直にはうなずけなかった。佐保の場合、乗っていた黒龍が勝手にここへやって来たのである。佐保の言葉を聞くと、

「媛君は仏縁をお信じにならないのですか」

と、行基は穏やかな声で問うた。

「どんな物事にも、どんな人との出会いにも仏縁がございます」

「どんな物事にも……？」

その途端、佐保の両眼に炎が燃え上がった。

「わたしの父と兄たちは、わたしの伯父や叔母に殺されました。その呪わしい縁さえ、御坊さまは御仏の結び給うた縁とおっしゃるのですか！」

「失礼ですが、故左大臣さまの媛君でいらせられますな」

行基は相変わらず静かな声で尋ねた。

「……はい」

佐保はうつむいて答えた。

父と兄たちを伯父や叔母に殺されたと言えば、素性を感づかれても不思議ではない。長屋親王が死んでまだ四年余――その記憶はまだ消え失せてはいなかった。

「御坊さまは……わたしを軽蔑なさるでしょうね。わたしはここにいる人々よりも恵まれている。衣食満ち足りて、余りあるほどだというのに、いったい何を一人不幸ぶっているのか、と――」

「そうは思いませぬな」

佐保は目に見えぬ力に引かれるように、思わず顔を上げていた。目の前には、皺深い穏やかな顔が先ほどと変わらずにある。

「ここの人々は、媛君よりも明るい顔をしておる」

「わたしも、そう思いました……」

「されば、衣食足りることだけが人の幸福ではないということじゃ。雲の上にたとえられる所で暮らす人の内にも、苦悩はある」

佐保は我知らず下唇を噛み締めていた。

「媛君は……媛君のお父上を殺した人々が、苦悩していないとお思いでござるかな」

「……いえ」

ややあってから、佐保は小さな声で答えた。その眼差しが行基の面上を離れ、遠くへ運ばれてゆく。

「媛君のご素性を伺った上は、ある者にお引き合わせせねばなりますまい。これ、円恵はおるかの」

行基は調子を改め、周囲に向けて、ややかすれてはいるが大きな声を発した。

すると、それを聞きつけた信者たちが、円恵はいるか、円恵を呼んでこい――と、次々に声をかけてゆく。ややあって、その円恵と思われる壮年の僧侶が、急ぎ足で駆けつけてきた。

「お呼びでございますか、師よ」

僧侶は行基の前に礼儀正しく一礼した。がりがりに痩せた行基と並んで立つと、いやが上にもがっしりした体軀が際立って見える。剃り上げた頭もいかつい感じの、全体的に四角張った体つきの僧侶であった。

その時、佐保は僧侶の額に、何かで打ちつけたような古い傷跡があることに気づいた。

「この円恵という僧侶は、その昔、悪心を抱いたことをもって、媛君のお父上からしたたかに罰せられた者にございまする」

「えっ……」

行基の説明に、佐保は戸惑ったが、驚きは円恵という僧侶の方が深かったかもしれない。

「では、この媛君さまは、亡き左大臣さまの……」

と、茫然とした口吻で言うなり、絶句した。その後はまるで、佐保の前で顔を上げていることが、つらくてたまらないといった様子でうつむいている。

「これ、円恵よ。そなたが日夜、お詫びしたいと祈っておった左大臣家所縁のお方じゃ。そなたの思いをお伝えせんでどうする」

行基に促されてもなお、円恵はいかつい肩を震わせるばかりで、顔を上げることさえできなかった。

「お許しくだされ、師よ。それがしは……」

震える声には涙がにじんでいた。

「仕様のない者じゃ。媛君に突然お会いして、胸がつまってしまったらしい」

行基は微笑を浮かべて言い、佐保に目を向けた。

「この円恵は昔、施行の粥を頂戴するのに、割り込みをして食堂へ押しかけ、左大臣さまのお怒りを買ったことがござるのです。額の傷は、左大臣さまより牙笏で打たれたもの。その時、頭に血を上らせた円恵は『三宝の一つである僧侶を、かような目に遭わせたからには、今に仏罰をこうむるであろう』と、左大臣さまを呪い申したのだとか」

行基が語り終えたその時、円恵の口から嗚咽が漏れた。佐保が目を向けると、うつむいたままではあったが、それに気づいたのか、

「左大臣さまがあのようなご最期を遂げられたのは、愚僧のせいにございまする」

と、涙をこらえながら、円恵はとぎれとぎれにようやく言った。

もともと烈しい気性の持ち主なのだろう。かっとなって長屋を呪う言葉を叫んだのも、そのせいに違いなかった。だが、今の円恵は、その荒ぶる心を抑えつけるだけの真の強さをそなえている。

(この法師にも、内なる阿修羅がひそんでいたのだ)

だが、円恵の内なる悪神は変貌した。あたかも戦神阿修羅が釈迦に出会って、その仏弟子に変貌したように――。

(わたしも変われるのか。どうすれば、変われるのか……)

佐保はその答えを求めるように、行基を見つめた。

改めて行基の粗末な形(なり)が目に入った。だが、その姿が先ほどと違って尊く見える。阿修羅に釈迦がいたように、円恵には行基がいた。

「この円恵は、ここで奉仕に明け暮れながら、機会あらば、左大臣さまのご遺族に謝罪したいと、ただそれだけを念じておったのです」

その時、行基が再び口を開いた。

「ならば、円恵殿の祈りが天に通じて、御仏がわたしたちを引き合わせてくださったのでしょう」

佐保はうなずいて、心から言った。

いかな悪僧であっても、三宝の一つには違いない。父長屋のしたことは正しかったが、ゆき過ぎであったと言えなくもない。そういう長屋の妥協を許さぬ性格が、藤原氏の伯父たちと手を携える道を歩ませなかったのか。

佐保は、今なおうつむき続ける円恵の前に進み出た。そして、自分でもそうと意識せぬまま手を伸ばして、円恵の額の傷跡に触れた。そうしていると、懐かしい父が身近に感じられるような気さえしてくる。円恵は驚愕したらしいが、されるがままになっていた。

「一つだけ教えてください。父を呪いさえしたそなたが、今のような心持ちになったのはどうしてですか」

「師にお会いしたからです」

円恵は顔を上げ、涙を押し拭うと、少しの迷いも持たずに答えた。

「左大臣さまが亡くなり、己の罪を悔いて泣きわめいていた愚僧に、師はおっしゃいました。その身を鞭打つがごとき厳しい修行をしようと、亡き人のために何千何万回の経を手向けようと、そなたの心は晴れぬであろう、と——」

「では、どうしろとおっしゃったのです」

まるで自身が行基と問答しているような気分に支配されて、佐保は性急に尋ねた。

「人は、他人のために働くことでしか、救われない、と——」

「他人のために、働く……」

それは、この菅原寺での奉仕を言うのであろう。

自分も昔、悲田院で奉仕していた。光明皇后も奉仕している。だが、それは働くということだったろうか。施しではなかったのか。

働くことで救われるのなら、それは他人のための施しではなく、自分を救うための修行である。だから、ここ菅原寺の人々の顔は、奉仕する側もされる側も一様に明るいのか。

「愚僧は師に出会い、己の悪心をようやく捨て去ることが叶いました。己の欲を満たすより、他人に尽くす方がずっと、心満たされることを教えていただいたからです」

佐保に向けられた円恵の大きな目の中にも、明るい光が宿っている。

「ああ、わたしは……」

佐保は心持ち顎を上げ、空を仰ぐようにした。

（わたしは今まで誰かに尽くすどころか、してもらうばかりだった……）

腕釧を作れと命じた時も、生涯自分の傍にいるように頼んだ時も――。

「わたしが幸いでなかった理由が、分かったような気がいたします」

佐保はゆっくりと目を閉じた。一度暗く閉ざされた目の奥に、やがて、一筋の光明が射し込んでくる。

「光が……見えてまいりました」

自分が今、何をしなければならないか――やっと分かった。

（救われたいと願うだけではいけない。わたしがあの人のためにできることを見つけなくては――）

行かなければならない。

かつて二人で蓮を植えたあの沼へ――。蓮の花咲く頃、二人で行こうと誓ったあの沼のほとりへ行き、約束を果たすのだ。たとえ、どんなに遅くとも――。

佐保は目を開けると、光を宿した明るい双眸を行基に向けた。

「御坊さま、わたしもまた仏縁をお信じいたします。御坊さまとわたしのご縁、わたしと円恵殿の縁。そして――」

――福麻呂とわたし、わたしと虫麻呂の、果てることなく続いてゆく永久の縁を……。

佐保を包み込む行基の眼差しは、底抜けに優しい。この慈愛に触れ、円恵が生まれ変わったのも、佐保には十分に納得できた。

「また、伺わせてください」

佐保は言い、少女の頃のような闊達ささえ取り戻して、軽やかに駆け出した。預けていた黒龍を引き出して、再び馬上の人となると、北東へ向けて一気に駆け出す。

初夏の爽やかな風を切って、佐保は一路、春日山麓を目指した。

九章　結縁（けちえん）

一

　福麻呂は描きかけの下絵を放り出し、蓮沼のほとりに仰向けに寝転んだ。梢の隙間から、抜けるような青い空が見える。

「こんなものだったのか……」

　絞り出すような声が、口から飛び出してきた。

　仏を作りたい、いや、この手で作ってみせるという熱意は、所詮、この程度のものでしかなかったのだろうか。佐保からもう付きまとうなと突き放された途端、念頭から消え失せてしまう程度の……。

　櫁の林の中にいても、夏の陽射しはかなり強い。灰白色をした櫁の葉裏からこぼれ落ちる木漏れ日が、目に突き刺さるようで、福麻呂はそっと瞼を伏せた。

　目の中が閉ざされると、夏草のむっとするような草いきれが、濃密に迫ってきた。近くに野の花でも咲いているのか、ほのかに甘い匂いも交じっている。少し離れたところからは、時鳥（ほととぎす）らしき鳴き声も聴こえてきた。

（おれは媛さまが傍にいろとご命じになったから、そうしていたわけじゃない。おれ自身がそうしたかったんだ！　そうでない生き方など、考えられなかった……）

傍にいられるだけでいいと思っていた。それ以上のことなど望みもしていなかった。

だが、佐保が身分の高い貴公子を夫に迎えるかもしれない――そう想像しただけで、心は闇に閉ざされ、付きまとうなと言われただけで、どう生きればいいのかすら分からなくなってしまう。

佐保から離れた後、仏師としても男としても、何を支えに生きていけばよいのか。

（媛さまをお救いしたい。お救いできるような仏像を作りたい。おれの生きる意味はそれだけだったのに――）

佐保がたとえ自分を覚えていなくてもかまわなかった。ただ、佐保が生きて世にあるということだけで、自分は救われていたのだ。佐保がそうやって救ってくれたように、福麻呂も佐保を救いたかった。

（おれはもう……媛さまのお傍にいてはいけないのか）

もう付きまとわないで――という佐保の言葉が胸を刺し、どくどくと血潮を噴き出させる。

「媛さま……」

福麻呂は仰向けになっていた身をごろりと回転させ、横向きになって目を閉じた。

その時、草を踏むかすかな足音がした。

人の来る所ではないが、時折、飛火野の鹿が入り込んでくることがある。この時も、鹿だろうと思いながら、福麻呂は目を開けた。すると、目の端に濃い緑色の何かが映った。夏草ではない。柔らかく動くそれは、緑色の裙の裾であった。

福麻呂は驚いて跳ね起きた。

「媛さま！」

見上げた目の中に飛び込んできたのは、今の今まで想っていたその人の姿である。

「福麻呂……」

佐保もまた、驚きに目を瞠っていた。

「わたし、昔の約束を果たしたくて――」

佐保はなおも驚きから冷めやらぬ様子で、先を続けた。

「それから、これまでのこと、さっきのことも謝りたくて――」

「謝るだなんて、媛さま――」

福麻呂は必死に首を横に振り、それから立ち上がった。佐保の正面にまっすぐ立つと、福麻呂の方が頭一つ分だけ高くなる。

「虫麻呂……なのよね？」

佐保が潤んだ瞳で福麻呂を見上げながら、震える声で尋ねた。福麻呂は無言でうなずき返した。

二人はしばらくの間、身動ぎもせず、互いを見つめ合っていた。

次に何を言えばいいのか。佐保にも福麻呂にも見当がつかない。濃密な沈黙の時が、永遠に続くかのように思われた。

「あら……」

沈黙を最初に破ったのは、佐保であった。

佐保は突然、小さな声を上げて周囲を見回した。

「鹿丸はどこへ——？」

「鹿丸とは、いったいどういうことですか」

思いがけない佐保の言葉に、福麻呂は声を高くして訊き返した。その両眼は驚愕に大きく見開かれている。

「わたしは鹿丸に導かれて、ここまで来たのよ」

佐保の返事に、福麻呂はますます驚きの色を濃くした。

「何をおっしゃるのですか。媛さまはお一人でいらっしゃいました」

「嘘よ。鹿丸がここへ連れて来てくれたのよ」

だって、わたしは一度来たきりの蓮沼の位置をよく覚えていなかったんだもの——と、佐保は頑固に言い張った。

「媛さま。鹿丸はもう四年も前に、飛火野から姿を消したのでございます」

福麻呂は震える声で告げた。

「えっ……」

「死んだのか、仲間たちから追われたのか。ちょうど媛さまのお父上の事件が起きて、間もなくのことでした」

「そんな……。でも、わたしは……」

佐保は信じられぬというような眼差しで、福麻呂を見つめた。

「媛さま、それは御仏の使いだったのではないでしょうか。以前、父も鹿丸に導かれて、ここへ来たことがございました」

福麻呂の静かな言葉に、佐保はやがて、童女のような素直さでうなずいてみせた。

「そう……ね。本当にそうかもしれない」

佐保は吸い寄せられるように、そっと眼差しを沼の上へと転じた。蓮の大きな葉が沼一面を覆っており、まだ青い蕾やふっくらと大きくなった蕾がいくつか見えた。

その中に一輪だけ、大きな花弁を開かせた見事な白蓮がある。濁った沼の水には似合わぬ、清浄さの限りを集めたような白さであった。まるで御仏の国からやってきたかと、思えるほどに――。

「昔、媛さまはわたくしが鹿丸と名付けたのを、お笑いになりました。当たり前すぎる、と――」

福麻呂はいつしか立ち上がると、蓮沼を見つめる佐保の背後に立った。

「そうだったわね。でも、そなたは自分には特別な鹿だから、それでいいと言ったわ」

「はい。自分にとって特別なもの、そういうものがあれば、人は寂しくないという気がして……」

自分は歌を詠むことはできないが、この歌が何より好きなのだと、福麻呂は静かな声で口ずさみ始めた。

しき島のやまとの国に人二人　ありとし思はば何かなげかむ

――広い大和の国にわたしとあなた――二人がいると思うなら、いったい何を嘆くことがあるでしょうか。

「でも、その人が手も届かぬ雲の上の人だとしたら……」

やはり嘆かずにはいられない――たった一つだけの白蓮をじっと見つめながら、福麻呂は小さく呟く。

「たった二人きり……なのよ」

佐保はわななくような声で言った。

「この広い大和の国に、たった二人きり――。他には誰もいないわ」

福麻呂はじっと黙っている。

「お父さまはわたしに、わたしだけの御仏を見つけなさいとおっしゃったわ。そして、わたしは見つけたの。わたしだけの御仏を――」

佐保の目は瞬き一つせず、福麻呂の目を見つめていた。福麻呂ははっと息を呑む。

「その人がいるのに、他の誰かを背の君（夫）と呼んだりしないわ」

そのあまりに強い物言いに、福麻呂は言葉を返せなかった。

茫然として立ち尽くすだけの福麻呂に、佐保は突然、すがり付いていった。

「御仏に仕えるお方が教えてくださったの。他人のために尽くすことで、心は満たされるのだ、と――。その教えに触れた時、真っ先にそなたのことが浮かんだわ。わたしのために、ひたすら尽くしてくれたそなたのことが――」

佐保は一度息を吐くと、なおも福麻呂の胸にしがみ付いたまま、顔を上げた。

「そなたほど、わたしのことを想ってくれる人はいない。そなたはわたしの御仏になってくれたわ。でも、それだけではだめなの。わたしもそなたのために何かをしたい。そなたの御仏に、なってあげたいの」

必死に訴える双眸が潤みを帯びている。福麻呂は胸が苦しいほどに切なくなった。

「媛さまはただこの世におられるだけで、わたくしの心を満たしてくださいます」

福麻呂に言えるのはそれが精一杯だった。だが、それは違うというように、佐保は厳然と首を横に振った。

「そなたは、わたしを阿修羅の形代にしたいと言ったわね」

佐保の瞳に挑むような強い光が宿った。木漏れ日を受けた双眸は、黒曜石のようにきらきらと輝いている。

「それがそなたの望みならば、叶えてあげたい。そなたのために尽くしたいの」

わたしを見て――と、佐保は凛とした声で続けた。

福麻呂は佐保の瞳から目をそらすことができなかった。

「ありのままの、飾らないわたしの姿を――」

佐保の手はいつしか、腰で結ばれた裙の紐を握り締めている。その腰紐がぐっと引かれそうになった時、

「何をなさるのですか、媛さま！」

福麻呂は慌てて、佐保の手に自分の手を重ね、その動きを封じた。

「どうして、そのような真似を——」

問いかける福麻呂の声は震えている。

「言ったでしょう。ありのままを見てほしいのよ。そなたに——」

黒い炎のような瞳に魅入られて、福麻呂は佐保から目をそらすことができなかった。佐保の手に重ねた手も、凍りついたように動かなかった。

「わたしを受け止めて」

女神のように厳か（おごそ）な声が、周りの小暗い林の中に響いてゆく。

それこそが宿命なのよ——天の声を聞くように、福麻呂はその声を聞いた。自分が染め変えられてゆくような感覚が、福麻呂を貫いていった。

次の瞬間、福麻呂は無意識のうちにうなずいていた。

佐保が手をかけ、福麻呂が止めていた裙の紐が、ゆっくりとほどけていった。引いているのは、何ものかに導かれたような福麻呂の手であった。

「わたくしは、媛さまのすべてから目を背けませぬ」

光を透かしてしまいそうなほど薄く、真っ白な領巾が草の上に音もなく落ちた。続けて、若葉よりも鮮やかな緑色の裙がはらりと舞い、次に、萌黄（もえぎ）色の上衣の紐がほどけていった。

木漏れ日だけが届く薄暗い林の中で、やがて白い裸身が神秘的なまでの輝きを宿して、福麻呂の前に現れた。

簪までも取った佐保が身につけているものは、ただ一つ。左手首に嵌められた、白蓮の腕釧だけだ。

福麻呂は慄き震え、その神々しさに圧倒されながら、白蓮のような女体を見つめた。佐保もまた、一糸まとわぬその姿を隠そうとはせず、想い人を見つめ続ける。

永遠とも思える一瞬の時が、流星のきらめきとなって流れた。

やがて、福麻呂は太く深い溜息を吐いた。

「美しいものは傷つけてはならない。わたくしは父からそう教わりました。今はこう思っています。美しいものは命がけで守らねばならぬ、と——」

福麻呂は静かに瞼を伏せた。己の手にした美をゆっくりと味わうように、瞼の内にしかと留める。そのためには、少し時が必要だった。

その後で、福麻呂は再びゆっくりと目を開いた。

「今こそ分かりました。媛さまは、わたくしに阿修羅像を創らせるため、御仏がわたくしに遣わされたお方なのだ、と——」

福麻呂は佐保に向かって一歩踏み出した。それから、その体を恐るおそるといった仕草で、そっと抱き締める。

「わたしを守るということは……」

佐保は喘ぐような声でささやいた。

「そうやって壊れ物のように扱うことではないわ。もっと激しく、身も砕けるほどに抱き締めて——」

次第に高くなってゆく佐保の声が、福麻呂の耳を貫いてゆく。

「このつらい現世を、これからも強く生きていくためにも――」

佐保の口から発せられる熱情が、福麻呂の胸を一気に焦がした。

「佐保媛さま！」

福麻呂は花のように香しく、愛しい人の体をひしと抱き締めた。

（しき島の大和の国に人二人……）

やがて、体中の血が沸騰するような激情の中で、あの歌がふっと福麻呂の脳裡に浮かんで消えた。

その瞬間、泥沼に咲く純白の花が、こぼれ落ちる一滴の木漏れ日を受けて、目に痛いほどの輝きを放った。

二

その年の夏が終わり、秋も半ばを過ぎた頃、長娥子は突然、思い出したように生駒山へ行くと言い出した。

もう臥せってはいなかったが、この五年弱、長娥子は邸宅の敷地内から、外へ出たことがない。それどころか、長娥子の心を波立たせぬようにと、父長屋や吉備内親王の話題をその耳に入れぬよう、誰もが気を配ってきたのである。

その長娥子が、長屋と吉備の眠る生駒山へ行くと言うのだ。

「お母さま、いきなりそんな遠出は、お体に障るのでは……」

佐保は不安を口にしたが、長娥子はまるで取り合わず、

「その時は、そなたも共に来なさい」

と、一方的に命じるばかりであった。

結局、長娥子の決意は誰が説得しても、変わることはなかった。

「母上には、母上ご自身のお考えもおありだろう」

最後には、長子の安宿王も納得し、

「佐保よ、母上をしかと頼むぞ」

と、佐保に長娥子を託した。

そこで、樹々の葉も色づき始めた九月の初め、長娥子と佐保は数人の供を連れて、生駒山へと向かった。馬を飛ばせば、一日で往復できる距離だが、長娥子は輿である。そのため、生駒山の近隣の館で一泊する予定であった。

その日の夕方近く、一行はようやく生駒山の麓へ到着した。

「まずは、お館でお寛(くつろ)ぎなされてから――」

佐保も従者たちも、長娥子にそう勧めたが、長娥子はその日のうちに陵(みささぎ)を拝したいと言った。

だが、秋の日は落ちるのが早く、すでに風も冷たい時刻である。

「長くはおりませぬ。ほんの少しだけ、陵を拝めればそれでよいのです」

懸命に言う長娥子の意を汲んで、佐保は母に付き添うことにした。

夕暮れの陵は訪れる人もなく、ひっそりと静まっている。長娥子はその麓まで進んでゆき、佐保一人がそのあとに従った。従者たちは少し離れた所に待たせている。

母が父の陵の前でどんなことを言い出すか。佐保は不安であった。場合によっては泣き出したり、混乱がひどくなって昏倒でもするのではないかと、不安ばかりが増してゆく。

だが、長娥子は落ち着いた足取りで、陵の前まで歩いていった。そして、その前で跪くと、静かに手を合わせた。

(お父さま、どうぞお母さまをお守りください)

佐保もまた父の陵の前で合掌し、母の祈りが終わるのを待った。

そうして、どのくらいの時が経ったのだろう。気がつくと、母は振り返って佐保を見つめていた。

父が死んで以来、見たこともない、穏やかで慈しみ深い母の眼差しであった。

「どうなさったの、お母さま」

佐保は長娥子の傍らまで近付き、訝しげな目で母を見つめ返した。

「そなたのお父さまに、そなたのことをお頼みしていたのです」

長娥子は静かな声で言った。

どうやら、一人置き去りにされた怨みや悲しみを、訴えにきたのではないらしい。

「どうして、わたしのことを――」

「安宿たちはつらい人生かもしれませぬが、自分で道を開いてゆくでしょう。長屋親王の息子として、それだけの覚悟はあるはずです。でもね、佐保。どれほど誇り高く、また、聡明さに恵まれていたとしても、女人がこの世を渡ってゆくのは、男の方のようにはまいりませぬ」

「お母さま……」

「夫となる方の運命に、巻き込まれずにいられぬのが、女人というもの。母や吉備内親王さま、それに、皇后さまを見ていれば分かるでしょう」

その言葉に佐保は逆らえなかった。

「佐保よ。わたくしの妹だから庇うわけではないけれど、皇后さまは苦しんでおられますよ」

「……ええ。分かっております」

低い声で、佐保はうなずいた。

「わたくしが苦しんだのと同じくらい、皇后さまも心に血を流しておられる。そして、皇后さまはそのことから逃げようとなさっていない」

佐保の眼差しが地面に落ちた。

「許せというのではありませぬ。ただ、そのことにそなたは目をつむってはいけないのです」

「……はい、お母さま」

分かってくれればよいのだというように、長娥子はうなずくと、佐保から目を転じて、生駒山の上の夕空を見つめた。

すでに陽は山の端に沈み、残照の淡い光が空を薄黄色に染めている。

「仲麻呂殿とのご縁談、どうご返事をするか、心は決まりましたか」

佐保の方を見ないまま、長娥子は問うた。

「ええ――」

揺るぎない落ち着いた声で、佐保は応じた。

「母や兄上たちの身を、そなたが案じる必要はないのですよ」

「分かっております」

うなずいて、佐保は静かに瞼を伏せた。すると、眼裏に一輪の白蓮の花がくっきりと浮かび上がった。これからどうするべきか、すでに心は決まっている。

「この縁談を受け容れるか、断るか、という問題ではありませぬ。受け容れるにしても、断るにしても、そなたがこれから先の人生をどう生きていくのか、それを見据えた上での決断であってほしい。母が望むのはそれだけです」

長娥子は、刻々と色を変えてゆく山の端の空を見つめながら言った。

佐保は目を開けて、きっぱりと言い切った。長娥子はそっとうなずくと、

「わたしには……考えていることがございます」

「では、返事は改めて聞くことにいたしましょう。今はただ、お父さまと吉備内親王さまの御前で、そのことをお知らせしなさい」

と言うにとどめた。

はい――とうなずいた佐保が祈りを捧げている間、長娥子の眼差しは陵の左手に、まるで墓守をするかのように立つ二本の楓の木に移されていた。

「あれをご覧なさいな」

佐保の祈りが終わるのを待って、長娥子は楓の木を指差しながら言った。そして、立ち上が

ると、その二本の楓に向かって静かに歩き出した。

楓の葉がまるで血を吸い取ったような鮮やかな紅色であることが、佐保の心を妙に騒がせた。母が憑かれたように、楓に向かって歩き出したのも、不安をかき立てた。

「比翼の鳥、連理の枝と言うけれど、まさにこれがそれなのではないかしら」

長娥子は振り返らずに呟いた。

よく見れば、二本の木の枝は上方で絡み合っている。だが、連理の枝とは、二本の木の枝が上で一つになった奇跡を言うのであって、絡み合うだけの枝を言うのではない。

「お母さま、連理の枝とは現の世のものではございません。これは、ただ近くに植えられたため、互いに場所を争った枝が絡み合って、一つになったように見えるだけですわ」

「いいえ、これは左大臣さまと内親王さまのお心が為した業ですよ」

長娥子はいかにも分かりきったことだというように、言ってのけた。

「お二人は、まことに御仲のむつまじいご夫婦でいらせられました。死出の旅路まで共に行かれたのも、当たり前のことです」

歌うように滑らかな長娥子の声が、陵から吹き降ろす冷たい風にさらわれてゆく。

「お母さま……」

佐保は不安になって、長娥子の腕を取ろうと手を差し伸べた。その時――。

「内親王さま、お許しくださいませ。わたくしごときがお二人の御仲を裂くがごとく、割り込んでゆくなど……」

長娥子は突然、膝を折ると、髪を振り乱してその場に額ずいたのである。

「何をおっしゃるのですか、お母さま！」

長娥子の激情の渦に巻き込まれでもしたかのように、佐保はうずくまる母の背にむしゃぶり付いた。

「お母さまはいつも、吉備のお母さまに一歩も二歩も譲っておられた。だからこそ、波風が立たずにやってこられたのです。吉備のお母さまとて、その美しいお心遣いを分かっておられたからこそ、お母さまに優しくしておられたのではありませんか」

「よいのですよ、わたくしは――」

長娥子はいつしか、いつもどおりの穏やかな口調に戻り、かえって佐保を庇うようにしながら、静かに身を起こした。そして、もう夕闇のせまった陵の方へ、再び目をやると、

「ただ、わたくしの望みは……」

と、長娥子は静かに瞳を閉じた。

「連理の枝の葉陰にでも、わたくしの憩う場所を、ほんの少し分けていただきたいということ。佐保よ、わたくしが死んだら、この木々の脇に辛夷の木を植えてください」

「お母さま、そのようなおっしゃりようは、明日にでも死ぬ人のように聞こえまする」

佐保は急に切なくなって、童女のように母の腕にすがり付いていった。

「そんなことはありませんよ。ただ、忘れぬうちに、そなたに言っておきたかっただけ」

長娥子は佐保の腕を優しくさすりながら、かすかに笑った。

「佐保よ。春の女神の名を持つ、わたくしの娘――」

愛しげに呼びかける長娥子の瞳に、ほんのかすかな翳がよぎった。

「お父さまはようやく生まれた娘に、一生春の陽射しに包まれて暮らしていってほしいと、その名をお与えになったのに……」

長娥子は胸がつまったように、言葉を閉ざした。

「お母さま、わたしは幸せですわ」

泣き出しそうになりながら、佐保はなおも長娥子の腕にすがったまま言った。

「他人のために生きる喜びと尊さを、教えてもらいましたから……。お父さまが望まれたように、わたしは今、春の陽射しに包まれております」

「それが強がりでなければ……。わたくしも亡きお父さまも、こんなに嬉しいことはないのだけれど……」

強がりでなく、本心でございます――と、佐保は鼻先につんと感じる痛みをこらえて言った。すでに涙声になっているのを、長娥子には気づかれてしまっただろう。

佐保は何度か深呼吸をして、己の感情を静めてから、ようやく口を開いた。

「わたしがこの先、どのような決断をしても、お母さまは受け容れてくださいますか」

長娥子の眼差しが佐保の許に戻ってきて、優しげにまたたいた。

「分かりました。そなたが決めたことならば、母はどんな決断であっても受け容れましょう」

長娥子はきっぱりとした口調で言い、佐保の両腕を取って、共に立ち上がった。

「少しだけお待ちください」

佐保は最後に言い、手に嵌めていた腕釧を外した。

何も言わず、それを父の眠る山陵の前に置き、もう一度だけ合掌する。

佐保の行動を見つめていた長娥子も、もう口を利こうとはしなかった。

ただ、母と娘は黙って目を見交わすと、どちらからともなくうなずき合った。

やがて、二人は従者たちのところへ並んで歩き出した。

途中、長娥子が足を止めて陵を振り返った時、佐保も同時に立ち止まった。

最後に振り仰いで見た山陵の上には、ひときわ明るい宵の星が、母と娘を見守るように輝き始めていた。

十章　永久の阿修羅

一

光明皇后の命がくだされて、すでに三カ月が経過しようという夏の初めになっても、阿修羅像を任された福麻呂の作業は難航していた。

釈迦如来には心を動かされなかった佐保が、唯一、心を惹かれた阿修羅――。

(阿修羅を作るということは、おれには媛さまをこの手に抱くことと同じだ)

佐保を抱くことは、天を抱くことにも等しい。その思いを、そのまま自らが作り出す阿修羅像にぶつけたかった。

あの日、佐保は、これ以上はないと思えるほど澄んだ瞳を向けて、福麻呂に言った。

――そなたがわたしの御仏でいてくれるから、わたしはこれから先も、このつらい世の中を生きていけます。

その瞳は福麻呂を見ているようでいて、虚空を見つめているようでもあり、同時に永遠を見据えた神の眼差しのようにも見えた。

（これだ――）

その時だった。神が降りたかのごとく、福麻呂がその表情に行き当たったのは――。

探し求めていた三つ目の阿修羅の顔――。それを、その時の佐保の表情の奥に、福麻呂は確かに見出していた。

傷つくことを恐れつつも、誰かのために、それを敢然と受け容れようとする健気さ。見知らぬ未来に脅えつつも、あえて厳しい穢土へ踏み出そうとする凜とした気格――。

それは、神仏にしか許されぬ領域なのかもしれない。だが、人の顔に宿る一瞬もある。

先行きの知れぬ不安に慄きながら、敢然と人生を受け容れる決意をした時の切なさ、悲しみ――人生の青き春に誰もが一度は通るその瞬間を、福麻呂はまさに佐保の面差しの上に見たのだった。

先に描いた二枚の絵は、この顔に至るまでの通過点に過ぎない。

（阿修羅の正面は、このお顔以外にない）

福麻呂は一人になってから、無我夢中で筆を走らせた。人には一瞬しか許されぬその顔を、その眼差しを、永遠のものとして世に留めるために――。

描き上げた阿修羅の顔の下に、六臂の肢体を描き添えた。二本の腕が合掌し、他の二本は日月を掲げ、残る二本は蓮華を持つ。

（白蓮のごとき媛さまを、十分に描き出すものでなければならぬ！）

福麻呂は我も忘れて必死に描いた。そして、でき上がった下絵を万福に見せた。

じっと見つめていた万福は、しばらくの間、厳しい表情をしたまま無言であった。

「表情はいい」

素気ない物言いだが、弟子を褒めることの滅多にない万福にしてみれば、これは最高の賛辞でもあった。だが、その直後、

「だが、肢体がまるでなっておらん」

厳しい叱責の言葉が吐き捨てられた。そして、冊子から下絵の紙を引きちぎると、万福は顔と肢体がばらばらになるように、勢いよく引き破った。

「何をするんです！」

福麻呂は驚愕と屈辱に、蒼ざめた唇をわなわなと震わせながら抗議した。

「よく見よ」

万福は肢体だけの描かれた方を、福麻呂の目の前に突きつけた。

「これを見て、恥じる心はないのかっ！」

福麻呂は首から上のない肢体だけの絵を見た。

三面のない体は、完全な女体であった。豊満な女性像ではなく、開きかけた蕾の瑞々しさを思わせる乙女の裸身――。先ほどまではそう見えなかったが、こうして肢体だけを突きつけられると、妙に生々しい絵であった。

途端に、福麻呂は佐保の裸身を思い出して、死にたいほどの恥辱を覚えた。

どうして、あんなものを描いてしまったのだろう。この世で何より汚(けが)してはならぬものを、自らの手で汚してしまった。

「これを見よ」

今度は、首から上だけが描かれた方を、万福は突きつけてきた。

「実に崇高な神の表情ではないか。その中に、人の弱さや危うさが溶け合っておる。それがどうだ」

万福は、肢体が描かれた方の紙を、その下に置いた。引きちぎられた首と胴体が再びつながる。

「この肢体と合わせると、崇高さが失せる。これでは、ただの苦悩する一個の衆生じゃ。全体としては凡庸に堕(お)ちてしまう」

万福は冊子ごと、下絵を乱暴に福麻呂の手に差し戻すと、

「描き直せ！」

容赦のない声で厳しく言い渡した。福麻呂は肩を震わせながら、顔も上げられないでいる。

万福はしばらくの間、無言で福麻呂を見つめていたが、

「わしが昔、白蓮のような仏像を共に作ろうと申したのを、覚えているか」

と、今度は静かな声で語り出した。

「……どうして忘れたりしましょうか」

「白蓮といえば、確かに女人のごとき優しさを思うやもしれぬ。だが、仏像とは男か女かという理(ことわり)を超えたものであろう」

万福は素朴な口調で語り続けた。

「もともと天竺の神である阿修羅は男神なのかもしれぬ。だがな、お前が作るのは仏像として

の阿修羅。男神でも女神でもない白蓮の阿修羅――お前ならば、そんな新しい阿修羅を創れると思うからこそ、こう申しているのだ」

福麻呂は虚ろな目を上げ、無言のままうなずいた。

万福の気持ちは素直に嬉しい。が、今はそれに礼を言う余裕もなかった。

どうすれば、白蓮の阿修羅を創れるのか。

下絵が女体となってしまった理由が、福麻呂にはすでに分かっていた。自分でもどうにもならぬ煩悩にさいなまれているせいであった。

仏師として創造する苦しみも確かにあるが、ただ一人の恋する男として、福麻呂はこの時、たとえようもない苦悩を抱えていた。

(もう二度と、あのような時を持つことは叶わない……)

佐保の最後に見せた表情――神にも永遠にもつながるあの一瞬の表情は、福麻呂にそのことを容赦なく悟らせたのであった。

身の程知らずの望みを持っているわけではない。佐保を妻にするなど考えてみたこともないし、欲望の相手と見るわけでもなかった。だが、互いに妹背(いもせ)と呼び合う想い人同士として、心を通わせ続けたい。

想い想われていると、常に確かめ続けたい。そして、汲んでも尽きぬ豊潤な泉から、創作の糧と力を与え続けられたかった。

以来、福麻呂は思い出の蓮沼に一人佇み、時には、佐保の住まう邸の前まで行き、燃え上がるような恋心を持て余して苦しまねばならなかった。描く下絵は、佐保の裸身を髣髴とさせる女体ばかりとなった。

だが、聖なる世界の仏像を、生臭いものにはできない。

いや、男が佐保の裸身を思い描くということ自体、福麻呂には許し難いことであるのに、それをしているのが他ならぬ自分なのだ。それがつらかった。

だが、たとえもう一度、佐保から我が背と呼んでもらえても、あるいは、佐保を我が手に抱き締めることが叶ったとしても、福麻呂の苦悩が癒されるわけではない。

もっと、もっと——と、際限なく膨れ上がる欲心は、福麻呂自身の中で折り合いをつけねばならぬものであった。

福麻呂はあえて自分を痛めつけるように、食を抜き、睡眠を取らず、衰弱していった。

そして、夏も半ばを過ぎた頃——。

(あれは、夢だったのか。それとも、忘れていた思い出か)

後になっても判然とはしないのだが、福麻呂は夢うつつの中に、幼い頃の情景を見出していたのである。

それは、亡き母の面影であった——。


「どうして、おれには父さんがいないの?」

そう駄々をこねて泣きじゃくる幼い我が子に、若くて美しい母は語りかけた。

「お前の父さんには、大事な志があるのよ」

「大事な志って——」

「お仕えする大事なご主君を、命がけでお守りするのです」

「母さんやおれのことは、守ってくれないのに……」

「ご主君をお守りするというのは、大事なお仕事なの。そういう父さんが、母さんは大好きだったのよ。だからね。母さんは大好きな人のために、大好きな人から離れたのよ……」

父さんを困らせないためにね——亡き母はそう言って、寂しげに微笑んでいた。

（母さーんっ！）

はっと意識が覚めた時、福麻呂は見知らぬ小暗い林の中にいた。

飛火野の楢の林に似ていたが、もっと木々が鬱蒼と茂っており、人の出入りした痕跡がない。まるで原初の時代から、人の目に触れることなく、誰からも顧みられることのなかったような——。

そこは、恐ろしいほどの濃密な山の霊気に満ちた場所であった。木々はどれも高く、天までまっすぐに伸び切っているように見え、夏草は福麻呂の腰の辺りまで生い茂っている。だが、それらは十分な生命の力を感じさせたが、生々しい草いきれは発していない。むしろ、朝露で洗われたばかりのような清々しさに包まれていた。

自分は死んでしまったのか——ふと、そんな恐怖に見舞われた時、福麻呂の傍らでかさかさと落ち葉が音を立てた。

「お前は……鹿丸！」

一頭の鹿——それも、片方の角が途中で折れた牡鹿である。

「お前、生きていたのだな」

ここがお前の新しい住処か——と尋ねると、鹿丸はまるでついて来いとでもいうように、福麻呂を見て、前脚で土を蹴った。不思議なことに、意識を失うほど疲労し、空腹でもあったはずなのに、この時の福麻呂は起き上がって動くだけの元気を取り戻していた。

木々が生い茂って、陽の光もあまり届かないような薄暗い林が続いている。黙って鹿丸の後について行くと、急に福麻呂の体は光に包まれた。

「これは……」

そこだけ伐りとられたように、木々のない岩場が現れ、その奥には水流の激しい小さな滝があった。白い飛沫が夏の陽光を反射して、暗さに慣れた福麻呂の目を射る。

ひっそりと人目から隠されたような、神の宿る山に流れ落ちる滝——それは、神の化身のように福麻呂の目に映った。

はっと気づいて、辺りを見回すと、鹿丸の姿が消え失せている。

「鹿丸よっ！　ここはどこなのだ！」

改めて恐怖を覚え、あたりに目を配ってみると、滝の近くに注連縄つきの磐がある。

「これは、神が宿るという磐座！」

では、ここはあの立ち入りを禁じられた御笠山か！

とんでもない所に迷いこんでしまった。おそれ多さに足が震えたが、一方で、これは神仏のご意思ではないかという気持ちが湧き起こってきた。

確か、あの時、佐保は鹿丸に連れられて蓮沼へ来たと言っていたではないか。そして、今、自分は鹿丸の案内で御笠山の磐座へ来た。

（しばらくの間、ここで身を清め、心を静めよという、御仏のご意思であろう）

福麻呂はその日から三日の間、斎戒沐浴して滝に打たれることを決意した。出家したわけでもない俗人の俄か修行ではあるが、阿修羅像に手をかける以上、そうしなければならぬと思った。

滝に打たれる修行は、正規の僧侶や修験者にとってもたいへんな苦行の一つである。福麻呂は心を静め、滝壺の水に足を付けた。ひんやりとした水が身も心も震わせて、心地よいというより、恐ろしくて逃げ帰りたいような気持ちになる。が、福麻呂はそれに耐え、足をざぶりと滝壺の中に踏み入れた。水は福麻呂の膝の辺りまでしかない。

両手を合わせ祈る姿勢で、思い切って滝の下まで行くと、そこに胡坐をかいた。一瞬も目を開けてはいられなかった。水に打たれているというより、氷柱で刺し貫かれているような衝撃が、休む閑なく襲いかかってくる。

ともすれば、幻影となって脳裡に浮かび上がる佐保の白い裸身――それは今となっては、美しく清浄な女神ではなく、福麻呂の若い肉体を煩悩に誘い出す邪神でもあった。

（この煩悩から逃れられぬ限り、おれは阿修羅を創ることができない）

一日目はただ苦痛に耐え、必死になって御仏に手を合わせ、祈り続けるばかりであった。夜になって修行をやめると、その日は滝壺の近くに野宿した。

二日目になると、滝水に打たれ、激しい痛みに身をさいなまれる度、己の醜い欲望が打ち砕かれていくような喜びが湧いた。ふっと意識を失いかけた時、母の言葉がよみがえった。

――大好きな人のために、大好きな人から離れたのよ……。

佐保のために、自分は佐保から離れることができるのか。

御笠山へ入る前の福麻呂に、そのような考えはまったくなかった。どうやって、佐保の傍にいようかと、それぱかり考えていた。

また、それが佐保のためだと考えてもいた。

だが、それだけが情愛ではない。亡き母の愛はそれを教えてくれる。

そうして、滝に打たれ始めて三日目の夕方、福麻呂は水の中を這うようにして、岸へ上がった。精も魂も尽き果てており、意識も朦朧としていた。と、その時――。

「あれは……」

滝の吹き上げる白い飛沫の向こうに、福麻呂は鮮やかな虹を見出していた。

滝の中心から左右に架けられた、まさに虹の橋である。その真ん中を貫く水の帯が、福麻呂の目の中で、やがて人の形を取り始めた。滝壺はまさに蓮台と見える。

「南無（なむ）、釈迦如来さま……」

と、呟いたその時、その姿は一人の女人の像に変じた。

（佐保媛さま！）

いや、白蓮の花の化身か。

すべては、一瞬の出来事であった。はっと気を取り直した時にはもう、御仏とも佐保とも見えた幻は消え失せ、七色の虹の橋も淡く薄れ始めていた。

虹が完全に消えた時、福麻呂はあれほど疲れ切っていたはずの体が、妙に軽いように感じられた。朦朧としていた意識もはっきりしている。福麻呂の心身を焼いた煩悩の暗い炎は、心身からかき消すように失せていた。

たとえ現世で結ばれることがなくても、阿修羅像を創ることによって、永久に愛しい人と一つになれる。

（おれは、阿修羅を創れる！）

いや、必ずや創り上げてみせる。

その時、福麻呂の胸中にはその強い確信が芽生えていた。

二

それから数日後、福麻呂は完成した下絵を携えて、造仏所に帰ってきた。

「でき上がったのか」

厳しい眼差しでそれだけを問うた万福に、福麻呂は無言でうなずいた。窶れ切った様子をしているが、目だけは爛々と輝き、精悍さも増している。

福麻呂が示したのは、阿修羅の精緻極まりない下絵であった。従来の逞しい阿修羅像とは一線を画していたが、それでいて、女体のなよやかさに流れてもいない。

これまで描かれたことのない福麻呂の阿修羅像は、躍動感が排除され、全体は静謐に包まれていた。重厚さなどは微塵も感じられず、両腕は長くしなやかに伸び、くびれた腰は細くたおやかだった。

それならば、完全な女体かといわれれば、そんなことはなく、太い首、広い肩はいかにも男らしい。露になった上半身の清潔感も、まだ女を知らぬ少年を思わせるものであった。

そんなふうに部分ごとはばらばらなのに、全体は男女の理を超越して、絶妙なまでの均衡を保ち得ていた。

「これが、白蓮の阿修羅か」

万福は深々と溜息を吐いた。

表情は人間の苦悩を見せながら、あくまでも凜々しい気品を感じさせ、肉体は少年にも少女にも見える繊細さを持ちながら、弱々しさは微塵も感じさせない。

そこにあるのは、戦いに打ち勝つだけの確かな神の強さであった。

「よし、これでいけ」

夏の終わり、万福は阿修羅像の制作に取りかかる許可を出した。残る期限は半年余りしかない。

すでに工程の半ば以上も進んでいる他の八部衆像に追いつくべく、阿修羅像担当の仏師たちは、それから昼夜を舍かず仕事に打ち込んだ。

まずは心木を組み、塑土を盛りつけた後、麦粉に漆を混ぜ合わせた麦漆で、粗い麻布を張り合わせていく。麦漆を乾かしては塗り、乾かしては塗り、その作業をくり返すのに、ひと月余りかかった。

それが終わって、漆が乾燥した後、背面を切り開いて、原型部の塑土を取り除き、中には新たに木枠を組む。これは、火災に遭った場合を考え、持ち運びのしやすいように――との配慮でもあった。

　この頃、すでに暦は秋になっている。

　いよいよ顔の細部の肉付け作業が始まった。

細部は、麦漆に杉、松などの葉の粉末を混ぜた抹香漆（まっこううるし）、または、檜などの樹皮を粉末状にしたものを混ぜ合わせた木屎漆（こくそうるし）を使って仕上げていく。

　福麻呂は使い込んだ木のへらで、まず左面の顔から肉付けの作業を始めた。

鼻梁の盛り上がり、目の下のくぼみなど、微妙なふくらみ、へこみを作ることで、顔立ちはもちろん、表情の細かな陰影を出していかねばならない。

向かって左面の憤怒を噛み締める口許や、右面の悲しみをこらえた内省的な眼差しなど、三面の表情に変化をもたせるのは、福麻呂の大きな挑戦でもあった。

　だが、一通りの作業がある程度まで進んだところで、

（これでは不完全だ！）

　福麻呂の手の動きは止まってしまった。

　肉付け作業は下絵を元に進められている。それぞれの表情の違いを出すべく、繊細な手作業をこなしてきた。

　だが、三つの顔の眼差しの違いが、どうしても表し尽くせない。

　そして、それができなければ、この阿修羅像は他の部分が完璧であっても、失敗作となるのであった。

（阿修羅の表情の変貌こそが、この仏像の命であるというのに！）

心の内部に吹き荒れる怒りと憎しみゆえに、つり上がった眦（まなじり）――。

そんな己自身を見つめる、孤独で悲しみに満ちた内省の眼差し――。

そして、最後にたどり着いた、永遠を見つめ、愛する者を見つめる切ないまでに凜とした眼差し――。

左面、右面、正面のそれぞれの違いを表現しなければ――。

福麻呂はへらを握り締めたまま、苛立ちだけを深めていった。

「これを混ぜて使うのはどうか」

万福が素焼きの小さな皿を、そっと渡してくれたのは、秋も深まった頃であった。

「これは……」

皿の上には漆が載っているが、いつも使う杉や松の葉の抹香漆でも、檜の樹皮を砕いた木屎漆でもない。

「楡（にれ）の樹皮を砕いたものだ」

と、万福は言葉少なに教えてくれた。楡の樹皮には杉や松にはない粘り気がある。そのままでは使えないが、分量を適切に混ぜて新しい木屎漆を作れば、あるいは――。

「分かりました！」

福麻呂は勇躍、翌日から春日山を中心に、奈良の山野を歩き回った。

奈良とは、楢の木が多いことから付いた地名というが、ここには楡の木も多い。その樹皮は小刀で切り取ったその瞬間から、べとべととした感触の粘り気が手にこびり付くほどであった。

他にも、楢や梅や樫など、あれこれ試してみたが、粘り気の強さで楡に勝るものはない。

（これならば、できるぞ！）

焦りと苛立ちに強張っていた福麻呂の表情にも、明るさが戻った。

（西金堂はもうおおかた、成ったのだろうか）

ふと興福寺に立ち寄る気になったのも、木屎漆の目処がついて、気持ちにゆとりが生まれたせいか。

悲田院を出てからは、万福の使者となって赴く以外、自分の意思で興福寺に立ち入ることはなかった。まして、佐保との思い出深い悲田院に、足を踏み入れたことは一度もない。

だが、この日、もう瓦葺の屋根を被せるだけとなった西金堂を遠目に眺めた後、ふと悲田院の方へ、福麻呂は足を向けたのだった。

中へ入る気はない。門の外から中の様子をのぞき見るだけのつもりだったが、この日、悲田院の前には福麻呂と同じようなことを考える者がいた。

中をうかがうというより、何か物思いにでもふけっているような四十路くらいの男は、官服を着ている。がっしりした体格に見覚えがあった。男も眼差しに気づいたのか、振り返って福麻呂を見た。

「あなたは、安宿王さまの……」

先に気づいたのは福麻呂だった。

この男から佐保を忘れるよう告げられた日のことは、忘れようもない。男も一瞬遅れて、福麻呂に気づいたようであった。

「おぬし、確か虫麻呂といったな」

「……はい」

「いや、すっかり大人びて、見違えてしまった。今はもう、ここにはおらぬのだろう?」

「はい。造仏所の仏師となりました」

「そうか。仏師殿の養子になっていたのか」

男──大伴子虫は、感慨深げに幾度もうなずいてみせた。

「実は、ふとおぬしを思い出し、興福寺へ来たついでに悲田院をのぞいてみる気になったのよ」

と、子虫は言う。

「興福寺へは何用で──」

「ああ、わしは左兵庫に勤めておるゆえ、この度、中金堂に納めることになった太刀を運んできたのだ」

左兵庫は武器を扱う役所であるから、不自然なことではない。

おぬしは何ゆえ興福寺へ来たのか──と問い返されて、福麻呂は西金堂を飾る仏像群制作の話題から、今、自分が阿修羅像を作っているということまで語らされる羽目となった。その一つ一つの話を、子虫は嬉しそうに聞いた。

「いやいや、おぬしが立派になった話を聞けて喜ばしい」

と、子虫は笑みを浮かべた。

「実は、安宿王さまの使いは、まことにつらい仕事だったのだ」

とまで、率直に内心を明かした。あの当時から、心の隅で福麻呂、いや、虫麻呂のことを気にかけてくれていたらしい。

「おぬしの阿修羅像が仕上がったら、必ず見せてもらおう」

と、子虫は約束してくれた。

「わしは……そうだな、七条の囲碁亭という店にいることが多い。仏像作りが終わったら訪ねてきてくれ。祝杯といってはなんだが、酒の一杯なりとおごらせてもらおう」

子虫は人のよさそうな笑顔を最後に、踵を返した。

(あの方も、おれの阿修羅像が完成するのを待っていてくださる)

福麻呂は籠に入れてあった楡の樹皮を握り締め、昂揚した心で子虫を見送った。


子虫と再会した昂りを引き連れて、造仏所へ帰った福麻呂は、ただちに顔の肉付け作業に取りかかった。

楡の樹皮入りの新しい木屎漆は、乾かないうちに作業にかからなければ、固まってしまって使いものにならない。福麻呂は真剣な眼差しで、まず目の周辺の作業から取りかかった。

へらを握った手や指先が、時にはすばやく大胆な動きで、漆を塗りつけたり、塗った漆をさっと削ったりする。あるいは、息を詰めるような緊張感の中で、動いたのか動いていないのか分からぬほどの、ほんのわずかな動きしか見せないこともある。だが、阿修羅像の顔には、一目で分かるほどの変化が刻まれていたりする。

そうして、阿修羅の両側面の顔は、見る見るうちに命を吹き込まれていった。

残るは、最も難しい正面の肉付け作業である。

(媛さま……)

その時、蓮沼のほとりで見せた佐保の表情が、眼裏に髣髴と浮かび上がった。

これまで阿修羅像を作るのに夢中で、考えることを忘れていたが、どうして佐保はあのような表情を浮かべることができたのか。神の領域に踏み込むがごとき気高い表情を――。

自らへらを握り締め、その表情を作り上げる時になって、福麻呂は急にそのことが気にかかり始めた。

そうする間も、手の動きは止まらない。もう冬も近いというのに、額からは汗がぽたぽたとこぼれ落ちてくる。が、それすらも先輩の仏師から汗拭いの布を渡されるまで、気づかぬほどの没頭ぶりであった。

――わたしはこれから先も、このつらい世の中を生きていけます。

その言葉は、二人のひと時の想い出が生きる強さを与えてくれるという意味だ。佐保には二度と、福麻呂とあのようなひと時を持つ気持ちはないのだろう。だが、福麻呂以外の誰かを背の君とは呼ばぬとも、はっきり告げていた。

だが、すでに父を喪(うしな)い、母と共に藤原氏の世話になる身の上で、そうした希望を通せるものかどうか。

確かに、皇女や女王(にょおう)といった皇族の女性が、未婚のまま生涯を過ごすことはあると聞く。だが、そのためには、伊勢の斎宮(いつきのみや)になるなど、神に仕える身とならなければ――。

(まさか、媛さまは――)

無意識のうちに作業を終えた福麻呂のへらが、手の中から落ちて、カタッと乾いた音を立てた。

福麻呂は放心している。落ちたへらを拾い上げようともしない。不審に思ったらしい仲間の仏師が、仏像を乗せる洲浜(すはま)を彫っていた手を止めて、福麻呂の方を見た。

「でき上がったのかっ！」

福麻呂の耳にはその声すらも入ってこない。

(ああ、媛さま。あなたはもう……)

汗か涙か分からぬ滴のせいで、目の前がぼんやりとかすんでくる。福麻呂はきつく目を閉じた。

次の瞬間、福麻呂は造仏所の仏師たちから、揉みくちゃにされていた。

「よくぞ、やり遂げたな」

「間に合わんのじゃないかと心配したぞ」

八部衆像の七体はもうひと月も前に、彩色作業に入っている。阿修羅像の仕上がりだけが遅れており、また、従来の阿修羅像とは違った下絵を万福が許可したことで、造仏所の中には不安や不満の声がないわけでもなかった。

だが、でき上がった阿修羅像を見て、非難の言葉を口にする者は一人もいない。

特に、最後に仕上がった正面の表情は、見れば見るほど、これ以外の阿修羅像は考えられないというほどの重みをもって、胸に迫ってくる。

怒っているわけではないが、少し上がり気味の眦、そこはかとない悲しみを湛え、じっと遠くを見つめているような眼差し――。眉間に刻まれた皺は、仏に帰依(きえ)した者の深い慈悲を湛えている。

「これが、お前の阿修羅なのだな」

万福の高弟から、背を叩かれた時、福麻呂はようやく我に返った。

（そうだ。これが、おれの阿修羅なのだ。おれの、媛さま……）

正面からまじまじと阿修羅像を見つめる。その眼差しは福麻呂を見ていながら、福麻呂を見てはいない。福麻呂の手の内にいるようで、もう二度と手には入らない。

「ここ数日、不眠不休に近かったようだが、休んでいる暇はないぞ」

仏師たちは、福麻呂の放心を無理はないことと思ったようだ。

「この上から、下地の漆と白土を塗って、仕上げをしなけりゃならん。そして、最後に彩色だ」

その時、仏師たちの間を縫って、万福がやって来た。秦牛養（はたのうしかい）という老練の画師を横に連れている。

その姿を見て、福麻呂はようやく気を引き締めた。万福の評価が何より気になる。

だが、この時、万福は感想めいたことは一言も言わなかった。福麻呂の方は見ようともせず、ただ秦牛養を振り返って、

「いかがですか。この像ならば、どんな彩色をなさいますか」

と、尋ねるばかりであった。

「そうですな。剥き出しの部分は鮮やかな朱色で、大胆に異国の神であることを強調いたしましょう。髪は赤毛に截金（きりがね）を施して、華やかさと崇高さを出してはいかがか、と――」

截金とは金箔を細い線状にしたものを、宝髻（ほうきつ）と呼ばれる髪型に一本一本嵌め込む技法で、気の遠くなるような作業である。が、それは、老練の画師がそれだけの細工をするにふさわしい

像と認めてくれたということでもあった。

　彩色の過程に入ると、牛養の率いる画師集団に作業が委ねられる。

　福麻呂は、牛養やその弟子たちと共に、色を決める相談には加わったが、作業そのものには加わらない。

　阿修羅は剥き出しの上半身に胸飾（むねかざり）や腕釧をつけ、下半身には宝相華（ほうそうげ）という架空の花を紋様にした裙（くん）をまとっている。肌と宝髻の色は、牛養の意見がそのまま取り入れられて朱と決まった。一方、宝飾品や裙もそれに見劣りしない華やかな色でいこうという意見が出され、緑青、朱、黄を交えた派手な彩色が施されることになった。

　造仏所では、慌ただしい作業が再開された。下地の漆塗りや白土塗りには、菩薩像、四天王像をすでに完成させていた熟練の仏師たちまでが加わって、阿修羅像完成までの作業を後押ししてくれる。

　そして、仏像完成の期限――翌年の正月十一日が迫りくるその年の暮れ、阿修羅像はようやくでき上がった。

　鮮やかで派手な色彩に包まれた阿修羅は、色の洪水の中に身を置いているようでいながら、不思議なくらい静謐だった。派手な色使いがかえって、阿修羅の深みのある表情を際立たせている。

　そして、今、福麻呂は万福と二人、すでに安置された興福寺の西金堂で、阿修羅像を前にしていた。

三

「阿修羅の三面の変貌を、かくも見事に作り出したか」

将軍万福は最後にでき上がった八部衆像の一体、福麻呂の阿修羅像を前に、一言だけ口にした。

福麻呂は振り向きもせず、阿修羅像に見入り続けている。

（佐保媛さま――）

皇后を激しく詰った後、眉をつり上げ、下唇を噛み締め、憤りを必死にこらえていた佐保――。

如来より阿修羅がいいと言って、唇をきゅっと引き結んでいた佐保――。

そして、蓮沼のほとりで、互いの想いを認め合った後の……。

その時々に見せた佐保の顔が、福麻呂の眼裏を一気に駆け抜けていった。

少し頬が削げたためか、鋭く見える福麻呂の横顔に向かって、万福はさらに言った。

「誰よりも先に見せたい人を、落慶供養の前にここへお呼びしてはどうか」

福麻呂の表情が一瞬、はっと引き締まった。その後、阿修羅を見つめたままゆっくりうなずくと、

「今から、出かけてもいいですか」

福麻呂は急に、万福にまっすぐな目を向けて問うた。今から、佐保をこの場に招こうというのである。

勝手にするがいい――というように、万福は笑って答えた。

「わしは先に帰っているぞ」

「あの……父さん」

行きかけた父の背中に向かって、福麻呂は遠慮がちに声をかけた。

「何だ」

万福が足を止め、怪訝な顔で振り返った。

「おれが阿修羅を創ることができたのは、まったく不思議としか言えません。おれには御仏が姿を変えて、あの方となり、または、父さんとなって、おれに阿修羅を創らせたとしか思えないのです」

日頃、口の重い福麻呂が懸命にしゃべるのを、万福は微笑ましげに見つめていた。

「おれ……今やっと、仏師になりたいと思うようになりました」

「何だと……」

「これまでは、ただ父さんの言葉に従って修業していただけでした。でも、今は――本心から仏師になりたいと思います。だから、もうしばらくは父さんの下で、お手伝いをさせてくださ い」

「お前の腕ならば、もう一人前の仏師として仕事ももらえるだろう。それでも、か」

「はい」

福麻呂はきっぱりと言い切った。

「それから、おれに実の父を探すことを許してほしいのです」

「何ゆえ、今になって――」

万福の口髭がかすかに震えている。うろたえた目の色を悟られまいとして、万福はぷいと横を向いた。

「おれは仏師になります。実の父の仕事が何であれ、おれは将軍万福の息子であり弟子として、仏師になる。そのことをきちんと知らせたいのです」

「そうか。ならば、好きにするがいい」

短く答えて、万福はそれ以上顔を見られたくないというように、さっさと踵を返してしまった。

出口へ向かって歩いてゆくその背中に、福麻呂は深々と頭を下げた。


万福が去った薄暗い西金堂の戸が、それから一刻ばかり後、再び静かに開けられた。

緊張した面持ちで入ってきたのは、福麻呂と佐保である。

福麻呂が何も言わぬうちから、佐保はぐるりと数多の仏像たちを眺め、迷うことなくその一体に近付いていった。

福麻呂の作った阿修羅像の前で、佐保は息を殺して、じっとその姿を見つめ続けた。

「これが、そなたの阿修羅像――」

やがて、佐保は何かを壊すのを恐れるかのように、ひそやかな声で呟いた。

「どうしてかしら。わたしにはこの像がそなたにしか見えない……」

「そうでございますか。わたくしには媛さまにしか見えませぬ」

福麻呂は佐保の言葉をまっすぐに受け止め、ごく自然に答えた。

「きっと、誰もが――」

佐保は目を閉じて言う。

「数百年、数千年の後までもずっと、誰もがこの阿修羅像を見て、思うのでしょうね。これは、自分の恋い慕う人の姿だ、と――」

佐保は再び目を開けると、ゆっくりと振り返って福麻呂を見据えた。

「そなたに聞いてもらいたいことがあります」

「はい」

福麻呂は動じたところのない落ち着いた声で応じる。

「わたしは、出家することにしました」

清澄な透明感のある声で、佐保は告げた。

「さようでございましたか」

福麻呂はそっと目を閉じた。

すでに予感はあった。この阿修羅像の正面の表情を完成させた時、福麻呂の心に佐保の決意は届いたのだ。

「およろこび申し上げます」

福麻呂は目を開け、佐保を正面から見つめて告げた。声や態度に、動揺した様子は一片も見られなかった。

「まことに、そう思ってくれるのですか」

佐保の言葉に、福麻呂はしかとうなずいてみせる。

「感謝します」

佐保は言い、ゆっくりと福麻呂に近付いていった。それから、安心した様子で、福麻呂の胸にそっと頭をもたせかけた。

福麻呂は佐保の左手をそっと取った。

「わたくしが差し上げた腕釧を、しておられないのですね」

「あの腕釧はずっと、一人きりのわたしを見守り続けてくれました。でも、もうわたしには必要のないものです。わたしはもう、一人ではないのだもの」

福麻呂は黙ってうなずいた。

「永久(とこしえ)の……わが背の君――」

運命を見据える佐保の表情は、福麻呂が制作した阿修羅像の正面の顔そのままである。

あなたさまもまた、永久の吾妹子(わぎもこ)です――口に出しては言わなかったが、その想いをこめて、福麻呂は最後に佐保を抱き締めた。

(おれはもう決して、他の女人は愛さない!)

あの蓮沼でのひと時を忘れることは決してできない。互いの生涯に、ただ一度きりの……。

壁に点された小さな炎が、一つになった二人の影を西金堂の床にくっきりと映し出していた。

終章

一

天平十（七三八）年七月十日の昼過ぎ、大伴子虫は初めて興福寺の西金堂に足を踏み入れていた。

初秋の太陽はまだぎらぎらと照っている。だが、西金堂の建物の中は、外の暑さなど無縁のものであるように、静謐な冷気に包まれていた。

ここに祀られた八部衆像のうち、三面六臂の阿修羅像が大変な評判を博したのを、子虫も知っていた。

とても戦神とは見えず、まるで人のような肢体を持つ阿修羅——。

顔立ちは男とも女とも、少年とも少女とも見え、あたかも苦悩するがごとき表情を浮かべている。あれは恋をしているのだ。どう見ても、煩悩を抱えた衆生の姿と見える。

さまざまの評判を耳にしながら、子虫はあの悲田院の孤児だった虫麻呂の、今の活躍ぶりを嬉しく思った。早く見にいこう、約束を果たさなければ――そう思いつつ、つい足が向かなかったのは、子虫の心がそれ以上に大事な一事だけに占められていたからだ。

だが、それだけが理由というわけでもない。阿修羅が納められた西金堂落慶供養の当日に、子虫の無念をいっそうかき立てる出来事が起こったためでもあった。

子虫の主家長屋親王家の媛が、興福寺西金堂の落慶供養の日に出家したのである。

当時、まだ十八歳だった。これから恋をして、夫を迎え、ようやく人並みの幸せを手にしようという時ではないか。

(左大臣さまがご存命であれば、よもやそんなことには……)

子虫は噂を人づてに聞き、ただ、ひたすら口惜しがるより他に、為す術もなかった。

だが、あれから五年も経った今、もはや佐保――いや、出家して名を教勝と改めた主家の媛に、会おうとは思わない。

ただ、その出家と時を同じくして、供養された興福寺西金堂の仏像たち――中でも、縁あった虫麻呂の阿修羅には、今生の別れを告げにいこうと思い立った。

(わしの心の中にも、阿修羅がいる)

その阿修羅と、虫麻呂の阿修羅を対面させてやるのも、悪くはあるまい。

西金堂の扉を開けて、中へ入った時、子虫はふとそんな思いにとらわれていた。

阿修羅像はどこか。

子虫は正面に鎮座す釈迦如来坐像にも、その脇侍の菩薩像にも、ほとんど関心を示さなかった。

（阿修羅――）

それこそが、今の自分に最もふさわしい祈りの対象だと、子虫には思われる。

主の仇を討ちにいこうとしている自分には――。

やがて、子虫の眼差しは吸い寄せられるように、阿修羅を見出した。三面六臂の異形の神が自分を招いている――子虫の目にはそう見えたのだった。

子虫は見えない糸に手繰り寄せられるように、阿修羅に近付いた。

確かに、阿修羅の正面の眼差しは子虫をじっと見つめている。

あらぬ虚空を見つめているようにも見えるが、自分を見てくれているように子虫には感じられた。

「御方さま――」

子虫は震える声で呟いていた。

これは、若い頃の長娥子そのままの姿ではないか。

（それがしを、案じてくださるのですか）

その瞬間、阿修羅は別の女に転じた。

（鈴虫！　おぬしは鈴虫かっ！）

子虫の手は我知らず、腰に佩いた短剣をまさぐっていた。

長娥子にどこか似た風情の遊び女であった。つい情が移り、関わりを持った。

女は子虫にまことの情けを注ぐようになった。子ができたと聞き、肌身離さず持っていた青銅の短剣を、女にくれてやった。だが、女はその鞘だけを受け取ると、抜き身の剣は子虫に返してきた。さらに数日後、女は鈴虫の絵を彫った木彫りの鞘を子虫にくれた。

手先の器用な女が、自分の名を模(かたど)った絵柄を彫ってくれたのだ。だが、それを渡されたのを最後、女は子虫の前から姿を消してしまった。

子虫は短剣を木彫りの鞘ごと腰から抜いた。

(鈴虫よ、済まぬ)

子虫は鞘を払い、その鞘を阿修羅像の前に置いた。

鞘のない短剣を布で包んで、懐にしのばせる。もう鞘は要らないだろう。

子虫は再び阿修羅像を見つめた。

阿修羅像はもう子虫を見てはいなかった。

この濁世(じょくせ)の成り立ちそのものを憂えているとでもいうように、どこともない虚空を見つめている。

よく見れば、阿修羅像は長娥子でも鈴虫でもなかった。

どこか、佐保媛に似ていると、子虫は最後に思った。


長屋親王の変から、すでに九年余が過ぎ去り、その忌まわしい記憶も人々の脳裡から遠のいている。時代も大きく変転していた。

一年前の天平九年、都は凄(すさ)まじい疫病に襲われた。天然痘は猖獗(しょうけつ)を極め、庶民ばかりでなく、貴人たちの間にまで広がっていった。

これにより、朝廷を主導していた藤原四卿が次々に死去――。

世の人は、これを長屋親王家の祟りと恐れた。

妖言、妄言の類が民の間にもはびこり、政情は混迷した。藤原四卿らの息子たちはいずれも若く、皇族も強力な主導者を欠く。まだ皇太子は決まっておらず、帝と皇后の不安も募る一方であった。

やがて、四卿の死から半年余りが経ち、朝廷は皇族出身で、光明皇后の異父兄でもある橘諸兄を中心に基盤を固めていった。

天平十年正月、諸兄の後押しを受けて、光明皇后所生の皇女阿倍内親王が、女性として最初の皇太子に立てられた。基皇子の死去の後、光明子が子に恵まれることはなく、その結果、異例の内親王立太子が執り行われたのであった。

長娥子は兄武智麻呂の死後、その邸を出た。

かつて長屋が別邸を営んでいた佐保の地に、小さな邸宅を建て、そこでひっそりと起居している。

出家した教勝の三人の兄たちもそれぞれ出仕して、皇族としての務めに従事し始めていた。

時代はまさに移ろったのだ。そして――。

初めて阿修羅像に対面したその日の夕べ、大伴子虫はいつものように、七条の食事処「囲碁亭」で囲碁に興じていた。興じていたと言っても、本心から楽しんでいるのは子虫ではなく、対局相手の中臣東人だけであったろう。

(この男に近付くため、必死に囲碁を習い覚えて、もう何年になるのか)

指折り数えてみれば、もう五年以上にもなる。

（そろそろよいだろう）

長屋親王の変に関わったとされる、藤原四卿も死んだ。

いくら用心深く、東人が真相を隠し続けたといっても、そろそろ気をゆるめる時だ。その上、子虫との付き合いも長くなっている。うまく持ちかければ、本音を吐くかもしれぬと、子虫は心を決めた。

そう思って、この日はこの店の中でも、貴人たちがお忍びで使用する離れの特別室を予約し、東人を案内した。この部屋には、棊局（ききょく）も棊子（きし）も特製のものが用意されている。

棊局は紫檀製で、側面には植物や動物などが象嵌された豪華なものだ。棊子は一方が琥珀、一方が水晶で作られている。

「日頃、誼（よしみ）を通じていただいたお礼に加え、先達にご教授いただきたいこともございまして、一席設けさせていただきました。ゆえに、今日の費用はすべてそれがしが持たせていただきまする」

子虫は慇懃に言った。

「おう、そうか。よい心がけだ。ならば、酒を持ってこいっ」

東人はご機嫌である。都合のよいことに、自分から酒を注文してくれた。

東人の気分をよくさせるため、子虫は初め、わざと負け続けた。

「ああ、今宵は気分がよいわ」

子虫が追加注文した酒に顔を赤くし、東人はますます上機嫌になってゆく。

「これが、わしの本領なのだぞっ！」

口の利き方もぞんざいになり始めていた。

「まことに、ごもっともで――」

子虫は相手の機嫌を取るように、相槌を打った。

「それにしましても――」

東人がかなり酩酊した頃を見計らって、子虫は切り出した。目はずっと棊局に向けられており、あえて顔を上げようとはしない。

「お強いのは囲碁ばかりではありますまい。まことにご運もお強いようで……」

「む、何のことだ」

対局の勝負は、初め優位に立っていた東人の手が、乱れ始めていた。たちまち子虫は攻めに転じる。

「いつのことでござりましたか。確か、中臣さまは無位から突然、従五位下（じゅごいのげ）に引き上げられたのでござりましたな」

「うむ。亡き式部卿（宇合）が引き立ててくださったのでな」

「はあ。中臣氏と藤原氏と申せば、もとは同じお血筋。それゆえでございましたか」

「いや、それゆえではない」

東人は崩れ始めた己の手の内を挽回せんとばかり、囲碁に夢中になっている。

「なあに、かの長屋親王の謀叛を密告したのだ。その褒賞にあずかったということよ」

少しろれつの回らなくなった口調で、得意げに東人は言った。

「ほう、謀叛の密告を――。それは大したお手柄でございますな」

子虫は波立つ胸の思いを懸命に抑えた。棊子を打つ手を止めず、穏やかな声の調子も崩さない。

「されど、高貴なお方のご謀叛を察知するなど、難儀なことでござりましょうに……」

「ちょっとした伝手があったのよ」

東人はようやく次の一手を決め、ぱちりと音を立てて棊子を置いてから、酷薄な笑みを浮かべてみせた。

「伝手とは、また、どのような――」

「おぬし、何ゆえ、長屋親王のことをしつこく訊く?」

さすがに東人は棊子を打つ手を止めて、棊局を挟んで子虫を見据えた。

「ご運の強い中臣さまから、処世の術などもお教えいただきとうて――」

慎ましげに顔を伏せたまま、子虫は答えた。

「おぬし、確か左兵庫に勤めていたな」

「もう十数年に相なりまするが、出世の見込みはとんとありませぬ」

子虫は初めて嘘を吐いた。子虫が左兵庫に転属したのは長屋親王の変後であるから、まだ十年を過ぎてはいない。

「そうか」

子虫が長屋親王の帳内であったことを知らぬ東人は、今の言葉をそのまま鵜呑みにしたようであった。

「まあ、十年も昔のことゆえ、話しても問題あるまい」

藤原四卿ももういないしな――東人は子虫に聞かせるというより、独り言のように呟くと、

「わしはな、故左大臣の夫人のお一人、藤原の御方さまの許に出入りしていたのよ」

と、言い出した。

「任官のためだったが、どうも埒が明かぬ。左大臣は妻の言葉をそのまま容れるような人ではなかったのだ。そこで、相手を乗り換えることにした」

「つまりは、藤原氏にすり寄ろう、と――」

「まあ、そうだ。御方さまにはお気の毒だったが、ちと利用させていただいたのさ。御方さまが病弱な皇太子のため、柑子を献上するという時、左大臣と正妃の名で献上するようそそのかした。無論、その袋にも、ちと細工をさせてもらったがね」

「それが、例の左道の……」

この時、子虫の声がやや低くなったことに、東人は気づかなかった。

「柑子の献上は事実であったと、皇后の侍女たちが口をそろえて言う。柑子は左大臣の職田で栽培されたもの。その袋も、正妃が御方さまに授けたものだ。その裏が取れたので、帝も信用なさらざるを得なかったのだろう」

子虫はもう言葉を発しなかった。動かぬ像と化したかのように、じっとうつむいた姿勢で微動だにしない。

「故式部卿はたいそうもの分かりのよいお方だったよ。こちらの手の内をすべて察した上で、わしの発言を信じるふりをなさった。わしは命令されたわけじゃないが、あの方の思惑通りに

動いてやったというわけさ」

その時、子虫の体が音もなく動いた。それは、冬眠していた虫が時を得て、ゆるゆるとうごめき出す様子を思わせた。

子虫はゆっくり立ち上がると、まるで覆い被さるように、東人を上から見下ろした。

「それで、きさまは従五位の身分を手に入れたというわけか。左大臣家の皆さまの血の犠牲の上に立って！」

子虫は腹の底から憤怒の声を発して叫んだ。顔に血を上らせ、鬼のごとき形相をした子虫の姿は、東人の目に実際以上の巨体に映った。

酩酊した上に、驚愕に打ちのめされていたせいだろう、東人は体中の骨が溶け出してしまったように、四肢に力が入らなかった。立ち上がることはおろか、声を発することさえできなかった。

「きさまはなぜ、まだ生きている！」

子虫は、火が噴き上がるような激しさで断罪した。

「藤原四卿もすでに罰を受けた。だのに、何ゆえきさまだけがのうのうと生きているのだ！」

太くがっしりした子虫の足が、その時、目の前の棊局を勢いよく蹴り上げた。紫檀の棊局が床に叩きつけられる激しい音に続いて、琥珀と水晶の棊子がきらめきながら、ばらばらと床に当たって、冷たい音を立てた。

「恥を知るがいい！　誣告人(ぶこくにん)めっ！」

叫ぶなり、子虫は懐に隠しておいた短剣を取り出し、巻いていた白布をさっと払った。そして、その剣を罪人に向けて鋭く突き出すや、そのまま東人に体当たりしていった。

短剣は過たず、東人の左胸に突き刺さった。それは、東人に恐怖の叫びすら上げさせぬすばやさであった。東人は仰向けに倒れ伏し、その上に子虫が覆い被さってゆく。

ぱっと飛び散るはずの鮮血は、体当たりした子虫の上着にべっとりとへばり付いた。

東人は驚愕と恐怖に目を見開いた苦悶の表情のまま、動かぬ肉塊と化していった。

恐れ、脅え、自らの罪に慄く（おのの）その顔つきは、まさに地獄の獄卒に連れてゆかれた罪深き衆生の有様であった。

子虫はゆっくりと起き上がった。囲碁亭の者たちは、店の者も客たちもすでに逃げ出しているらしい。間もなく役人がやって来るだろう。その前に、片をつけてしまわなければならない。

子虫は東人の胸から短剣をぐいと抜き取った。勢い余って子虫が床に尻を付くのと、東人の胸から鮮血が噴き出すのはほぼ同時であった。

「ありがたく思うがいい。わしが道連れだっ！」

返り血を浴びた子虫は血の味がするように感じられて、唾をぺっと東人の顔に吐き捨てた。

そして、今度は短剣の切っ先を自らの胸に当てた。

「やあっ！」

裂帛（れっぱく）の気合と共に、子虫は剣を突き立てた。一瞬、世界が真っ白になり、ついで何かが明滅しているような錯覚に陥った。

ああ、これでもう終わりなのだと思った――その時、

「大伴殿っ！　大伴子虫殿でいらっしゃるのでしょう？」

まだ若い男が急に駆け込んできて、子虫の顔をかき抱いた。

子虫はされるがままになりながら、うっすらと目を開ける。見覚えのある顔に思えるが、目がかすんでよく見えない。

「誰だ、おぬし――」

「わたくしは……造仏所の仏師です。興福寺西金堂の阿修羅像を作った者です。興福寺の悲田院で、二度ばかりお会いしたではありませぬか」

「おお、覚えているとも。虫麻呂といったな。おぬしの阿修羅像を……約束通り、見た……ぞ」

子虫は苦しい息遣いで必死に答えた。

「これは、あなたの持ち物ではありませんか」

子虫の眼前に、鈴虫の彫られた短剣の鞘が示された。子虫が阿修羅像の前に置いてきたものに間違いなかった。

「どうして分かった」

「偶然、あなたを知る尼君さまが、この鞘を見覚えておられました」

「それは……佐保媛さまだな」

今は福麻呂と名を変えたことには触れず、虫麻呂はうなずいた。

すると、この若者と佐保はいつの間にか再会し、佐保が尼となった後もなお、関わっているのか。

無理に引き離そうとしても、二人の運命は一つにつながっていたということか。

子虫は虫麻呂の顔をよく見ようとした。が、命の灯が尽きかけているのか、目の中はますますかすみ、瞼は重くなってゆく。

すると、まるでそれを阻もうとするかのように、虫麻呂が驚くべきことを言い出した。

「これを見て、すぐに分かりました。あなたがわたくしの父上だ、と――」

「何だ、と……」

子虫は渾身の力を振りしぼって、目を見開き、虫麻呂を見た。

「わたくしは、遊び女だった鈴虫の息子です。お分かりですね、母のことを――」

虫麻呂は自分の腰に吊り下げた青銅製の鞘を、子虫に示した。確かに、それは子虫が鈴虫に贈ったものであった。

「おぬしが、わしの……」

子虫は震える手を虫麻呂に伸ばした。指の先が相手の頬に触れたのがかすかに感じられる。

虫麻呂はその時、まるで激しい衝撃を受けたかのように、全身をびりびりと震わせた。

「虫麻呂か。つまらぬ名を……つけたものだな」

子虫はかすかに笑ってみせた。

「最後に……頼みがある」

息を吸い、言葉を吐く度に、胸を激しく上下させながら、子虫は絶え絶えに続けた。

「故左大臣の夫人であった……藤原の御方さまにお伝えしてくれ。仇はお討ちした、と――」

次第に目の前が閉ざされてゆく。色も分からない。息子の顔ももう見ることができなかった。

「父さん――」

父と呼んでくれるのか――。

自分に向けられた言葉として聞くのは、初めてだった。そのあまりの心地よさに酔いながら、子虫は静かに瞼を閉ざした。

虫麻呂の腕の中で、かすかな笑みを浮かべた子虫の首が、がくりと折れる。同時に、差し伸べられていた手が空をつかむように動いたかと思うと、一瞬後にはだらりと下に垂れた。

「とうさーん！」

亡骸を抱き締めたまま、どのくらいの時を過ごしていたのか。人の気配に正気を取り戻した虫麻呂は、慌てて父の亡骸から短剣を引き抜くと、白布でその胸の傷を覆った。

それから、今日の今日まで肌身離さず持ち続けてきた己の鞘に、その短剣を嵌め込んでみた。刃と鞘の形はぴたりと合った。

二

青銅の鞘に収まった短剣を懐に、虫麻呂――いや、福麻呂が佐保の地にある長娥子の邸を訪ねたのは、十日の夜もかなり更けた頃であった。

前もって知らせを受けていた長娥子と教勝は、休んでいた気配もなく、ただちに邸から門前へと駆け出してきた。

（まこと、御仏のご意思とははかりがたいもの）

すべてを知った今、教勝の胸には人の運命というものへの、たとえようのない畏(おそ)れがある。

「子虫殿は……」

教勝は叫びながら、福麻呂に走り寄った。

半月よりややふくらみを帯びた十日の月が、ちょうど真上に昇っていて、福麻呂の蒼ざめた顔を照らし出している。福麻呂は長娥子に目を向けた。

「御方さまに伝えてほしいと、父が申しておりました。仇は討った、と――」

我知らず、懐中の短剣を衣の上から押さえながら、福麻呂は告げた。

鈴虫の鞘だけはここにはない。父の亡骸の傍に残してきた。寂しい人生を送った亡き母のために、そのくらいのことは許されるだろう。

「子虫殿は……もうここへは来られないのですね」

無防備に月光にさらされながら、長娥子は虚しく呟いた。

長娥子はどこまでも静謐だった。死者を悼んで涙するわけでも、宿世を呪う言葉を吐くでもない。だが、教勝には長娥子の慟哭の声が聞こえるような気がした。

「お母さま……」

「そなたのお父さまが亡くなった時、わたくしは置き去りにされる悲しさと寂しさで、気も狂いそうでした。親王さまをお怨みもした。わたくしのその苦悩を知っていたはずだのに、子虫殿もわたくしを残して逝ってしまったのですね」

「でも、お母さま。お父さまも子虫殿も、お母さまに生き続けてほしくて……」

「分かっています。本当は初めから分かっていたのよ。わたくしを救おうと、親王さまがわたくしに冷たくなさったことも、わたくしを仇討ちに巻き込むまいと、子虫殿がわたくしとの縁を切ったことも――」

長娥子は込み上げる思いにじっと耐えるように、しばらくの間、無言でいた。

やがて、長娥子はゆっくりと眼差しを動かし、福麻呂の面上で目を留めた。

「福麻呂とやら。こちらへ来てください」

長娥子の言葉に、福麻呂は無言で前に進み出ると、その足下に跪いた。

「申し訳ありませぬ。そなたから父君を奪ったのは、わたくしです」

「そのようなことは……」

「いいえ、わたくしが子虫殿に申したのです。中臣東人だけは許せぬ、と――。いえ、今の今まで、そう思っていました。わたくしは教勝のように、煩悩を捨てて浄らかな世界へ行くことが叶わなかった。あの男が罰を受けるまではできぬと思っていた……」

「御方さま……」

「でも、子虫殿が仇を討ち、その子虫殿までが逝ってしまったと聞いた時、わたくしの胸に湧いてきたのは、仇討ちを終えた喜びなどではなかった。ただ、虚しさだけが、空のように広がるばかり――」

長娥子が泣き出すのではないかと、福麻呂は身を硬くした。長娥子を怨む気持ちは毛頭ない。ただ、長娥子が哀れであった。だが、それをどうなだめることができるのか、福麻呂には分からなかった。

「わたくしが子虫殿に仇討ちなどするなと言っておれば、子虫殿は仇討ちの心を捨てたかもしれないのに……」

「御方さまのせいではありませぬ」

そう言い終えた時、首を横に振る福麻呂の両肩に柔らかなものがそっと触れた。長娥子が膝をついて、領巾ごと福麻呂の肩を抱いてくれているのだった。

「もったいのうございます」

福麻呂は言い、慌てて身を引こうとしたが、長娥子の手が押しとどめた。

「こうさせてください」

続けて言った。

「しばらく、こうさせてほしいのです」

長娥子はしばらくの間、まるで母が息子にそうするように、福麻呂を抱き続けていた。

福麻呂の胸元には短剣がしかと収められている。

子虫の想いがそこに焼きついたかのような短剣が、長娥子に抱かれている間、熱を帯びて自らの胸に押し当てられているような感覚を、福麻呂は味わっていた。

不思議な静寂の時が流れた。

そうするうち、福麻呂の口は自分の意思とも思えぬのに、勝手に動き出していた。

「これから申し上げることは、ただ、風が鳴っているのだと思い、お聞き捨てくださいませ。御方さまを見ていると、母を思い出しまする。おそれ多いことでございますが、わたくしめの母は御方さまに……」

「……似ておられたのですね」

長娥子は福麻呂を抱く腕を放して、ささやくように言った。

「子虫殿の想い、わたくしにはどうにもならなかったのだなどと、言い訳はいたしませぬ。わたくしが勧めるべきでした。妻を持ち、いたわり合いながら暮らしてほしい、と――」

一度、空をさ迷うように離れていた長娥子の眼差しは、再び福麻呂の上に戻ってきた。

「済まぬことをしました。そなたにも、そなたの母君にも――」

最後の言葉は寄せてくる秋の涼風に、吹き流されていった。再び訪れた沈黙を、

「わたしが師と仰ぐ、行基上人さまならば……」

と言って破ったのは、それまで黙っていた教勝であった。

「これもまた、御仏のご意思による機縁とおっしゃることでしょう」

長屋と子虫、子虫と長娥子、子虫と福麻呂、そして、福麻呂と教勝――。

すべては複雑な糸のように絡み合い、一つとして意味のない結びつきはない。たとえ、それがどれほど人々を苦しませる縁（えにし）であろうとも――。

やがて、長娥子は立ち上がると、天上の月を見上げた。

十日の月が、長屋の逝った夜と同じ容（かたち）であることに、長娥子は胸がつまった。

子虫はあえて、長屋の月命日を選んで逝ったのか。それとも、これもまた、御仏が結び給（たも）うた縁だというのか。

だが、月はあの夜とは異なって、しらじらとした光を地上に投げかけている。それは霜が降りたかと思われるほど、冷たく清らかであった。

「教勝よ、頼みがあります」

長娥子は十日の月に見入ったまま言った。

「子虫殿のために、法華経を唱えてほしいのです」

教勝は母の思いを察して、大きくうなずいた。

法華経は、命ある一切の衆生を救うと謳っている。罪を犯した悪人もまた――。

主君のためとは言いながら、人殺しという重い罪に手を染めた悲しい男も、きっと――。

(どうぞ、子虫殿の罪をお救いくださいますよう――)

教勝は数珠をまさぐり、経を唱え始めた。

「山川草木、国土悉皆成仏……」

教勝の透き通るような読経の声が、夜の底へゆるやかに流れ出してゆく。

長娥子はいつしか合掌し、福麻呂もそれに倣った。

目を閉じて読経の声に耳を澄ませていると、福麻呂の思いは自然と亡き父に向かった。

今頃、父の魂は天の海を渡る月の舟に乗り、はるかな御仏の国を目指しているのだろうか――。

そう思って目を開けたその時、

(あれは!)

月光を浴びて黝く縁取られた佐保の山川の上に一瞬だけ、白蓮の幻影が浮かぶのを、福麻呂は確かに見た。

それは、父子虫がこれから向かう世界のものに違いあるまい。

その思いを胸に、福麻呂は再び目を閉じると、もう一度静かに両手を合わせた。

あとがき

奈良時代の女性で、私が特別興味を惹かれた人物が三人いる。

一人は天平時代を代表する光明皇后。あとの二人は、光明皇后の異母姉妹である藤原長娥子、そして、長娥子が長屋親王との間に儲けた教勝という女性である。

光明皇后は聖武天皇の后としてよく知られているし、興福寺西金堂建立など功績も多い。だが、私が何より光明皇后に惹かれたのは、「藤三娘」と署名していたことであった。藤三娘とは「藤原氏の三女」という意味。皇后となってからも、藤原氏出身者と記したのである。

この実家への強い思い入れと自負は、光明皇后だけのものか、それとも、当時の高貴な女性に共通のものなのか。そうだとすれば、皇族女性の「家」への思いもまた格別なものだったはずだ。まして、その「家」を滅ぼされたのであれば――。

教勝は左大臣長屋親王と、右大臣藤原不比等の娘長娥子との間に生を享けた。貴い血筋に生まれた女王は、栄光が約束されていたはずだ。しかし、彼女は父を陰謀で喪うと出家してしまう。文字通り「家」を出たのであった。

光明皇后が強く抱いてきた「家」への思い――そこから、教勝はどうやって解き放たれたのだろう。それが、本書執筆の一番の動機だった。

そして、教勝の母長娥子は、光明皇后より波乱万丈の人生を歩んだとも言える。夫は自害に追い込まれ、唯一の娘は出家、三人の息子たちもそれぞれ長屋王家と藤原氏の間で翻弄される。次男の黄文王(きぶみ)は橘奈良麻呂(ならまろ)の乱に天皇候補として担ぎ出され、反逆罪に問われて死去。三男の山背王(やましろ)は、何と皇族の身分を捨て、母の実家藤原氏を名乗る。長男の安宿王(あすかべ)は、両極端の弟たちとは違ったようだが、奈良麻呂らの謀議に関わったとされ流罪に処された。

長娥子にとって、実家の藤原氏とは何だったのだろう。そして、彼女を残して自害した夫長屋親王とは——。

光明皇后のように、藤原氏の娘と主張するわけでもない。長屋親王の正妃吉備(きび)内親王のように、夫と共に死ぬわけでもない。ただ、誰の娘で、誰の妻で、誰の母である——というだけの足跡しか歴史に残さなかった長娥子だが、彼女の人生がそれだけだったとは思えない。

光明皇后や教勝だけでなく、私は長娥子の人生にも思いを馳せずにはいられなかった。

三人の女性たちの三様の生き様を、美しく魅惑的な興福寺阿修羅像を生み出した奈良時代の息遣いと共に味わっていただければ、これに勝る喜びはありません。

最後になりますが、本書の執筆、刊行に際し、お力添えくださった皆様に、この場をお借りして厚く御礼申し上げます。

二〇一五年十月

篠 綾子

【参考資料】

『続日本紀』（岩波書店 新日本古典文学大系・講談社学術文庫）
『藤氏家伝』（群書類従）
『公卿補任』（吉川弘文館　新訂増補国史大系）
『尊卑文脈』（吉川弘文館　新訂増補国史大系）
『日本霊異記』（小学館 新編日本古典文学全集）
『萬葉集』（岩波書店 新日本古典文学大系・講談社文庫）
『古今和歌集』（岩波書店 新日本古典文学大系）

【参考文献】

青木和夫著『日本の歴史3　奈良の都』（中公文庫）
渡辺晃宏著『日本の歴史04　平城京と木簡の世紀』（講談社学術文庫）
高島正人著『藤原不比等』（吉川弘文館　人物叢書）
林陸朗著『光明皇后』（吉川弘文館　人物叢書）
岸俊男著『藤原仲麻呂』（吉川弘文館　人物叢書）
角田文衛著『律令国家の展開』（法蔵館）
野村忠夫著『奈良朝の政治と藤原氏』（吉川弘文館）
「週刊古社名刹巡拝の旅1　平城の都奈良」（集英社）
「週刊日本の仏像No.1　興福寺①阿修羅と国宝館の至宝」（講談社）

【引用和歌】

春日野の飛火の野守出でて見よ　今幾日ありて若菜つみてむ（『古今和歌集』十八番）

しき島のやまとの国に人二人　ありとし思はば何かなげかむ（『万葉集』三二四九番）

本書は書き下ろしです。

編集協力　遊子堂

篠 綾子（しの・あやこ）

一九七一年埼玉県生まれ。東京学芸大学卒。第四回健友館文学賞受賞作『春の夜の夢のごとく—新平家公達草紙』でデビュー。主な著書に『義経と郷姫—悲恋柚香菊　河越御前物語』『山内一豊と千代』『浅井三姉妹—江姫繚乱』『蒼龍の星』（清盛三部作）のほか「更紗屋おりん雛形帖」シリーズ、「藤原定家　謎合秘帖」シリーズ、「代筆屋おいち」シリーズなど。

白蓮の阿修羅

発行日　平成二十七年十一月十九日　第一刷発行
著　者　篠　綾子
発行者　松岡　綾
発行所　株式会社　出版芸術社
東京都千代田区九段北一—一五—一五瑞鳥ビル
郵便番号一〇二—〇〇七三
電　話　〇三—三二六三—〇〇一七
ＦＡＸ　〇三—三二六三—〇〇一八
http://www.spng.jp
振　替　〇〇一七〇—四—五四六九一七
印刷所　中央精版印刷株式会社

ISBN　978-4-88293-485-1　C0093